DROEMER ✱

Julia Zweig

GLÜCK. ALLEIN.

(K)ein Liebesroman

Besuchen Sie uns im Internet:
www.droemer.de

Aus Verantwortung für die Umwelt hat sich die Verlagsgruppe Droemer Knaur zu einer nachhaltigen Buchproduktion verpflichtet. Der bewusste Umgang mit unseren Ressourcen, der Schutz unseres Klimas und der Natur gehören zu unseren obersten Unternehmenszielen. Gemeinsam mit unseren Partnern und Lieferanten setzen wir uns für eine klimaneutrale Buchproduktion ein, die den Erwerb von Klimazertifikaten zur Kompensation des CO_2-Ausstoßes einschließt. Weitere Informationen finden Sie unter: www.klimaneutralerverlag.de

Originalausgabe Oktober 2020
Droemer Verlag
© Droemer Verlag
Ein Imprint der Verlagsgruppe
Droemer Knaur GmbH & Co. KG, München
Alle Rechte vorbehalten. Das Werk darf – auch teilweise – nur mit Genehmigung des Verlags wiedergegeben werden.
Ein Projekt der AVA International
Autoren- und Verlagsagentur
www.ava-international.de
Covergestaltung: Sabine Schröder
Satz: Adobe InDesign im Verlag
Druck und Bindung: CPI books GmbH, Leck
ISBN 978-3-426-28242-7

2 4 5 3 1

Für T.

KAPITEL 1

Jetzt ist es mir schon wieder passiert. Erst als die Verkäuferin mich anspricht, bemerke ich es so richtig: Ich bin nicht im Kaufhaus, wo ich eigentlich hinwollte. Ich stehe in einem Laden für Kinderklamotten und schaue mir sehr kleine rote Turnschuhe an.
»Kann ich Ihnen helfen?«
»Äh, danke, ich komme zurecht.«
Tu ich auch. Ehrlich, ich komme zurecht. Ich bin zwar achtunddreißig und Single mit Kinderwunsch, aber damit komme ich auch zurecht. Ich habe nämlich einen Plan. Aber es wird dauern, den umzusetzen, deshalb muss ich hier erst mal einen unauffälligen Rückzug einleiten. Denn momentan gibt es kein Kind in meinem Leben, dem diese zauberhaften Schuhe in Kolibrigröße passen würden.
Im Vorbeigehen gucke ich noch ein paar Mützchen an, dann stehe ich wieder auf der Straße. Ich möchte jetzt nicht darüber nachdenken, dass ich wie ferngesteuert abgebogen und in diesen Laden gegangen bin. Das sind die Hormone, Hormone sind eine Himmelsmacht, da kann man nichts machen. Und meine Hormone brüllen: Hörst du das Ticken?! Das ist deine biologische Uhr!
Ich höre das Ticken. Seit Jahren höre ich das Scheißticken. Tik tack. Sollte ich es mal kurz nicht gehört haben, brachte mich meine Frauenärztin wieder drauf, mit ihren besorgt zusammengezogenen Augenbrauen und ihren Fragen, ob ich denn immer noch vorhätte und mittlerweile vielleicht einen Partner …? Ach so, nicht, na, das sei aber schade. Oder meine Freundinnen, die reihenweise Kinder zur Welt bringen. Oder meine Mutter, die mir regelmäßig

versichert, ich hätte doch wirklich noch Zeit, heutzutage sei eine Schwangerschaft mit Anfang vierzig nichts Ungewöhnliches mehr.

Wo ich allerdings den Mann dafür finden soll, weiß sie auch nicht recht.

Aber wie gesagt, ich habe einen Plan. Und wenn ich jetzt schnell was zu essen hole und dann zurück ins Büro gehe, kann ich wahrscheinlich noch fünf Mails beantworten, ehe ich zum nächsten Termin muss. Ich werfe einen Blick auf meine Uhr.

Tik tack.

In einem Punkt bin ich genau wie all die anderen Frauen um die vierzig, die neulich mit mir im Wartezimmer der Kinderwunschklinik saßen: Ich arbeite gern. Und viel. Mit meinem Hosenanzug und meinem Laptop habe ich mich im Wartezimmer auch nahtlos eingefügt. Leider habe ich keine Ahnung, wie die anderen dort es geschafft haben, neben der Arbeit noch einen Mann kennenzulernen – ich lerne zwar echt viele Männer kennen, aber von den meisten bekomme ich als Erstes den Lebenslauf in die Hand und muss den bewerten. Als Nächstes sitze ich mit ihnen im Bewerbungsgespräch, wo jeder noch viel aufgeregter ist als beim ersten Date. Dann muss ich auch noch mit ihren potenziellen Vorgesetzten darüber reden, welchen Eindruck der Bewerber hinterlassen hat. Nichts zerstört Attraktivität zuverlässiger. Klar, wenn die Bewerber kompetent und sympathisch genug sind, dass wir sie einstellen, könnte ich sie sowieso nicht mehr daten. Kollegen sind für mich tabu. Aber ich will es dann auch nicht mehr. Egal, wie attraktiv ich das Foto fand und wie warm die Stimme, wenn ich mal wegen einer Rückfrage angerufen habe – immer finde ich einen Haken. Keinen kleinen Haken, nein, einen großen Haken, eine richtige Fußangel. Mittlerweile weiß ich natürlich auch, wie man die am schnellsten findet.

Eine Berufskrankheit. Manchmal wundere ich mich, dass es überhaupt Personalchefinnen gibt, die glücklich verheiratet sind.

Außer mit ihrem Job natürlich.

An der Salattheke des Kaufhauses werfe ich so viel Schafskäse, eingelegte Tomaten und kalte Fusilli in die Plastikschüssel, dass »Salat« es eigentlich nicht mehr so ganz trifft. So mag ich »Salat« nämlich am liebsten: als kaltes Nudelgericht. Noch während ich zurück ins Büro gehe, klingelt mein Handy. Es ist die Durchwahl unserer Justiziarin, die im Nebenberuf – das ist viel wichtiger – meine Freundin ist. Ich hebe ab und höre Johanna lachen.

»Hallo?«

Johanna japst und lacht weiter.

»Hallo, Johanna? Ist das ein medizinischer Notfall?«

»Das ist eine gute Frage! Aber wer braucht den Arzt, er oder ich?«

»Wer ist denn er? Kannst du bitte etwas flüssiger erzählen?«

»Jaha! Also, er ist ein Reisegast, und er hat eine Beschwerde.«

»O toll, raus damit!« Johanna kriegt immer die tollsten Beschwerden. Dass es in der Antarktis kalt war, ist mein bisheriger Favorit, aber der Spinner, der unbedingt mit Flipflops auf einen Vulkan in Vanuatu steigen musste und sich anschließend beklagte, ihm seien die Sohlen geschmolzen, hat auch für immer einen Ehrenplatz in der Liste unserer Lieblingsgäste.

»Er ist in der Wüste vom Kamel gefallen.«

»Oh, ist ihm was passiert?«

»Ja und nein.« Johanna kichert schon wieder los. »Er hat sich nix getan, Sand ist ja weich. Aber jetzt schreibt mir seine Anwältin, ihr Mandant habe mit dem Selfiestick gerade ein Livevideo für Facebook aufgenommen. Der Sturz vom

Kamel habe ihn lächerlich gemacht, jetzt will sie eine Entschädigung von uns, weil sein Marktwert als Influencer dadurch gefallen sei.«

»Okay, kommen wir zu den wirklich wichtigen Fragen: Ist das Video noch online?«

»Leider nicht! Ich hab natürlich sofort gesucht. Uns bleibt nur die Vorstellung.«

»Und hat er die leiseste Chance, damit durchzukommen?«

»Nö. Denn, du wirst staunen, es gibt da einen Präzedenzfall ...«

»Zu Stürzen von Kamelen?!«

»So ist es. Das Amtsgericht München hat damals geurteilt, dass das unter allgemeines Lebensrisiko fällt.«

»Blöd für ihn. Wie viel wollte er denn?«

»Das ist eigentlich das Lustigste daran, sie schreiben: ›Statt einer finanziellen Entschädigung würde mein Mandant auch eine Woche in einem Fünfsternehotel auf den Seychellen oder Malediven akzeptieren.‹«

»So ein cleveres Kerlchen. Was antwortest du?«

»Ich überlege noch. Vielleicht schreibe ich ihm, da wir eine Agentur für Eventreisen sind, haben wir solche Hotels nicht im Programm. Ich könnte ihm allerdings zwei Übernachtungen in einem Hängezelt an einer Steilwand des Dachsteins anbieten.«

»Gott ja, bitte mach das. Ich will sehen, ob er es annimmt.«

Zufrieden sitze ich wenig später an meinem Schreibtisch und mampfe, während ich den Termin beim Oberchef vorbereite. Oberchef heißt: Ich arbeite bei einem familiengeführten Reiseunternehmen. Der Oberchef hat seinen Job geerbt, weil sein Vater die Firma vor sechzig Jahren gegründet hat. Aber sicherheitshalber haben die beiden einen Zwischenboden eingezogen, meinen Chef, der sich eigentlich besser auskennt, weil er auch schon mal in anderen Firmen gearbeitet hat.

(Der Oberchef behauptet steif und fest, er hätte das auch gerne gemacht, aber man habe ihm aus Angst vor Betriebsspionage in der Branche keinen Job geben wollen. In einer Schraubenfabrik hätte er Erfahrungen sammeln können, aber das habe er dann doch abgelehnt. Die meisten Kollegen glauben, seine Bewerbungen hätten damals auf die Funktion »geschäftsführender Praktikant« abgezielt und seien deshalb nicht von Erfolg gekrönt gewesen.)

Im Grunde teilen sich Chef und Oberchef den Laden fair auf: Der Oberchef kümmert sich um seine Herzensangelegenheiten, der Chef um alles andere. Da der Chef wiederum nicht dazu neigt, Herzensangelegenheiten zu entwickeln, weil sein Herz einzig und allein für Zahlen schlägt, funktioniert das ganz gut. Aktuelle Herzensangelegenheit des Oberchefs: die Jobrotation. Die Hälfte aller Mitarbeiter soll innerhalb der nächsten zwei Jahre eine Woche in einer anderen Abteilung verbringen, um die Abläufe besser kennenzulernen. Und da sind wir auch schon mittendrin im Schlamassel. Denn ich muss ihm gleich erklären, warum das nicht so gut laufen wird.

Strahlend empfängt er mich in seinem Büro. Vielleicht ist es auch nur das Licht, das mir so ins Gesicht knallt, denn er sitzt quer zu einer gewaltigen Fensterfront mit schönstem Blick auf den Main, in dem sich jetzt, zur Mittagszeit, weißgolden die Sonne spiegelt. Zwei Sekunden lang bin ich geblendet, dann sehe ich: Er lächelt tatsächlich.

»Frau Färber! Wir sprechen heute über die Jobrotation, richtig?«

»Richtig! Ich habe hier eine erste Auswertung der Wünsche der Mitarbeiter.«

»Und, haben sich alle was Schönes ausgesucht?« Das

schwarze Leder seines Bürostuhls knarzt, als er sich zurücklehnt.

»Ich denke, wir sollten die Verteilung anders organisieren.«

»Aber Frau Färber!« Sofort hängt er wieder vorne auf seiner Stuhlkante. »Ich habe Ihnen doch gesagt, dass Freiwilligkeit entscheidend für den Erfolg dieses Projekts ist!«

»Und ich war Ihrer Meinung«, antworte ich. »Vielleicht darf ich Ihnen erst mal zeigen, wofür die Mitarbeiter sich entschieden haben.« Ich schlage meine blaue Mappe auf und hole eine ausgedruckte Tabelle hervor. Der Oberchef will immer alles ausgedruckt. »Also, mir sind die Gründe dafür nicht ganz klar, aber zwanzig Mitarbeiter wollen in die Lohnbuchhaltung.«

Diesmal knarzt nicht der Stuhl, sondern sein Besitzer. »Ach. Das geht natürlich auf keinen Fall! Wie kommen die denn darauf?«

»Ich vermute, sie hatten die Idee, ihre Gehälter auf diese Weise mal mit denen der anderen vergleichen zu können.«

»Die Lohnbuchhaltung ist von der Rotation ausgenommen. Das hätten Sie den Mitarbeitern sagen müssen!«

»Wir wollten doch bewusst keine Einschränkungen dazuschreiben, damit sie sich in ihren Wünschen frei fühlen können.«

»Ja, meinetwegen, dann müssen die zwanzig sich eben was anderes überlegen. Teilen Sie ihnen das mit.«

»Gut. Dann habe ich hier die Wünsche von den Reiseplanern, die sind … nicht sehr originell.«

»Nämlich?«

»Also, bis auf eine wollen alle einfach nur in einen anderen Kontinent. Afrika will Nordamerika, Asien will Europa, Ozeanien will Südamerika und so fort.«

»So habe ich mir das aber nicht vorgestellt! Die sollen was ganz anderes lernen, in der Unternehmenskommunikation, in unserem Reiseführerverlag, meinetwegen sogar in der Rechtsabteilung! Und die eine, wo will die hin? Ins Marketing?«

»In die Lohnbuchhaltung. Das ist eine von den zwanzig.« Der Oberchef sieht plötzlich sehr müde aus. Als wären alle Muskeln in seinem Gesicht auf einmal erschlafft.

»Frau Färber, haben Sie manchmal das Gefühl, als Erzieherin im Kindergarten zu arbeiten?«

»Manchmal. Aber dann fällt mir wieder ein, dass wir die Leute bezahlen.« Der Gedanke scheint ihm den Rest zu geben, er verdreht die Augen, ich spreche schnell weiter. »Und mich bezahlen Sie unter anderem dafür, dass ich diese Aktion irgendwie rette, also machen Sie sich keine Gedanken, ich werde die Mitarbeiter mit sanftem Druck zu ihrem Glück zwingen.«

»Machen Sie das, in Gottes Namen.«

»In *Ihrem* Namen werde ich das machen, Oberchef«, murmele ich, als ich die Tür hinter mir schließe.

So läuft es also im Kindergarten? Dann ist das mit dem Kind vielleicht doch keine so gute Idee. Ich zweifle ja sowieso immer wieder daran. Aber dann kommt mir auf der Straße eine Schwangere entgegen, und ich bin augenblicklich sicher: Das will ich auch. Okay, vielleicht nicht unbedingt die Schwangerschaft selbst. Auch Gebären klingt grauenvoll, genauso wie die ersten Monate, kein Schlaf, immer Geschrei. Aber später dann. Wenn die Kinder anfangen zu reden, wenn sie mit ihren kurzen Beinen wackelig losrennen und stundenlang Tiere anstaunen wollen. Das stelle ich mir toll vor.

Mein Handy brummt. Es ist eine SMS von meiner Mutter, der ich gestern am Telefon von meinem Kummer erzählt habe. Sie hat versucht, mich aufzumuntern. Achtunddreißig sei doch heutzutage gar nicht mehr alt für eine Mutter. Die hat leicht reden, bei meiner Geburt war sie zehn Jahre jünger als ich jetzt. Aber offenbar ist ihr noch ein Argument eingefallen:

Laura, deine Urgroßmutter Friederike hat mit zweiundvierzig noch ein Kind bekommen. Und die war Jahrgang 1900! Okay, der Junge war ein Depp, aber immerhin Akademiker.

Ich brauche eine Weile, um draufzukommen, dass sie meinen Großonkel Hans meint. Er ist tatsächlich ein Depp, da hat sie recht.
Aber mein Kind wird natürlich super. Wenn es doch nur schon da wäre. Einstweilen muss ich eben an Erwachsenen üben. Und eine Mail aufsetzen, in der ich die Mitarbeiter freundlich daran erinnere, dass wir eine Agentur für Eventreisen sind und auch sie deshalb ruhig mal ein bisschen Aufregung wagen dürfen bei ihrer Rotation.

KAPITEL 2

Ich hatte mir fest vorgenommen, nicht allen Freunden zu erzählen, was ich vorhabe. Schon gar nicht Dominik, dem alten Besserwisser. Deshalb weiß ich nicht recht, wie es passieren konnte, dass ich jetzt neben ihm auf einem Baumstamm sitze und über künstliche Befruchtung rede. Eben waren wir noch mit den Rennrädern unterwegs und wollten nur eine kurze Pause machen, und gerade wird sie immer länger. Warum ich nicht aufhöre zu reden, weiß ich allerdings: Dominik schaut mich derart entgeistert an, dass ich mich provoziert fühle, ihn noch ein bisschen mehr mit medizinischen Details anzuekeln. Wir waren mal ein Paar, deshalb weiß ich genau, dass er äußerst ungern darüber nachdenkt, dass Frauen keine Feen sind, sondern Menschen aus Fleisch und Blut. Dass er inzwischen selbst zwei Kinder mit meiner Nachfolgerin Miriam hat, konnte daran nichts ändern: Dominik ist bei beiden Geburten im Kreißsaal rechtzeitig in Ohnmacht gefallen, um sich seine Illusionen zu erhalten. Während Miriam drinnen alleine presste, nuckelte er draußen an einer Cola, um seinen Kreislauf wieder in Schwung zu bringen. Was angesichts solcher Szenen so verrückt daran sein soll, dass ich direkt ohne Partner plane, möchte ich gern mal wissen.

»Aber einen biologischen Vater braucht das Kind doch«, sagt Dominik.

»Genau. Es kriegt sogar einen richtigen Vater, der es mit mir gemeinsam aufzieht. Nur eben abwechselnd mit mir. Wir werden keine Beziehung haben.«

»Aha. Ich weiß ja nicht. Willst du dir nicht lieber einen richtigen Freund suchen?«

»Das hab ich ja versucht, Dominik. Aber du weißt selbst, dass ich es mit den Typen nach dir nie länger als zwei Jahre ausgehalten habe.«

»Mit mir auch nur drei.« Er klingt etwas beleidigt.

»Das musst du relativ sehen.«

»Wie denn?«

»Na, relativ gesehen warst du bisher die große Liebe meines Lebens.« Ich unterdrücke ein Kichern.

»Ja, gut. Da sollte dann wirklich noch was anderes kommen.«

Manchmal fragen mich Leute, warum wir immer noch zusammen Radfahren gehen, obwohl wir doch kein Paar mehr sind. Die Erklärung ist ganz einfach: Dominik fährt mit mir, weil er ziemlich zugelegt hat, seit er Vater ist, und seine coolen Rennradfreunde ihn immer abgehängt haben. Ich fahre mit Dominik, weil es ab und zu nett ist, mit jemandem zu reden, der mich zwar mag, aber gleichzeitig völlig desillusioniert von mir ist.

»Eigentlich ist es ganz praktisch«, sagt er. »Du kannst dir den besten Typen aussuchen und bist nicht durch Verliebtheit geblendet.«

»Das hab ich zuerst auch gedacht. Aber erstens wird mich dafür die Sympathie blenden, und zweitens glaube ich, dass das ganz gut ist. Ich meine, stell dir mal vor, ich bekäme ein Kind mit einem grundsoliden Mann, der ein bisschen gefühlskalt oder phlegmatisch ist. Am Ende wird das Kind dann auch noch so.«

»Du möchtest also lieber ein Kind von einem sympathischen Künstlertypen, der keinen festen Job hat, nicht kochen kann und dauernd Strafzettel kriegt?«

»Nee. Er sollte schon ein richtiger Erwachsener sein. Nicht dass ich am Ende doppelt Mama spielen muss.«

»Aber was suchst du denn dann? Muss er gut aussehen? Soll das Kind blond werden?«

»Das Aussehen ist mir egal, ich muss ja nicht mit ihm ins Bett. Er darf nicht launisch sein, das hasse ich. Zuverlässigkeit ist wichtig. Ein stabiles Gemüt muss er haben. Humor kann auch nicht schaden. Aber wir müssen keine gemeinsamen Interessen haben. Ob er in seiner Freizeit Formel Eins schaut, Fliegenfischen geht oder Playstation spielt, interessiert mich nicht.«

»Die besten Männer sind natürlich die, die Rennrad fahren.«

»Natürlich.«

Wir gucken auf unsere Räder, bewegen uns aber beide noch nicht. Der Anstieg hierher war ziemlich steil.

»Du suchst also eigentlich einen ganz normalen Typen. So wie mich«, sagt Dominik.

»Fast. Ich suche einen, der so anständig ist wie du, den ich aber noch nicht verschlissen habe.«

»Na, dann suchst du hoffentlich überregional.« Er steht auf und gibt mir einen Schubs. »Komm schon, von hier an geht's eh nur noch abwärts.«

Zu Hause stelle ich mich unter die heiße Dusche und ziehe dann nur einen Bademantel an. Die Welt will heute nichts mehr von mir, ich kann mit Keksen auf dem Sofa vor dem Fernseher vor mich hin dämmern. Es mag ja sein, dass ich ein bisschen spät dran bin für ein Kind, aber dafür würde zu meinem Lebenswandel ein Baby wirklich ausgesprochen gut passen. Ich gehe kaum noch aus, ich fahre nicht spontan in Urlaub, und ich habe keine Angst vor Dehnungsstreifen. Als meine beste Freundin Sophie ihr erstes Kind bekam, war sie Mitte zwanzig und jammerte mir vor, dass ihre Brüste nie mehr so stehen würden wie vor der Schwangerschaft. Ich dagegen hatte jetzt lange genug stehende Brüste und würde sie gern gegen ein Baby eintauschen. Zumal mir die vergangenen Jahre gezeigt haben, wie sehr einem festes Bindegewebe dabei hilft, eine stabile Beziehung aufrechtzuerhalten und Herausforderungen im Beruf zu meistern: absolut überhaupt kein kleines bisschen.

Barfuß laufe ich durch meine Wohnung. Zwischen dem Schlafzimmer und der Küche liegt ein winziges Arbeitszimmer, das ich eigentlich fast nur nutze, um den Wäscheständer dort aufzustellen. Ein Bettchen und eine Wickelkommode passen da schon rein, wenn ich dafür meinen Schreibtisch rauswerfe – ich brauche ihn sowieso nicht, ich kann auch mit einem Laptop am Esstisch arbeiten. Neben mein Bett würde so ein Babybalkon passen, damit ich nachts nicht immer aufstehen muss. Da hänge ich dann ein Mobile drüber, damit das Kind was zum Angucken hat, und lege eine Spieluhr daneben, die »Guten Abend, gut Nacht« spielt, und ich beziehe die kleine Matratze sonnengelb. In mein Bett lege ich so ein tolles wurstförmiges Stillkissen, mit dem kann man wahrscheinlich ähnlich gut kuscheln wie mit einem Mann, und über zu wenig Decke beklagt es sich auch nicht. Das Stillkissen muss außerdem hübsch sein. Also, für Erwachsene hübsch. Ich hab diese Stillkissen mit kleinen Elefanten oder Flugzeugen drauf nie verstanden. Das Baby checkt doch eh noch nicht, was das für Dinger sind. Da könnte die Nikomachische Ethik von Aristoteles in bunten Buchstaben draufgedruckt sein, der Effekt wäre der gleiche.

Ich habe mein ganzes Luftschloss also schon ziemlich detailliert geplant. Manchmal sitze ich da und grüble, ob ich zu viel grüble. Ich weiß schon, das klingt nach einer klaren Beweisführung. Aber meistens komme ich zu dem Schluss, dass ich nicht sorgenvoll, sondern einfach nur gern gut vorbereitet bin. Und wenn ich mich zu sehr in etwas reinsteigere, muss ich mich eben ein bisschen ablenken. Ich trotte zum Sofa und rolle mich darauf zusammen. Im Fernsehen läuft eine dieser schrecklichen Kreißsaal-Sendungen. Das ist sicher gut gegen Kinderwunsch.

Trotzdem fange ich nebenbei an, auf einem Notizblock eine Anzeige zu entwerfen.

Vater gesucht

Nee, das klingt, als suchte ich meinen eigenen Vater, dabei lebt der im Odenwald und ruft regelmäßig an. Noch mal.

Suche Vater, biete Eizelle

Gott, nein.

Suche Mann mit Kinderwunsch

Hm, das könnte gehen. Aber machen wir uns nix vor, wenn ich diese Anzeige richtig hinbekommen will, brauche ich Hilfe von zwei Menschen: einem, der mich richtig gut kennt, und einem, der zur Zielgruppe gehört. Ich greife zum Handy und schreibe meiner besten Freundin Sophie.

Ich weiß, dass das sonderbar klingt, aber könntest du dich nächste Woche mit mir treffen und Oscar fragen, ob er dazukommt?

Oscar ist ein alter Freund von Sophie, der mir mal besoffen auf einer Party anvertraut hat, dass er gern ein Kind hätte und nicht weiß, wie er es anstellen soll.

Huch, was hast du vor? Willst du ein Schneeballsystem starten?

So ähnlich.

Alles klar, also, gar nichts klar, aber einverstanden. Ich lass Oscar irgendeine Bar aussuchen und sag dann Bescheid.

Toll, danke! Geht's euch allen gut?

Ach ja. Der Keuchhusten ist überstanden, und ehe die nächste Läusewelle kommt, schaffe ich es wahrscheinlich, sämtliche Matratzenschoner zu waschen. Spannend, oder?

    Sehr spannend. Ich liege auf dem Sofa und gucke fern.

Trinkst du wenigstens Wein dabei?

    Nein, wieso?

Trink Wein! Trink Wein, solange du weißt, dass du nicht um 4:40 Uhr von einem Kind geweckt wirst, das Kakao will.

    Wäre das nicht erst recht ein Grund für Wein?

Das wäre ein Grund für Grappa, intravenös, aber ich hab eine gewisse Vorbildfunktion zu erfüllen.

    Na gut. Dann machen wir das nächste Woche in der Bar!

KAPITEL 3

Vor den Grappa haben die Götter das Grauen gesetzt. Deshalb verbringe ich einen guten Teil meiner Arbeitswoche damit, das Projekt Jobrotation zu retten. Ich bitte verschiedene Abteilungen um eine Kurzbeschreibung ihrer Arbeit und muss nur die des Reiseführerverlags noch mal zurückgeben mit dem Hinweis, das Ganze solle schon auch attraktiv klingen. Dann schreibe ich den Kollegen, sie mögen ihre Wünsche überdenken, und hänge die Beschreibungen an. Am Ende der Woche habe ich fast alle in Abteilungen vermittelt, die dem Oberchef genehm sind. Mit Ausnahme eines besonders hartnäckigen Kandidaten aus der Asien-Abteilung, der unbedingt nach Amerika rotieren will und auf meine genervten Fragen nach seinen Gründen nur wolkige Antworten hat. Also frage ich Johanna. Die weiß immer alles. Und auch diesmal enttäuscht sie mich nicht.

»Konrad Hoffmann? Der ist in Ami-Susanne verknallt«, sagt sie wie aus der Pistole geschossen, als ich das Thema anschneide. Ami-Susanne heißt die Kollegin hausintern, um Verwechslungen mit Aussie-Susanne auszuschließen.

»Aha. Weiß sie davon?«

»Keine Ahnung.«

»Aber woher weißt DU denn davon?«

»Aus der Kaffeeküche.«

»Toll. Damit stehe ich jetzt also vor der Entscheidung, der Mitarbeiterin einfach einen Typen in die Abteilung zu schicken, der sie rund um die Uhr kuhäugig anschaut, oder sie vorher zu fragen, ob sie von seiner Schwärmerei weiß und ob es ihr recht ist.«

»Sie ist verheiratet, soweit ich weiß.«
»Stimmt ja, auch das noch. Ist er wenigstens Single?«
»Glaube schon. Eine andere Kollegin hat ihn neulich auf Tinder gesehen.«
»Okay, das war jetzt mehr Information, als ich haben wollte. Vielen Dank. Falls du noch mehr intime Details aus seinem Leben kennst, will ich sie nicht wissen!« Ich fuchtele mit den Händen, um sie zum Schweigen zu bringen, und verlasse schnell ihr Büro.

Ich habe keine Ahnung, wie ich dieses Problem elegant lösen soll. Konrad Hoffmann scheint ein wirklich netter Kerl zu sein, aber wenn er die Rotation nur zum Flirten nutzen will, nutzt das der Abteilung nicht gerade. Und ich will der Mitarbeiterin keinen potenziellen Stalker ins Büro setzen.

Weil das Projekt erst in ein paar Wochen starten soll, vertage ich die Suche nach einer Lösung. Bis dahin muss mir einfach etwas einfallen. Sophie und Oscar sitzen schon mit bunten Getränken an der Bar, als ich zu unserer Verabredung eintreffe. Ich bin aufgeregt, und ich habe ein Notizbuch und einen Kugelschreiber eingesteckt, was sich ein bisschen lächerlich anfühlt. Es ist doch kein Meeting. Immer muss ich alles so generalstabsmäßig vorbereiten.

Oscar begrüßt mich herzlich, und Sophie umarmt mich mit dem ganzen Enthusiasmus einer Mutter, die endlich mal wieder einen freien Abend in einer Bar verbringt. Dass ich nicht mehr oft ausgehe, liegt schon auch daran, dass fast alle meine Freundinnen Kinder bekommen haben. Manche sind auch noch aufs Land gezogen, was unsere Freundschaft nicht gerade vertieft hat. Sophie hingegen hätten keine zehn Pferde dazu gebracht, in einen Vorort zu ziehen – nur unsere Verabredungen, die müssen wir jetzt eben oft auf den Spielplatz, in den Zoo oder in die Turnhalle zu einem Volleyballspiel ihrer Ältesten legen.

Sophie und Oscar warten anstandshalber ab, bis ich ein Glas Weißwein vor mir habe. Aber dann wollen sie es doch wissen.

»Jetzt sag schon, warum sind wir hier?«, fragt meine Freundin.

»Wüsste ich auch gern. Ich freu mich, dich zu sehen, aber die Konstellation ist, ähm, ungewöhnlich«, sagt Oscar.

»Ja, stimmt. Also, es ist so.« Schnell stürze ich das halbe Glas Wein in mich hinein. »Ich wünsche mir ein Kind. Es wird zeitlich knapp, und an Liebe glaube ich nicht mehr. Deshalb möchte ich einen Mann finden, der es mit mir zeugen und aufziehen will. Einen schwulen Mann, die anderen haben ja biologisch keine Schwierigkeiten, die können mit sechzig noch Vater werden. Da wäre mir das Risiko zu groß, dass der Mann noch mal eine eigene Familie gründet und von unserem Kind nichts mehr wissen will. Und jetzt brauche ich eure Hilfe beim Formulieren der Anzeige, mit der ich den Mann suchen will.«

Ich verstumme und schaue die beiden an. Oscar macht große Augen, während Sophie nach meinem Weinglas greift und es austrinkt.

»Das war mein Wein«, sage ich.

»Ja, aber man kann Campari-Soda schlecht exen. Entschuldigung.« Sie winkt dem Barkeeper und dreht sich dann zögerlich wieder in meine Richtung. »Ich sag jetzt einfach, was ich denke, ja? Mir fallen auf der Stelle zwanzig Arten ein, wie das in einer Katastrophe enden kann. Aber wie ich dich kenne, hast du über die alle schon nachgedacht und wirst versuchen, sie auszuschließen. Außerdem fallen mir auch bei jeder neuen Liebesbeziehung zwanzig Wege in die Katastrophe ein, und das hat noch nie jemanden davon abgehalten. Und bei neuen Lieben sage ich auch erst mal, dass ich mich freue, was ich eben irgendwie vergessen habe, weil ich so überfordert war, also, ich wollte sagen: Ich freu mich.«

Sie nimmt meine Hand. »Ich freu mich, das wird alles super, und bitte hör nicht auf mich, ich bin 'ne Spießerin.«
»Bist du nicht!«
»Also ich bin kein Spießer, und ich find's trotzdem krass«, sagt Oscar.
»Dabei hast du mich auf die Idee gebracht! Du hast mir vorletztes Jahr auf einer Party gesagt, du hättest gern ein Kind, und das wäre die einzige Lösung für dich.«
»Ich, ein Kind?« Oscar guckt erschreckt.
»Da warst du noch mit Stefan zusammen und voll auf dem Familientrip«, sagt Sophie.
»Puh, ja, das kann sein. War ich sehr betrunken?«
»Schon.« Ich verkneife mir die Bemerkung, dass er auf jeder Party bodenlos betrunken ist. Außerdem bin ich erleichtert, dass er seine Meinung offenbar geändert hat – er wäre nämlich aus genau diesem Grund nicht als Vater infrage gekommen.
»Das erklärt einiges. Vergessen wir das, ich weiß jedenfalls genau die richtige Website für dich!« Oscar sprüht schon wieder vor Begeisterung. »Sie heißt *Gay for it*, da sind nur Männer aus dem Rhein-Main-Gebiet, ein Leipziger bringt dir ja nichts. Es gibt Kleinanzeigen, und die werden sogar gelesen, weil sie oft so crazy sind.«
»So crazy wie meine.«
»Ja, na ja.« Er prostet mir zu und grinst.
»Du hast noch nie was Verrücktes gemacht«, sagt Sophie.
»Na, herzlichen Dank.«
»Du weißt, wie ich das meine! Du gehst keine Risiken ein, du überlegst dir alles genau. Wenn du das vorhast, ist es nicht verrückt, sondern nur unkonventionell.«
»Ich schreib das gleich mit, diese Argumente werde ich brauchen, um es meinen Eltern beizubringen.«
»Aber ich muss dich in einem Punkt warnen.« Sophie hebt mahnend den Zeigefinger, um ihn dann in meine Schul-

ter zu piksen. »Diese ganze Vorausplanerei, auf die du so stehst, diese lückenlose Ausarbeitung von Plan B und Plan C und Plan D – das wird aufhören, wenn du ein Kind hast. Kommst du damit klar?«

»Du findest, ich bin zu perfektionistisch für ein Kind?«

»Nicht zu perfektionistisch, eher zu …«

»Unflexibel«, springt Oscar ihr bei.

»Ist das euer Ernst? Oscar, du kennst mich doch kaum!«

»Ja, und sogar mir ist es schon aufgefallen.«

»Ich sage doch überhaupt nicht, dass du deswegen keine gute Mutter sein könntest!«, sagt Sophie. »Ich will dich nur darauf vorbereiten, dass alles chaotisch wird und trotzdem super sein kann.«

»Hmpf.« Ich bin ein bisschen beleidigt. »Ich bin vielleicht nicht besonders flexibel, aber was ist denn gegen gute Planung einzuwenden? Und ist fünf alternative Pläne zu haben nicht fast so gut, wie flexibel zu sein?«

»Wenn du dann mit Plan F genauso zufrieden bist, klar«, sagt Sophie.

»Ich finde das mit den Plänen nicht so schlecht«, erklärt Oscar. »Mal ganz realistisch, du wirst mit dem Vater haufenweise Vereinbarungen und Listen und gemeinsame Kalender haben müssen, da kannst du nicht einfach alles ad hoc entscheiden.«

»Seht ihr!«

»Was wir also eigentlich brauchen, ist ein Typ, der ähnlich tickt wie du.«

Ich ziehe mein Notizbuch aus meiner Tasche. »Genau. Und wenn wir das jetzt noch irgendwie wertschätzend formulieren könnten, damit der Mann nicht denkt, ich suche eine Selbsthilfegruppe für Perfektionisten, wäre es mir sehr recht.«

»Das bekommen wir schon hin«, sagt Sophie. »Aber erst brauchen wir alle noch was zu trinken.«

Eine Stunde später steht in meinem Büchlein zwischen tausend durchgestrichenen Wörtern, Sternchen und Ausrufezeichen:

<u>Suche Mann für Co-Elternschaft</u>
Du möchtest ein Kind und weißt nicht, wie? Geht mir genauso. Bin Single-Frau, achtunddreißig, und suche einen Mann, der mit mir ein Kind zeugt und aufzieht – ohne Liebesbeziehung, aber freundschaftlich und verlässlich. Wenn du bis fünfzig Jahre alt bist, dein Leben im Griff hast und glaubst, dass Erziehung ohne Humor nicht funktioniert, könnte das ganz gut klappen. Ich freue mich auf deine Nachricht.

»Ist das konkret genug?«, fragt Sophie. »Willst du nicht noch irgendwas Genaueres reinschreiben?«
»Was denn zum Beispiel?«
»In normalen Kontaktanzeigen steht immer, man soll tierlieb sein«, sagt Oscar.
»Ich bin gegen Katzen und Hunde allergisch. Ich hoffe, der Mann ist nicht allzu tierlieb.«
»Wie er aussieht, ist dir wirklich ganz egal?«
»Also wenn er wirklich sehr dick wäre, würde ich mir Sorgen machen, dass er nicht alt wird. Aber das ist ja kein ästhetisches Kriterium, mir geht's nur um seine Gesundheit.«
»Was ist mit Rauchen?«
»Könnte ich mir als Partner nicht vorstellen, aber wenn er nur ab und zu eine raucht, während das Kind bei mir ist, wäre das auch okay.«
»Okay, allmählich verstehe ich, warum die Suche nach einem Vater tatsächlich einfacher sein könnte als die nach einem Partner«, sagt Sophie. »Die Zielgruppe ist kleiner, aber es kommen mehr davon infrage.«

»Das sagst du jetzt. Warte mal ab, bis Laura anfängt, die Bewerber auszusortieren. Das wird lustig.«

»Ich werde einfach auf meinen Bauch hören«, verkünde ich. »Schließlich spielt mein Bauch in der ganzen Sache eine entscheidende Rolle.«

Sophie und Oscar tauschen einen bedeutungsvollen Blick, den ich beim besten Willen nicht interpretieren kann.

KAPITEL 4

Erst zwei Wochen später beginne ich eine leise Ahnung davon zu gewinnen, was meine Freunde in diesem Moment gedacht haben. Da sitze ich nämlich am Küchentisch, erstelle Checklisten und erwäge ernsthaft, ein Klemmbrett anzuschaffen. Wie beim Arzt, wo man am Empfang ein Formular ausfüllen muss. Welche Krankenkasse? Beruf? Name des Hausarztes? Vorerkrankungen? Bitte ankreuzen, j/n.

Schnell habe ich eine ganze Seite voller Fragen beisammen. Dann will ich die unwichtigsten streichen, aber ich finde sie eigentlich alle wichtig. Bauchgefühl hin oder her, ich muss doch wissen, ob der Mann einen Schufa-Eintrag hat! Andererseits wusste meine Mutter das über meinen Vater wahrscheinlich auch nicht so genau, als sie geheiratet haben. Es ist ja kein klassisches Small-Talk-Thema. Was hat sie damals wohl am meisten interessiert?

Seufzend lege ich den Kugelschreiber hin und rufe sie an. Es gibt da allerdings eine kleine Komplikation: Meine Mutter weiß noch nichts von meinem Plan. Deshalb muss ich meine Frage nach ein paar Minuten Plaudern sehr vorsichtig anmoderieren.

»Sag mal, wenn du dir damals einen Vater für mich hättest backen können, welche Eigenschaften hätte der gehabt?«

»Also, ich fand deinen Vater ganz prima. Ich hätte keinen anderen gewollt!«

»Na ja, aber du warst eben auch verliebt. Gab es irgendwelche Eigenschaften, die du an ihm vermisst hast? Oder etwas, das dich gestört hat?«

»Dass er mich direkt nach deiner Abifeier verlassen hat, das hat mich gestört.«

»Und als er noch da war? Komm, irgendwas muss dir doch einfallen! Du idealisierst ihn im Nachhinein!«

»Ja, ist ja gut! Er hätte mehr Verantwortung übernehmen können. Immer war ich dafür zuständig, wenn dir deine Schuhe zu klein geworden waren oder du für eine Klassenarbeit lernen musstest. Das hat mich geärgert.«

Ich mache mir eine Notiz. »Okay. Noch was?«

»Warum willst du das alles wissen? Erstellst du eine Ehemann-Wunschliste?«

»Ähm, nee. Nur so. Ich grübele halt.« Yay, nur halb gelogen.

»Mach dir nicht immer so viele Sorgen. Wenn der richtige Mann vor dir steht, weißt du Bescheid! Nur keine Eile. Andrea Sawatzki ist achtundfünfzig und hat ein Kind von vierzehn.«

»Andrea Sawatzki sieht aus, als hätte sie ihr ganzes Leben Yoga und Salat gewidmet. Wahrscheinlich ist die körperlich erst Ende zwanzig.«

»Aber Gianna Nannini war fünfzig und hat bestimmt viel Kuchen und Eis gegessen!«

»Genau. Und dazu Fruchtbarkeitshormone, die bis heute den Tiber verseuchen.«

Kurz überlege ich, ob ich ihr erzählen soll, was ich vorhabe. Aber wenn ich einen Vater gefunden habe, ist dafür ja immer noch genug Zeit. Also beende ich das Gespräch lieber. Ich finde es oft am besten, meine Mitmenschen vor vollendete Tatsachen zu stellen, statt vorher alles mit ihnen zu besprechen.

Deshalb bist du jetzt auch achtunddreißig und Single, sagt eine böse kleine Stimme in meinem Kopf.

Halt die Klappe, zische ich zurück. Dann nehme ich ein zweites Blatt Papier und schreibe »Wie willst du die Verantwortung teilen?« darauf.

Auf die Treffen mit den Kandidaten bin ich bestens vorbereitet. Aber auf die Zuschriften, die mich per Mail erreichen, konnte mich nichts vorbereiten. Schon als ich zum ersten Mal in das eigens dafür eingerichtete Postfach schaue, habe ich Herzrasen. Was, wenn Menschen mich beschimpfen für meine Idee? Ich weiß zwar nicht, was es da zu beschimpfen gäbe, aber das ist immer noch das Internet. Was, wenn keiner dabei ist? Das wäre noch viel schlimmer. Ich war mir so sicher, dass ich auf diesem Weg jemanden finden würde. Vielleicht hab ich mir das alles zu einfach vorgestellt. Jetzt, kurz bevor ich erfahre, ob ich in einer Sackgasse stecke oder ob es hier weitergeht, bekomme ich Schweißausbrüche. Ich ziehe meinen Pullover aus, schüttele mich und atme tief durch. Dann öffne ich die erste Mail.

Ich war mal eine Weile auf einem Online-Datingportal, da bekam ich ein paar sehr plastische Nachrichten dazu, welche Körperteile des Absenders mich gern als Erstes kennenlernen würden. Das hier ist ganz anders, zum Glück, aber auch bizarr: Ich bin jetzt mit den Erziehungsvorstellungen anderer Menschen konfrontiert. Und Oscar hatte recht – es fällt mir sehr leicht auszusortieren.

»… ist mir vegane Ernährung auch bei meinem Nachwuchs sehr wichtig …«

»… möchte ich mein Kind gern auf das hervorragende Internat schicken, auf dem ich selbst war …«

»… erachte ich Disziplin als entscheidend bei der Erziehung, obwohl freundliche Zuwendung natürlich nicht zu kurz kommen darf …«

»… würde ich den Lebensmittelpunkt des Kindes bei dir sehen, da ich viel herumreise …«

»… freuen mein Lebensmensch und ich uns schon auf das Getrappel von kleinen Füßchen …«

Nee. Alles, was recht ist. Ich freue mich, dass sich so viele Männer gemeldet haben, aber am Ende kann es ja nur einen geben. Und der redet dann bitte nicht, als hätte er *Der kleine Prinz* verschluckt. Von den anderen will ich gar nicht erst anfangen.

Ich erstelle einen Ordner, in dem ich die sympathischeren Kandidaten sammle. Dabei summe ich vor mich hin. Es gibt offenbar wirklich nette Männer da draußen, einer von ihnen wird sicher einen guten Vater abgeben. Drei Wochen lang will ich die Anzeige online lassen, dann treffe ich mich mit allen Kandidaten, die sich nicht sofort disqualifiziert haben. Bis dahin habe ich wahrscheinlich drei Seiten voller Fragen beisammen und ein Klemmbrett gekauft, aber da müssen wir eben durch. Anstrengender als eine Geburt wird es nicht sein.

Allerdings ertappe ich mich immer wieder dabei, wie ich den zweiten Schritt vor dem ersten mache. Ich habe schon angefangen, Folsäure zu nehmen, weil auf der Packung stand, man sollte drei Monate vor der Schwangerschaft damit anfangen. Aber ich habe auch haufenweise Erfahrungsberichte zum Thema Co-Elternschaft gelesen, und alle rieten dazu, den Vater erst mal ein Jahr lang in Ruhe kennenzulernen und gemeinsam in Urlaub zu fahren. Gemeinsam in Urlaub fahren! Wenn ich mit einem Mann in Urlaub fahren wollte, mit dem es nur so mittelmäßig Spaß macht, hätte ich auch bei meinem Ex bleiben können. Und in einem Jahr bin ich neununddreißig. Wenn es dann nicht gleich klappt – und wann klappt es schon mal gleich? –, dann bin ich einundvierzig, und dann klappt es vielleicht gar nicht mehr.

Um mich abzulenken, beschäftige ich mich mit anderen unangenehmen Dingen: Ich habe den liebestollen Konrad und Ami-Susanne zu Gesprächen geladen. Einzeln natürlich. Das wird alles fürchterlich peinlich, aber es scheint mir immer noch besser, als nicht darüber zu reden.

»Herr Hoffmann, es geht um Ihren Wunsch bei der Jobrotation«, eröffne ich das Gespräch. »Sie wollen ja unbedingt zu den Amerikanern und konnten mir keinen konkreten Grund nennen. Nun habe ich gehört, es habe mit einer Mitarbeiterin in dieser Abteilung zu tun. Ist da etwas dran?«

Konrad Hoffmanns Gesichtsfarbe wechselt von Blass zu Rot, während er mit den Handflächen an den Hosenbeinen seiner grauen Jeans herumreibt. Er sagt keinen Ton.

Zu den wichtigsten Techniken, die ich bei Bewerbungsgesprächen gelernt habe, gehört Schweigen. Wenn jemand auf eine Frage noch nicht genug geantwortet hat: einfach schweigen und warten, bis sie oder er weiterredet. Da kommen die überraschendsten Dinge zum Vorschein. Und alles nur, weil die meisten Menschen Stille nicht gut ertragen können.

Für Konrad Hoffmann gilt das allerdings nicht. Der schweigt wie ein Weltmeister.

»Herr Hoffmann, wenn Sie Ihre Motivation nicht erklären können, ist die Jobrotation vielleicht nicht das Richtige für Sie.« Das ist natürlich ein Bluff. Der Oberchef ist total wild drauf, dass so viele Mitarbeiter wie möglich rotieren. Für jede Ausnahme muss ich ihm eine Erklärung liefern, und diese hier würde ich doch gern für mich behalten.

»Es ist nicht wegen der Kollegin. Ich interessiere mich für Amerika.«

»In Ordnung. Dann werde ich Ihre Auskunft miteinbeziehen.« Und die Tatsache, dass er »die Kollegin« statt »eine Kollegin« gesagt hat, ebenfalls. Hält er mich für doof?

Wenn Konrad Hoffmann mir windig vorkam, ist Ami-Susanne aber noch mal eine ganz andere Hausnummer. Nicht, weil sie so viel durchtriebener wäre, im Gegenteil – ihre Fähigkeit zur Verstellung ist offenbar eher unterentwickelt.

»Ja, und was soll ich jetzt dazu sagen?«, fragt sie, als ich ihr die Situation geschildert habe, ohne meine Bedenken zu erwähnen. »Der Kollege kann doch in jede Abteilung, in die er will?« Sie rutscht auf ihrem Stuhl herum, und ich bin kurz davor, es ihr gleichzutun. Muss sie unbedingt so unbeteiligt tun? Jetzt muss ich doch die Karten auf den Tisch legen, obwohl ich das nicht wollte.

»Frau Nowak, in aller Offenheit: Es scheint, als hätte Herrn Hoffmanns Wahl etwas mit Ihnen zu tun.«

Sie sagt nichts, aber ihr Gesicht verfärbt sich zu Signalrot.

»Möchten Sie dazu etwas sagen?«, frage ich zunehmend genervt.

»Eigentlich nicht«, piepst sie.

Ich hasse es, wenn Frauen piepsen. Handys piepsen. Vögel piepsen. Aber bei Frauen ist es mir lieber, wenn sie in ihrer normalen Stimmlage mit mir über Berufliches reden.

»Gut, dann machen wir das jetzt kurz: Haben Sie was dagegen, dass der Kollege bei Ihnen in der Abteilung Station macht?«

»Nein.« Sie räuspert sich und sagt es noch mal mit tiefer Stimme: »Nein.«

»Danke für die Auskunft.«

Ich stehe auf und will ihr die Hand reichen. Warum hab ich eigentlich diesen ganzen Eiertanz aufgeführt? Wenn niemand ein Problem hat, sollte ich auch niemandem einreden, es könnte eines geben. Mein Job ist es eher, das Gegenteil zu tun.

Aber Susanne Nowak bleibt sitzen und schaut verlegen. »Also, ich hab nichts dagegen, aber vielleicht mein Mann ...«

Ich lasse mich zurück auf meinen Stuhl sinken und unterdrücke ein Ächzen. »Für Ihren Mann bin ich nicht zuständig, Frau Nowak. Und ich möchte in diese Angelegenheit auch nicht so weit einbezogen werden.« Höflicher kann ich die Bitte, mich mit ihrem Liebesleben zu verschonen, wirklich nicht formulieren. »Wenn Sie da ambivalent sind, würde ich empfehlen, dass wir Herrn Hoffmann seine Passion für Amerika in Ihrer Abteilung ausleben lassen, während Sie gleichzeitig woanders Station machen. Einverstanden?«

Bitte sag Ja. Bitte, bitte sag Ja und lass mich den Rest des Nachmittages mit sinnvolleren Dingen verbringen.

»Ja, ist gut.«

Jetzt hat sie es plötzlich sehr eilig, nickt mir zu und flieht fast aus meinem Büro.

Ich sollte ein paar Seminare planen, aber stattdessen ziehe ich frustriert die Schublade mit dem Gummibärchenvorrat auf. Die piepsende Ami-Susanne steht also zwischen zwei Männern, und für mich interessiert sich nicht mal einer. Was mache ich falsch?

Mit dieser Frage im Kopf und einer leeren Tüte Gummibärchen erwischt mich Johanna, als sie fünf Minuten später in mein Büro platzt und sich, ohne zu fragen, auf den Gästestuhl fläzt.

»Du könntest wenigstens anklopfen wie alle anderen«, knurre ich und lasse die Tüte verschwinden.

»Ich möchte nicht anklopfen. Man hat so viel interessantere Begegnungen, wenn man nicht anklopft.«

»Aber es ist ein Gebot der Höflichkeit. Ich dachte, ihr Juristen mögt Gebote. Sind doch fast Gesetze.«

»Nee. Wir werden Juristen, um uns um Gesetze herumzuquatschen. Warum die Gummibärchen, ist was?«

»Muss irgendwas sein, damit ich Gummibärchen esse?«

»Du isst immer Süßes, wenn du gestresst oder beleidigt bist. Was ist es diesmal?«

»Beleidigt. Johanna, was meinst du: Warum bin ich Single?«

»Muss es dafür einen bestimmten Grund geben? Ich bin auch Single und sehe keinen Grund.«

»Du bist Single, weil du bindungsscheu bist.«

»Aua.«
»Stimmt es etwa nicht?«
»Doch.«
Leugnen wäre eh zwecklos. Die letzten zwei Typen hat Johanna abgeschossen, ehe es ernst werden konnte, weil sie mehr Zeit für sich wollte. Mehr Zeit hieß: mindestens sechs Abende die Woche.
»Und was mach ich falsch?«
»Darauf gibt es keine Antwort, weil schon die Frage ganz verkehrt ist! Es ist nicht deine Schuld oder dein Fehler. Vielleicht hattest du einfach Pech. Vielleicht ist deine Zielgruppe klein.«
»Heißt das, ich hab zu hohe Ansprüche?«
»Nahein, das heißt es nicht!« Johannas rechte Augenbraue schießt nach oben. »Hör auf, dich verrückt zu machen. Außerdem, was kümmert es dich? Du kriegst doch jetzt eh erst mal ein Kind. Du wirst überhaupt keine Zeit haben für eine Beziehung. Niemand hat Zeit für seine Beziehung, wenn ein Baby im Haus ist.«
»Ich weiß«, antworte ich trübsinnig. »Aber kennst du nicht das Gefühl, dass alle geliebt werden außer dir selbst?«
»Mein Hund liebt mich. Und ich liebe dich. Hey, wir könnten mal wieder zusammen in Urlaub fahren, wie wäre das? Wir gehen in ein spießiges Wellnesshotel und werden wieder von Leuten angestarrt, die uns für Lesbierinnen halten.«
»Das war schrecklich beim letzten Mal. Die Leute sind wirklich unmöglich.«
»Diesmal darfst du sie mit Torte bewerfen. Ich verspreche es.«
»Okay. Dann ja. Ich schicke dir einen Terminvorschlag.« Mit Johanna in Urlaub zu fahren klingt etwa tausendmal besser als mit einem potenziellen Kindsvater. »Aber bist du deshalb gekommen?«

»Nein, ich wollte dir von der Beschwerde des Influencers erzählen! Du weißt schon, der vom Kamel gefallen ist.«

»Ach ja. Hat er sich echt noch mal gemeldet?«

»Ja. Er will das mit dem Hängezelt am Dachstein wirklich machen.«

»Ähm. Okay. Ich nehme an, wir verbuchen das als Marketingkosten?«

»Richtig. Deshalb haben wir mit ihm auch vereinbart, dass wir seine Fotos und Videos anschließend für Marketingzwecke verwenden dürfen. Sollte er also noch mal einen lustigen Unfall haben, bekommen wir es diesmal danach zu sehen.«

»Johanna – einen *lustigen* Unfall? In einer Steilwand? Wie sollte der denn aussehen?«

»Touché. Ich hätte ihn auf eine Insel voller Affen schicken sollen. Merke ich mir fürs nächste Mal.«

»Haben wir das schon im Programm?«

»Klar, das ist total beliebt. Menschen lieben Tiere einfach, vor allem wenn sie frei leben, aber zahm sind. Wahrscheinlich weil sie so niedlich sind wie Kinder, aber man sich nicht um sie kümmern und ihnen hinterherputzen muss.«

»Möchtest du manchmal zum Babysitten bei mir vorbeikommen?«

»Auf keinen Fall!« Johanna grinst. »Ich seh mich eher für andere Dinge verantwortlich. Dem Kind so früh wie möglich ein Schlagzeug zu schenken, zum Beispiel. Als musikalische Früherziehung.«

»Damit wärst du eine fürchterliche Freundin, aber eine coole Tante.«

»Ich weiß. Mach schnell, ich möchte diesen Ehrentitel so bald wie möglich.«

KAPITEL 5

Und so sitze ich bald darauf in einem Café, in das ich fünf Männer bestellt habe. Für jeden habe ich eine Stunde eingeplant, dazwischen eine Viertelstunde Puffer, damit ich meine Eindrücke aufschreiben kann. Obwohl ich wirklich sehr mit einem Klemmbrett geliebäugelt habe, liegt eine einfache blaue Mappe vor mir. Der Vater meines Kindes soll mich nicht von der ersten Minute an für pedantisch halten. Das findet er schließlich noch früh genug heraus.

Ich schaue mich im Café um. Es ist alles andere als schick oder hip, außer mir sitzen nur sonntäglich herausgeputzte ältere Herrschaften hier und trinken Kaffee mit Sahne. Durch die Fensterfront sehe ich die zwei großen Palmen an der Straße, die die Besitzer des Cafés jeden Winter liebevoll einpacken, damit sie die Kälte überstehen. Der halb blinde Spiegel hinter dem Tresen ist fast ein bisschen mondän, aber alles andere wirkt wie eine Kulisse für eine Doku über die alte Bundesrepublik.

Es ist perfekt für meine Zwecke: Die meisten Gäste sind entweder selbst schwerhörig oder sprechen sehr laut, weil ihr Gegenüber schwerhörig ist. Aktuell erfahre ich von einer Dame, die zwei Tische weiter sitzt, dass ihr Enkel jetzt als Assistenzarzt nach Kapstadt gegangen ist, und von einem Herrn am anderen Ende des Raumes hörte ich gleich zu Beginn, sein Auto habe jetzt 300 000 Kilometer drauf und fahre immer noch zuverlässig. Niemand wird hier heimlich mithören und meine bizarren Gespräche auf Twitter veröffentlichen. Außerdem werden weder ich noch die Kandidaten hier auf Bekannte treffen.

Es sei denn, einer von ihnen hat bei seinem Alter dreist gelogen.

Auf die Minute pünktlich betritt Carl das Café, ein drahtiger, dunkler Typ. Ohne Zögern läuft er direkt auf meinen Tisch zu – ich bin ja auch die einzige Person unter sechzig hier. Er selbst ist einunddreißig, aber seine Mail wirkte sehr erwachsen. Wir begrüßen uns höflich, ehe er mit der Bestellung eines Latte Macchiato an der indignierten Wirtin scheitert und sich wie alle anderen mit einem Filterkaffee zufriedengibt.

»Also, Laura.« Wenn er lächelt, kommen sehr schöne Zähne zum Vorschein. »Ich hab ganz viele Fragen und du bestimmt auch, aber soll ich erst mal von mir erzählen?«

»Ja, gerne!«

»Dann fang ich vorne an. Ich bin in Göttingen geboren, meine Eltern haben ein Küchenstudio. Keine Geschwister. Und die dunklen Augen hab ich, weil meine Mutter Argentinierin ist.«

Er nimmt den ersten Schluck von seinem Kaffee und schaut etwas leidend. Dass dieser Ort auch ein prima Test zur Frustrationstoleranz sein würde, hatte ich gar nicht bedacht, aber es könnte hilfreich werden.

»Ich hab Grafikdesign studiert und arbeite jetzt seit, hm, etwa drei Jahren bei einer Agentur, die Websites für Unternehmen gestaltet und betreut. Genauso lange bin ich auch Single.«

»Weil du so viel arbeiten musst?«

Er verzieht das Gesicht. »Auch, ja. Bestimmt. Aber es ist einfach so schwer, einen anständigen Mann zu finden.«

»Ach, wem sagst du das?«

»Stimmt.« Er prostet mir mit seinem dicken weißen Kaffeebecher zu.

»Wie fände dein Umfeld es, wenn du ein Kind mit mir hättest?«

»Meine Mutter wäre vollkommen aus dem Häuschen. Mein Vater würde sich dran gewöhnen. Und meine Freunde fänden es aufregend, glaube ich. Und bei dir?«

»Ich könnte dir jetzt zwanzig SMS von meiner Mutter zeigen, in denen sie mir schreibt, welche Prominente in welchem hohen Alter doch noch Mutter geworden ist. Sie stellt sich zwar eine richtige Beziehung mit Kind für mich vor, aber ich denke, ein Baby wäre in jedem Fall eine tolle Nachricht. Mein Vater wäre stolz auf meinen Mut. Und die meisten meiner Freunde sind jetzt schon leicht schockiert, aber zuversichtlich.«

»Cool. Was willst du denn noch alles wissen?«

»Einiges.« Ich schlage meine Mappe auf und hole die zusammengetackerten Seiten des ersten Fragebogens heraus, mit Platz für Notizen.

Carl fängt an zu lachen. »Das ist ja sehr professionell!«

»Ich kann nichts dafür, ich bin Personalchefin und hab wohl versehentlich so was Ähnliches wie einen Leitfaden fürs Bewerbungsgespräch entwickelt.«

»Okay, klar. Dann beantwortest du die Fragen einfach selbst auch, oder?«

»Ja, das wäre der Plan. Willst du was zum Schreiben?«

»Nee, ich nehm das mit meinem Handy auf, wenn das okay ist.«

Ich zögere. Will ich riskieren, dass so ein Tondokument von mir im Internet landet?

»Hm, lieber nicht. Sorry. Hier, ich hab noch einen Kugelschreiber und einen Block dabei.«

Carl schaut mich überrascht an, nimmt aber beides kommentarlos entgegen. Wir ackern sorgfältig die Fragen zu Gesundheit, Religion und Politik durch und sind uns in den meisten Dingen recht einig, ehe wir zur Freizeitgestaltung kommen.

»Also, ich hab ein Hobby, das vielleicht ein bisschen komisch klingt«, sagt er. »Eigentlich ist es kein Hobby. Wir machen das nur manchmal, meine Kumpels aus der Agentur und ich.«

Ich sehe ihn und seine Kollegen als Ukulelen-Orchester vor mir und schweige höflich.

»Wir haben so Poolnudeln, die innen hohl sind, da stecken wir Bambusstöcke rein«, fährt er fort. »Und dann spielen wir Schwertkampf im Park.«

Ich klappe wortlos die Augenlider auf und zu, bis ich meine Stimme wiederfinde. »Äh, hat das was mit Star Wars zu tun?«

»Nee, eigentlich nicht, es ist nur witzig, und man kann ganz gut seine Aggressionen abbauen.«

»Hmmm«, mache ich und notiere *Poolnudel-Schwertkampf* auf dem Fragebogen.

»Das findest du bestimmt kindisch«, sagt Carl.

»Es ist ziemlich ungewöhnlich.« Ich bemühe mich um einen verständnisvollen Ton. »Hast du so viel Stress mit nervigen Kunden, dass du manchmal richtig geladen aus der Agentur kommst?«

»So schlimm ist es nicht, aber wenn ich spontan viele Überstunden machen muss, bin ich schon genervt.«

Spontane Überstunden, notiere ich und komme mir schäbig vor. Ich mach doch selbst manchmal spontane Überstunden. Aber fast immer freiwillig. Und ich will nicht mehrmals die Woche Anrufe von Carl bekommen, ob ich unser Kind doch von der Kita abholen kann, weil er länger arbeiten muss, ausnahmsweise, ehrlich. Wir verabschieden uns nach einer Stunde freundlich, aber ich vermute, er ahnt schon, dass er nicht mein Traumkandidat ist.

Nummer zwei heißt Stefan und ist derart miesepetrig, dass ich ihn schon nach fünf Minuten gedanklich aussortiere. Da hat er mir bereits erzählt, wie ätzend es ist, eine Wohnung in der Großstadt zu suchen (ach nee), dass Älterwerden nervt (sach bloß) und warum er unser hypothetisches Kind nicht impfen lassen will (auf Wiedersehen). Nummer drei, Michi, wirkt etwas weinerlich und schaut mich an, als wäre ich seine einzige und letzte Hoffnung auf Lebensglück. Als ich ihn frage, warum er sich ein Kind wünscht, erklärt er, er wolle im Alter nicht alleine sein, davor fürchte er sich am meisten. Ich werde immer erschöpfter, je länger wir reden. Sobald er das Café verlassen hat, bestelle ich mir völlig entkräftet ein Stück Karamelltorte.

»Kommt noch einer?«, fragt die Kellnerin, als sie es mir hinstellt, und ich kann nicht erkennen, ob sie meine rasant wechselnde Gesellschaft peinlich oder lustig findet.

»Das will ich hoffen«, antworte ich. »So ein Fragebogen beantwortet sich nicht von alleine.«

»Sind Sie Headhunterin?« Sie beugt sich zu mir und fügt hinzu, während ich mich noch über das Wort wundere: »Meine Nichte macht das auch!«

»So was Ähnliches. Stört es Sie, wenn ich diese Gespräche hier führe?«

»Überhaupt nicht, machen Sie nur!« Sie wedelt aufmunternd mit der Hand und verschwindet wieder in der Küche.

Nummer vier hat sich wundersam verdoppelt. Statt Alex, mit dem ich verabredet bin, sitzen mir plötzlich Alex und Marlon gegenüber und halten Händchen.

»Alex, du hast mir gar nicht geschrieben, dass du liiert bist.« Ich hoffe, man hört nicht heraus, dass ich nicht besonders erfreut bin.

»Seit zwei Wochen!«, antwortet Marlon für ihn.

»Ah, noch ganz frisch, wie schön.« Ob sie hier wohl Rum für den Tee haben?

»Marlon ist auch ganz begeistert von der Idee mit dem Baby«, sagt Alex. »Ich habe ihm gleich davon erzählt, und wir wollen uns gerne zu zweit um das Kind kümmern. Je mehr Elternliebe, desto besser, oder?«

»Bestimmt.« Es tut mir leid für die beiden, aber hier muss ich sofort die Karten auf den Tisch legen. »Ich finde euch beide echt sympathisch, aber ich kann mir das mit euch leider nicht vorstellen. Es ist nichts Persönliches, aber ihr seid so frisch zusammen, da entscheidet man sich doch nicht sofort für ein gemeinsames Kind?«

»Aber es wäre ja unser gemeinsames Kind mit dir!«, sagt Marlon.

»Was ich meine, ist: Wenn das Kind von Anfang an euch beide als Väter hat und ihr euch dann doch trennt, müssen wir es sozusagen durch drei teilen, damit jeder von uns Zeit mit ihm hat. Und das ist ein bisschen viel Stress für so ein Kind, finde ich. Außerdem möchte ich von meiner Hälfte nichts abgeben, dann hättet ihr also beide nur noch ein Viertel.«

»Aber wenn ich Single wäre und Marlon erst in einem Jahr kennengelernt hätte?«, fragt Alex.

»Dann wäre Marlon ja nicht sofort ein vollwertiger Zweitvater, sondern erst mal nur dein Freund«, erwidere ich. »Und um ganz offen zu sein: Wir würden ihm für den Fall einer Trennung kein Besuchsrecht einräumen. Wenn man zu dritt anfängt, macht man das natürlich.«

»Das heißt, du könntest es dir grundsätzlich schon vorstellen mit einem Paar?«, fragt Marlon.

»Wenn es lange zusammen und stabil ist, ja. Aber zwei Wochen sind wirklich zu wenig. Schon bei zwei Jahren hätte ich Bauchschmerzen.«

»Ach so.« Beide schauen mich bedröppelt an, dann sieht Alex Marlon von der Seite an, als würde er gerade in Erwägung ziehen, mit ihm hier und jetzt Schluss zu machen und doch als Single anzutreten.

»Aber ihr habt doch den Jackpot!«, sage ich schnell. »Ihr habt euch gefunden, und ihr könnt jetzt eure Beziehung genießen und dann immer noch ein Kind bekom-

men. Genau so hatte ich mir das für mich ja auch gewünscht.«
»Du machst es jetzt eben umgekehrt!«, sagt Marlon.
»Du wirst jemanden finden, ganz bald.« Alex lässt Marlons Hand los, um meinen Arm zu tätscheln. Ich muss kichern, weil ich die Geste so nett finde. Allmählich schließe ich die beiden echt ins Herz.
»Danke, ihr zwei. Ihr seid ein tolles Paar. Draußen ist Frühling, jetzt geht und macht irgendwas Romantisches!«
Hand in Hand ziehen die beiden ab. Und ich spüre an dem Ziehen in meinem Bauch deutlich, dass ich das nicht nur aus Höflichkeit gesagt habe: Den Jackpot haben sie erwischt.
Ich sitze noch eine Stunde da und trinke Earl Grey, aber Nummer fünf kreuzt nicht auf. Auch okay – erstens hat er sich damit selbst disqualifiziert, und zweitens bin ich für heute echt bedient. Dass es so anstrengend sein würde, diese Gespräche zu führen, war mir nicht klar. Andererseits ist das hier wahrscheinlich die wichtigste Entscheidung meines Lebens, und dass die sich nicht wie ein Spaziergang anfühlt, hätte ich wohl wissen müssen.
Mein Handy brummt.

Hey, bist du schon schwanger oder können wir morgen Radfahren?

>Dominik, du bist doch der beste Beweis dafür, dass man im sechsten Monat noch Höchstleistungen erbringen kann!

Du böse Hexe. Miriam sagt, ich habe abgenommen.

>Sie muss dich sehr lieben.
>Ich hol dich morgen um 13 Uhr ab.

Ich packe meine Mappe ein und zahle. Außer mir sind ohnehin nur noch zwei alte Damen hier. Draußen fallen goldene Sonnenstrahlen durch die Palmenblätter. Und ich überlege, ob ich Carl doch noch mal treffen sollte.

KAPITEL 6

Eigentlich hätte ich die Erlebnisse des Vortages gern erst mal mit mir selbst abgemacht. Aber als Dominik und ich am nächsten Tag eine kleine Pause machen, erzähle ich ihm alles: dass einer nicht mal abgesagt hat, dass das Paar nicht infrage kommt und gegen alle anderen auch ziemlich triftige Gründe sprechen, außer gegen Carl, über den ich jetzt die ganze Zeit nachdenken muss. Dominik hört mir einfach nur zu, isst in der Zeit zwei Bananen und justiert seine Bremse nach, bis ich endlich fertig bin. Er wirkt völlig unbeeindruckt.

»Es ist doch ganz klar, was du jetzt machen musst«, sagt er.

»Ach ja, was denn?«

»Du musst Leute fragen, die du schon kennst.«

»Aber ich kenne keinen Schwulen, der an Co-Elternschaft interessiert ist.«

»Vielleicht gäbe es andere Modelle. Und du könntest ein Kind doch auch alleine aufziehen.«

Verständnislos glotze ich ihn an.

»Bestimmt willst du auf irgendwas hinaus, aber ich check's nicht.«

»Du hättest mich zumindest mal FRAGEN können!«, platzt er heraus.

»WAS FRAGEN?«, plärre ich zurück.

»Ob ich dir, also, aushelfen könnte!«

»Spinnst du ein bisschen?«

»Du spinnst selber ein bisschen! Von mir wolltest du kein Kind, und jetzt würdest du eins von einem Fremden bekommen! Wäre ein Fremder besser als ich?«

»Es geht doch nicht um besser oder schlechter!« Ich ziehe entnervt meine Handschuhe aus, weil ich gerade schwitzige Handflächen bekomme. »Du hast zwei Kinder mit Miriam, mal daran gedacht? Was hält sie überhaupt von deiner grandiosen Idee?«

»Sie weiß nichts davon.«

Ich schlage meine Hand vor die Stirn, obwohl ich weiß, dass ihn das nur noch wütender macht. Aber ich bin selbst wütend. Da soll es ein einziges Mal um meinen Lebenstraum gehen, der wirklich nur mit mir selbst zu tun hat, und er muss es auf sich beziehen und beleidigt sein. Manchmal bin ich richtig erleichtert, dass wir nicht mehr zusammen sind. Aber all das kann ich ihm jetzt nicht sagen, sonst schwingt er sich beleidigt aufs Fahrrad und fährt bergab mit Tempo sechzig in den Graben.

»Okay, hör zu«, sage ich. »Kann es sein, dass es hier gar nicht um die Situation von heute geht, sondern um die von früher?«

Dominik grummelt vor sich hin.

»Ich weiß, du wolltest heiraten und Kinder. Aber ich war zu jung damals, und ich wollte Karriere machen. Das hatte nichts mit dir zu tun.«

Schweigend schält er die dritte Banane.

»Ich finde, du bist ein toller Ehemann und Vater«, sage ich, obwohl ich gerade finde, dass er vor allem ein Vollidiot und ein verzogenes Blag ist. »Und ich sehe doch bei euch, wie wichtig es ist, dass man zu zweit ist. Ich kann mir nicht vorstellen, ein Kind alleine aufzuziehen, und ab und zu kommt Onkel Dominik zu Besuch. Mehr als das würde ja gar nicht in dein Leben passen.«

»Nee, würde es auch nicht.«

Dominik isst in einem Affentempo die Banane, während ich meine Schläfen massiere. Seine gekränkte Eitelkeit macht mich rasend. Gleichzeitig kann ich sie ganz gut nachvollziehen.

»Hör mal, ich kann dir was versprechen«, sage ich. »Ich verspreche, dass ich nicht mit einem Mann ein Kind bekomme, der ein schlechterer Vater wäre als du, aber einfach nur einen besseren Zeitpunkt erwischt hat. Okay? Ich verspreche, dass ich auf einen richtig guten Vater warte. Würde sich das besser anfühlen für dich?«

»Ja.« Die Bananenschale fliegt in den Busch. »Und für dich hoffentlich auch!«

»Jaha.« Ich seufze. »Damit ist Carl also raus, und ich steh wieder ganz am Anfang.«

»Och, Carl würde sich mit einem Kind sicher gut verstehen. Auf Augenhöhe.«

»Ich würde dich gerade sehr gern mit einer Poolnudel vertrimmen!«

»Nix da.« Er steht auf und steuert auf sein Rad zu, aber dann dreht er sich noch mal um. »Du erzählst bitte Miriam nichts davon, ja?«

»Von deinem mit jahrelanger Verspätung ausgelieferten Eifersuchtsanfall? Nein.«

»Wenn du es so formulierst, erst recht nicht.«

»Keine Sorge. Es gibt ja auch ziemlich viel über mich, was du dem Vater besser nicht erzählst.«

»Dass du der schlimmste Morgenmuffel bist, kann dem ja egal sein.«

»Gott sei Dank.«

Später rufe ich Sophie an, um ihr vorzujammern, dass ich jetzt ganz von vorne anfangen muss. Aber sie zeigt kein Mitleid, sondern hat einen Befehl für mich, und es gelingt ihr nicht, ihn wie eine Anregung wirken zu lassen.

»Das ist eine gute Gelegenheit, deine Eltern einzuweihen«, sagt sie in diesem Tonfall, mit dem sie sonst ihre Kinder anweist, beim Essen nicht zu kleckern oder ihre Sachen aufzuräumen.

»Wirklich? Woran willst du das erkennen?«
»Laura, beleidige nicht meine Intelligenz, ich merke es, wenn du nur Zeit gewinnen willst.«
Ich schweige stur.
»Du wirst ihre Unterstützung brauchen, so wie alle Eltern, also sollten sie wissen, was da auf sie zukommt.«
»Hast du deinen Eltern etwa ein Signal gegeben, als ihr aufgehört habt zu verhüten?«
»Das ist was anderes. Wir waren seit zwei Jahren verheiratet, es kam sicher nicht überraschend. Würdest du mir bitte mal verraten, warum du dich jetzt so anstellst?«
»Ich weiß es auch nicht! Ich hatte überhaupt kein Problem, es euch allen zu erzählen, aber bei meinen Eltern – was, wenn sie sich doch nicht freuen?«
»Dann kriegst du trotzdem ein Kind, und sie gewöhnen sich daran.«
»Und was, wenn sie versuchen, es mir auszureden?«
»Du befürchtest, dass es ihnen gelingt.«
»Ja. Wenn sie plötzlich einen Haufen gute Argumente dagegen haben und meine Zweifel so groß werden, dass ich es doch nicht durchziehe – Sophie, dann kriege ich nie ein Kind.«
»Dann lass es dir nicht ausreden.«
»Das sagst du so. Weil du seit Ewigkeiten mit Mister Superehemann zusammen bist und alles perfekt läuft.«
»Tut es nicht. Komm doch morgen Abend vorbei, dann erzähle ich dir, was alles scheiße läuft, und du kannst an mir die Gespräche mit deinen Eltern üben.«

Mein Kopf ist allerdings der Ansicht, das könne nicht bis morgen warten. Deshalb liege ich bis nachts um zwei wach im Bett und führe imaginäre Gespräche, in denen mein Vater mich auslacht, meine Mutter sich bekreuzigt und beide mich für verrückt erklären, woraufhin ich mich erst verteidige und dann Türen schlagend vor ihnen fliehe. Dass mir das Ganze gleich zwei Mal bevorsteht, weil meine Eltern geschieden sind, liegt mir besonders schwer im Magen. Ich schubse mein Kopfkissen von rechts nach links und von unten nach oben, bis mein Kopf endlich einigermaßen Ruhe gibt. Dann denke ich an die Werbung, in der ein Mann vor seiner Frau auf die Knie geht und ihr einen Ovulationstest überreicht, weil er ein Kind mit ihr möchte, und heule ein bisschen, weil mir das noch nie passiert ist. Als ich mich beruhigt habe, will ich Schokolade, sofort, bin aber zu faul aufzustehen, weil das Kissen jetzt endlich perfekt liegt.

Ehe ich anfange, mir ernsthafte Sorgen um meine seelische Gesundheit zu machen, fällt mir zum Glück auf, dass ich einfach nur meine Tage bekomme. Streiten, heulen, Schokolade, die heilige Dreieinigkeit des prämenstruellen Syndroms.

So wenig wild ich auf das bin, was eine Schwangerschaft mit meinem Körper machen würde: Einfach mal neun Monate keine Periode zu kriegen klingt echt ganz gut. Auch wenn die ausgefallenen Menstruationsschmerzen nur aufgespart und dann als Wehen serviert werden.

Am nächsten Tag habe ich tiefe dunkle Augenringe und fürchterliche Laune. Die wird allerdings etwas besser, weil ich Käsekuchen backe, um ihn am Abend Sophie mitzubringen. Meine ganze Wohnung duftet süß. Genau die richtige Situation, um mich noch mal hinzusetzen und Zuschriften zu sortieren. Immerhin, zwei nette sind dabei. Einer ist schon etwas älter, Anfang fünfzig, und schreibt, dass er sich Gedanken gemacht hat, ob er so ein alter Vater sein möchte. »Aber in meiner Familie werden alle eulenalt, ich bin fit und viel entspannter als früher – deshalb kann ich mir das sehr gut vorstellen. Früher dachte ich, der

Wunsch nach einem Kind geht vorbei, das ist aber nie passiert, auch nach zwanzig Jahren nicht.«

Schnüff. Ich schreibe ihm, dass ich ihn auf jeden Fall treffen will, und will schon wieder ein bisschen heulen bei der Vorstellung, dass es bei mir nicht klappen könnte mit einem Kind und ich dann auch zwanzig Jahre lang sehnsüchtig daran denken muss. Dann klingelt der Küchenwecker, weil der Kuchen fertig ist, und ich verschiebe den Kummer auf in zwanzig Jahren, sollte der Ernstfall tatsächlich eintreten.

Emotional etwas wackelig komme ich bei Sophie an, die mich umarmt und mir zuflüstert: »Ich bin so froh, dass du da bist! Die Kinder stellen sich gerade total an mit dem Baden, und jetzt muss Jamal sich allein drum kümmern, während ich mit dir Kuchen essen darf.«

»Wieso, ich dachte, eure Kinder baden gern?«

»Das ist der Punkt, sie sind seit ner Stunde drin und führen sich auf, weil sie raussollen.«

»Aber ich hab Käsekuchen dabei.«

»Ha, das funktioniert bestimmt!«

In Sekundenschnelle sind die zwei Jüngsten aus der Wanne, als sie »Kuchen« hören. Jamal kann sie gerade noch abtrocknen und in ihre sehr kleinen Bademäntel wickeln, ehe sie barfuß in die Küche rennen. Die zehnjährige Lina kommt gemessenen Schrittes hinterher. Mimi versucht, sich ihr Stückchen Kuchen auf einmal in den Mund zu stecken, Neo will seines unbedingt mit seiner Kindergabel aus Plastik von einem Teller essen. Ich bin ein bisschen beeindruckt.

»Lass dich nicht täuschen«, raunt Jamal mir zu. »Er will nur die Schlafenszeit rauszögern.«

Ich falle ähnlich enthusiastisch über den Kuchen her wie Mimi. Jamal verschwindet anschließend wieder mit den Kleinen, Lina verzieht sich in ihr Zimmer, und Sophie schaltet den Wasserkocher an.

»Tee? Warum muss ich Tee trinken? Das ist ja wirklich wie daheim bei meinem Vater.«

»Kannst dich schon mal dran gewöhnen, wenn du schwanger bist, ist es aus mit dem Wein! Aus! Aus!« Sophie hat eine leise Neigung zum Drama. Wahrscheinlich ist Kräutertee wirklich ganz gut für sie.

»Willst du mir schnell erzählen, was scheiße läuft, ehe er zurückkommt?« Ich zeige mit dem Kopf in Richtung Kinderzimmer.

»Du wirst gleich selbst erleben, was scheiße läuft. Weil er jetzt nämlich bei der Gutenachtgeschichte selbst einschläft, in zwei Stunden aufwacht, zerknautscht zurückkommt und nur noch ins Bett will. Ich weiß nicht, wann wir zuletzt ein richtiges Erwachsenengespräch geführt haben.«

»Oh. Am Wochenende vielleicht mal?«

»Ja, bestimmt, neulich am Minigolfplatz, während Neo geheult und Mimi mit ihrem Schläger einen Deko-Pilz perforiert hat, weil Lina besser war als sie.«

»Alles klar, erinner mich bitte bei Gelegenheit dran, dass mir ein Kind reicht.«

»Versprochen.«

»Habt ihr wenigstens mal darüber geredet, dass ihr zu wenig Zeit für euch habt?«

»Nee. Das sollten wir mal, was?«

»Ja, allerdings!«

»Okay, das nehm ich mir vor. Aber heute geht's ja eigentlich um deine Gespräche!«

»O Mann, ich hatte so gehofft, du hättest es vergessen.«

»Also, ich bin jetzt deine Mutter. Leg los.«

»Als Rollenspiel?«

»Ihr Personaler haltet doch so große Stücke auf Rollenspiele. Ich will ja nur helfen.«

»Jetzt klingst du wirklich schon wie meine Mutter.«

»Siehste. Fang an!«

»Also. Hallo Mama.« Mir wäre nach Kichern, aber Sophies Gesicht gibt mir unzweifelhaft zu verstehen, dass sie das gerade überhaupt nicht lustig meint. »Ich weiß, dass du dir wünschst, dass ich ein Kind bekomme, und das mache ich jetzt. Weil ich es mir auch wünsche. Ich werde mit dem Vater keine Beziehung haben, aber ich suche einen tollen Mann aus, auf den man sich verlassen kann und der ein guter Vater wird. Und wenn du das für eine dumme Idee hältst, will ich es nicht wissen!«

»Bis dahin war's ganz gut. Den letzten Satz lässt du weg.«

»Aber wenn meine Mutter nicht so freundlich-wertschätzend guckt wie du gerade, sondern schockiert?«

»Seit wann macht es dir was aus, wenn Leute schockiert gucken?«

In dieser Manier dreht Sophie mich tatsächlich anderthalb Stunden durch die Mangel. Dann kommt Jamal aus dem Kinderzimmer, und alles geht von vorne los – nur dass Jamal meinen Vater spielen muss. Er macht das tapfer mit, kann aber kaum noch die Augen offen halten und wirkt wirklich komplett erledigt. Als ich mich verabschiede, bin ich ähnlich erschöpft, aber ich fühle mich gut vorbereitet. Das ist nichts fürs Telefon, habe ich mit Sophie festgestellt. Also werde ich meine Eltern besuchen fahren. Meine Eltern und Hilde, die Biederkeit in Person und dritte Ehefrau meines Vaters. Wir sind nie besonders warm miteinander geworden, aber ich muss gestehen, dass ich mir auch nicht viel Mühe gegeben habe.

KAPITEL 7

Mein Vater klappt den Mund auf und zu, aber es kommt kein Ton heraus. Ich schaue nervös zu seiner Frau, die mit uns am Tisch sitzt und ihn erwartungsvoll anschaut. Macht er das jetzt etwa öfter? Ist das das Alter?

Es rumpelt unterm Tisch. Ich glaube, Hilde hat ihn getreten.

»Das sind tolle Neuigkeiten, nicht wahr?«, fragt sie.

»Ja!«

Einsilbigkeit bin ich von meinem Vater gewohnt, aber ein paar Worte mehr hätte ich mir doch erwartet. Enttäuscht blicke ich zwischen den beiden hin und her, zwischen Hildes festzementiertem Lächeln und dem ernsten Gesicht meines Vaters. Ich hätte doch zuerst zu meiner Mutter fahren sollen. Diese Szene ist so deprimierend, dass ich mich jetzt eigentlich im Klo einschließen möchte, bis es Zeit wird zu fahren. Wenn er wenigstens Einwände gehabt hätte. Aber mit dieser Reaktion kann ich einfach nichts anfangen. So wie er mit mir und meinen Wünschen offenbar nichts anfangen kann.

Ich will gerade aufstehen, als ich sehe, dass seine Augen ganz wässrig werden. Aber er rührt sich immer noch nicht. Schnell setze ich mich wieder hin.

»Papa, hast du einen Schlaganfall?«

Er verzieht das Gesicht, und zwar immerhin gleichmäßig. Es sieht nicht nach einem Schlaganfall aus. Es sieht aus, als würde er weinen.

Das kann natürlich überhaupt nicht sein. Mein Vater hat noch nie vor mir geweint. Aber Hilde dreht sich um und holt eine Packung Taschentücher für ihn aus einer Schublade. Er nimmt sie und heult richtig los, schluchzt und tätschelt dabei abwechselnd meine und Hildes Hand.

Ich fühle mich unwohl. Das ist nicht richtig, mein Vater weint nicht. Auch nicht aus Freude. Schon gar nicht aus Freude, wenn ich es recht bedenke.

»Ich will jetzt auf der Stelle wissen, was hier los ist«, sage ich.

Mein Vater reagiert nicht, also wende ich mich an Hilde. »Bitte. Sag's mir.«

»Dein Vater hatte vorige Woche eine kleine Operation, dabei haben sie etwas gefunden, aber es ist wahrscheinlich gar nichts Schlimmes.«

»Etwas? Was ist denn etwas?«

»Einen Tumor.«

»Und wo?«

»An der Speiseröhre.«

»Du hattest eine Operation an der Speiseröhre und hast mir nichts gesagt?«

»Du hättest dir nur Sorgen gemacht.«

»Natürlich hätte ich das! Aber ich will es doch trotzdem wissen!«

Mein Vater hat zwei Taschentücher vollgeweint und danach offenbar beschlossen, dass es jetzt reicht. Das beruhigt mich, so kenne ich ihn. Er steht auf, wirft die Taschentücher in den Müll und holt einen großen, orangefarbenen Umschlag, den er mir reicht.

»Hier, kannst du alles lesen, wenn du willst.«

Ich ziehe Röntgenbilder aus dem Umschlag, Diagnosen und den OP-Bericht. Mir sagt das alles nichts, ich bin keine Medizinerin. Aber der Tumor an der Speiseröhre sieht wirklich ziemlich groß aus. Im Erfassungsbogen ist von »Beschwerden« die Rede.

»Du hattest Schmerzen und hast nichts gesagt?«

»Hilde hab ich es gesagt.«

»Nach einem halben Jahr«, wendet Hilde ein. »Weil ich gefragt hatte, ob was ist.«
»Papa, bitte, hör auf, dich zusammenzureißen, wenn dir was wehtut. Das ist gefährlich.«
»Jaja.«
Ich suche in den Unterlagen nach einem Laborbericht, kann aber keinen finden. »Haben sie den Tumor untersucht?«
»Sie sind noch dabei. Er ist sehr schnell gewachsen, aber das kann alles Mögliche heißen.«
»Wenn du Opa bist, musst du besser auf dich aufpassen.«
»Ja. Ich freue mich, Laura.«
»Und wir helfen dir, wenn du uns brauchst. Es ist ja nicht weit, wir können auch kurzfristig mal kommen und dir das Kind abnehmen.« Hilde hat zwei Töchter aus erster Ehe und weiß Bescheid.

Ich lade die beiden zum Italiener ein, aber die beiden großen Themen lassen wir für den Rest des Abends aus. Hilde trinkt Rotwein, mein Vater Spezi. Ich bin überrascht, dass er das überhaupt kennt. Als er auf der Toilette ist, erklärt Hilde mir irgendwas von Tumorwachstum und Alkohol. Sie benutzt das Wort »Brandbeschleuniger«.

Noch in der Nacht fahre ich nach Hause; ich will in meinem eigenen Bett schlafen. Es regnet, außerdem fange ich auf halber Strecke an zu heulen und sehe nur noch verschwommene Lichter in tiefschwarzer Nacht. Ich bremse ab und schleiche auf der rechten Spur hinter einem Lastwagen her. Seine Rücklichter bringen mich bis zur Stadtgrenze, wo ich es endlich schaffe, mich ein bisschen zusammenzureißen. Ich schalte das Radio ein. Mein Lieblingssender, der mit dem Slogan »Die besten Hits von gestern und vorgestern« wirbt, spielt *Wannabe* von den Spice Girls. Ist meine Jugend wirklich schon so lange her? Als ich in meine Straße einbiege, fühle ich mich unendlich alt.

Ich ziehe meinen Schlafanzug an, aber an Schlaf ist nicht zu denken. Manchmal frage ich mich, warum im Bett liegen und auf dem Handy herumtippen nicht als Schlafen gilt, das wäre so schön, unterhaltsam und effizient. Heute kommt mir der Versuch, endlich einzuschlafen, so anstrengend vor, dass auch der beste und längste Schlaf es nicht ausgleichen könnte. Da bleibe ich doch lieber gleich wach.

Ohne es recht zu wollen, komme ich dem Postfach mit den Zuschriften immer näher. Ich checke meine Mails, lösche ein paar, schaue in den Spamordner, und dann tippt mein Finger auf den Väter-Ordner. Natürlich weiß ich genau, dass das jetzt die mit Abstand schlechteste Situation ist, um Zuschriften zu beurteilen. Ich bin seit achtzehn Stunden wach und wäre auf der Autobahn fast in die Leitplanke gefahren. Aber ich brauche ein bisschen Trost. Und dass sich überhaupt ein Mann vorstellen kann, ein Kind mit mir zu bekommen, ist schon ein Trost – seit Dominik wollte das keiner mehr. Das kann ich meinen Verflossenen nicht mal verübeln, die Beziehungen waren einfach zu kurz. Aber es gehört zu den Gedanken, die in meinen dunklen Momenten jahrelang sehr laut waren: Niemand will ein Kind mit mir. Niemand.

Fünf neue Nachrichten. Sofort geht es mir besser. Nur eine lese ich heute, den Rest hebe ich mir für morgen auf. Ich entscheide mich für die mit dem lustigsten Betreff: »Ganzer Vater, halbes Kind.« Einmal lese ich sie, dann noch einmal und noch einmal. Jedes Mal werde ich entspannter, gleichzeitig bin ich total aufgeregt. Eine bessere Mail hätte ich mir gar nicht vorstellen können. Dieser Mann könnte der Vater meines Kindes werden. Ich meine, Geigen in der Ferne spielen zu hören, aber vielleicht ist das nur mein Tinnitus. Handy weg. Licht aus. Die Vorstellung von mir selbst, wie ich ein Baby wiege, beruhigt mich so sehr, dass ich endlich schlafen kann.

KAPITEL 8

Als ich aufwache, scheint die Sonne schon auf mein Bett. Es muss also später Vormittag sein, auch wenn ich mich kein bisschen ausgeschlafen fühle. Die Müdigkeit verfliegt aber, als mir die Mail von gestern Abend einfällt. Die war toll! Oder? Hoffentlich war ich nicht einfach nur traurig und bedürftig und fand jemanden sympathisch, den ich bei Licht besehen nicht ertragen könnte. Ich traue mich nicht, die Mail gleich wieder zu öffnen, sondern will erst mal heiß duschen und einen Kaffee trinken. Unter der Dusche fällt mir leider auch der Tumor meines Vaters wieder ein. Sofort fühle ich mich doppelt schlecht: vor Sorge um ihn und weil ich zuerst an die Mail gedacht habe. Ich will sofort anrufen und fragen, ob es was Neues gibt, aber das ist lächerlich, schließlich haben wir Samstag, da kommen keine Laborberichte. Dann will ich meine Mutter anrufen und mit ihr darüber reden, aber ich will sie nicht erschrecken, und irgendeinen Vorteil muss es ja für sie haben, dass mein Vater sie verlassen hat – wenigstens muss sie sich jetzt keine Sorgen machen, dass es Krebs sein könnte. Das immerhin kann ich ihr ersparen.

Aber ich fühle mich alleine damit. Ich wünschte, ich hätte Geschwister, mit denen ich jetzt reden könnte.

Mit Kaffee und einem Marmeladenbrot setze ich mich an den Küchentisch und öffne auf meinem Handy den Ordner potenzieller Väter. Aber an die Mail von gestern Abend traue ich mich immer noch nicht ran. Erst lese ich die anderen vier neuen. Der eine schreibt, er züchte Xoloitzcuintle. Bitte was? Aha, mexikanische Nackthunde, danke, Internet. Die nächsten fünf Minuten lese ich über den Rassestandard des Xolo, wie seine Fans ihn offenbar liebevoll nennen, eines für Allergiker geeigneten, aber oft von Sonnenbrand geplagten mexikanischen Nackthundes mit großen Fledermausohren. Das sind sicher ganz reizende Tiere, aber in der Nähe meines Kindes haben Hunde bis auf Weiteres nichts verloren. Kleinkinder und sensible Tiere sind einfach keine gute Mischung, wenn man sie nicht permanent beaufsichtigt – und da ich nicht selbst anwesend sein werde, um das zu tun, sortiere ich den Xolo-Kandidaten aus.

Nummer zwei bekennt, starker Raucher zu sein, und fällt damit auch weg. Die nächsten beiden klingen nett, aber ich schiele schon auf die Mail von gestern Abend, überfliege die anderen nur noch und öffne sie dann endlich wieder.

Liebe Laura,
ein Freund hat mich auf deine Anzeige aufmerksam gemacht, und ich fühle mich zutiefst angesprochen: Ich wünsche mir seit vielen Jahren ein Kind und wusste tatsächlich nicht, wie das jemals etwas werden sollte. Jetzt habe ich dank dir zumindest eine Vorstellung, und schon darüber bin ich sehr froh.
Deine Bedingungen erfülle ich jedenfalls: Leben im Griff, Humor vorhanden, unter fünfzig (wenn auch knapp). Ich kann mir sehr gut vorstellen, die Erziehung mit jemandem zu teilen, und muss gestehen, dass ich den Gedanken, dazwischen immer wieder eine Woche für mich allein zu haben, auch angenehm finde. Ich arbeite nämlich gern mal zu unkonventionellen Zeiten und spiele in einer Band, das könnte ich alles auf meine kinderfreien Tage legen. Aber ich will selbst kein halber Vater sein, sondern immer erreichbar und ansprechbar, so wie ich mir selbst das als Kind gewünscht hätte.

Es würde mich freuen, wenn wir uns treffen könnten – vielleicht passt das ja mit uns.
Viele Grüße
Philipp

Ich finde immer noch, er klingt toll. Oder? Sofort springt die Personalchefin in mir an: Klingt »zu unkonventionellen Zeiten arbeiten und in einer Band spielen« nicht nach koksendem Werber? Und wie wenig Vorstellungskraft muss jemand haben, der nie auch nur auf die Idee kommt, dass er vielleicht ein Kind mit einer Frau kriegen könnte, obwohl er schwul ist? Er hätte sich als Kind selbst einen immer ansprechbaren Vater gewünscht – deutet das auf eine unglückliche Kindheit hin? Hat das Spuren hinterlassen? Ist er überhaupt fähig, ein liebevoller Vater zu sein, wenn er das von früher nicht kennt?

Ich notiere mir sämtliche Bedenken, schäme mich dann, weil man Menschen ja eigentlich offen und vorurteilsfrei entgegentreten sollte, erwäge, den Zettel zu zerknüllen, und hefte ihn stattdessen doch ordentlich an einen der Fragebögen aus meiner blauen Mappe.

Sosehr diese Mail mich beschäftigt: Ich muss immer wieder an meinen Vater denken. Heute Abend bin ich mit meiner Mutter verabredet, aber ich weiß gerade wirklich nicht, wie ich es schaffen soll, meine Sorgen vor ihr geheim zu halten. Kurz überlege ich, ob ich ihr absagen soll, aber dann sehe ich Sophies mahnenden Gesichtsausdruck vor mir und entscheide mich dagegen. Stattdessen rufe ich doch noch mal im Odenwald an. Hilde nimmt ab.

»Hallo, Laura. Dein Vater hat sich gerade ein bisschen hingelegt. Bist du gut heimgekommen gestern?«

»Ja, danke. Geht es ihm nicht gut?«

»Er ist einfach ein bisschen erschöpft vom Eingriff. Die Vollnarkose hat ihn mitgenommen.«

»Wie geht es denn dir? Du machst dir wahrscheinlich auch Sorgen, oder?«

Hilde seufzt und setzt sich, den Geräuschen nach zu urteilen, auf das seit Jahren quietschende graue Sofa.

»Ich mache mir schreckliche Sorgen. Aber er darf das nicht wissen. Ich habe ihm vom ersten Tag an gesagt, dass es sicher nichts Schlimmes ist, und jetzt muss ich dabei bleiben.«

Das hier dürfte das erste richtige Gespräch sein, das ich mit Hilde führe. Offenbar ist mir da bisher etwas entgangen. Ich bin froh, dass mein Vater so einen besonnenen Menschen an seiner Seite hat, und weil ich selbst gerade eine Schulter zum Ausweinen brauche, platze ich heraus: »Und wenn es doch was Schlimmes ist?«

»Dann werden wir sehen, wie es weitergeht.«

»Du klingst so tiefenentspannt, Hilde, wie machst du das?«

»Ich bin nicht entspannt, ich mache mir wirklich Sorgen. Aber ich musste lernen, dass wir die Probleme von morgen nicht heute lösen können. Jetzt warten wir das Ergebnis der Untersuchung ab, mehr können wir eben gerade nicht tun.«

»Ich hasse es, nichts tun zu können.«

»Dann tu irgendetwas anderes, das lenkt dich ab.«

»Aber was denn?« Ich klinge wahrscheinlich wie ein gelangweilter Teenager an einem verregneten Sonntagnachmittag.

»Irgendetwas, was dich zufrieden macht.«

Womöglich hat sie etwas ganz anderes gemeint, aber die nächsten zwei Stunden verbringe ich damit, im Keller gründlich auszumisten und aufzuräumen. Die Karnevalskostüme aus meinen späten Zwanzigern kann ich jetzt wahrscheinlich getrost wegschmeißen, und wenn ich die Originalverpackung meines DVD-Players bisher nicht gebraucht habe, wird sich das wohl auch nicht mehr ändern.

Weg damit. Als ich die Metallbretter der Regale auch noch mit einem feuchten Lappen abgewischt und den Boden gefegt habe, bin ich tatsächlich zufrieden. Und habe eine ganze Weile nicht an Väter gedacht – weder an meinen eigenen noch an die Väter für mein Kind.

Johanna hat mir vier Links zu Wellnesshotels in der Umgebung geschickt und dazu Termine, an denen ihr Bruder ihren Hund nehmen könnte. Ich klicke mich durch dschungelähnliche Spa-Einrichtungen, traditionelle Mambo-Wambo-Massagen der Aborigines und Gin-Tonic-Aufgüsse. Schließlich entscheide ich mich für das Hotel, in dessen Angebotskatalog steht: »Kuchenbüfett von 13–16 Uhr (im Bademantel).« Und für den nächstmöglichen Termin. Ein paar Tage Urlaub habe ich wirklich dringend nötig.

Pünktlich um zwanzig Uhr stehe ich vor dem einzigen thailändischen Restaurant von Oberursel. Meine Mutter kommt mit dem Fahrrad, stellt es auf der anderen Straßenseite ab und wirkt in ihrer orangefarbenen Hose und ihrem zartblauen Oberteil so dermaßen wie das blühende Leben, dass ich sie besonders fest umarmen muss.

Wir setzen uns auf die Terrasse, die schon gut besucht ist. Ich weiß nicht, warum so viele Menschen auch für Restaurantbesuche gern Outdoor-Kleidung tragen, aber bestimmt sind sie heute schon sehr weit gewandert. Im Taunus. Oder durch den eigenen Garten. Meine Mutter bestellt Papayasalat als Vorspeise, und ich nutze die Gelegenheit, ihr von meiner Familienplanung zu erzählen, während sie isst. Also, zumindest hatte ich mir das so vorgestellt. Aber sie isst nicht. Dafür deutet sie irgendwann mitten in meiner Erzählung auf das Paar agiler Sportsenioren am Tisch nebenan, das die Nahrungsaufnahme ebenfalls eingestellt hat und mich anstarrt. Ab diesem Zeitpunkt rede ich etwas leiser. Dafür werde ich immer nervöser, weil sie so gar keine Regung zeigt. Sie hat ein neutrales Gesicht aufgesetzt, das absolut alles bedeuten kann, von »Hab ich eine tolle Tochter« bis »Ich setze gleich das Haus in Brand«.

Sie wartet, bis ich zu Ende erzählt habe, nickt und sagt: »Gute Idee!«

Dann beginnt sie zu essen und sagt kein Wort mehr.

»Äh, Mama? Ist das alles?«

»Schätzchen, was wolltest du denn hören?«

»Ich war darauf vorbereitet, mir deine Bedenken anzuhören und sie zu zerstreuen, aber echte Freude wäre auch gut gewesen.«

»Oh nein, Laura, so war das doch nicht gemeint. Ich freue mich, wenn es klappt. Aber jetzt planst du ja noch. Ich finde die Idee gut, so macht man das wohl heutzutage, und sicher findest du einen guten Vater.«

»Okay.« Ich bin so überrumpelt von ihrer lässigen Reaktion, dass ich gar nicht weiß, was ich sagen soll. Also sage ich was Dummes. »Wenn ich mich für einen entschieden habe, willst du den vielleicht mal begutachten, bevor es ernst wird?«

»Das würde ich sehr gerne tun.«

»Aber dann bitte nicht mit dieser komischen Gelassenheit, die jetzt offenbar alle um mich herum an den Tag legen. Du darfst ruhig ein bisschen anstrengend sein und ihm Fragen stellen und so!«

»Ist für so was nicht dein Vater zuständig?«

Momentan nicht, will ich schon antworten und schlucke es schnell hinunter.

»Zwei neugierige Elternteile schaden sicher nicht«, sage ich.

KAPITEL 9

Jetzt hat mir nicht nur mein Vater etwas zum Nachdenken gegeben, sondern auch noch meine Mutter. Im Büro stürze ich mich in die Arbeit, weil ich nicht dauernd im Odenwald anrufen und nachfragen will, ob sie schon etwas gehört haben. Allmählich dämmert mir, warum er nichts verraten wollte: Eine Tochter, die den Genesungsprozess engmaschig kontrolliert, muss absolut nervtötend sein. Und er weiß, dass ich das am liebsten täte.

Sophie fragt per Textnachricht, wie es mit meinen Eltern gelaufen ist. Ich tippe auf »Sprachnachricht« und rede drauflos wie ein Wasserfall, erzähle ihr alles und frage: »Warum freut sich meine Mutter nicht? Sie wollte doch ein Enkelkind!«

Sophie schreibt ...

Ich warte ungeduldig.

Du musst das verstehen, für sie ist das mit dem Enkelkind seit Jahren abstrakt, und jetzt ist es vielleicht sogar noch ein bisschen abstrakter als vorher.

Wieso noch abstrakter? Was kann abstrakter sein als kein Kind und kein Mann?

Kein Kind, kein Mann und dazu eine Idee, die ihr völlig neu ist. Wie es geht, jemanden kennenzulernen, sich zu verlieben und eine Familie zu gründen, weiß sie. Deinen Plan kann sie sich noch nicht so richtig vorstellen.

Hmmm.

Ich denke, du wolltest schreiben: »Du hast recht, Sophie. Toll, wie einfühlsam und klug du bist.«

Jaha. Toll, Sophie. Du hast wahrscheinlich wirklich recht, und ich hab dich lieb.

Diese Version gefällt mir auch. Bis bald!

Ein kräftiges Klopfen an der ohnehin offenen Tür kündigt den Oberchef an.

»Frau Färber!« Fröhlich rauscht er in mein Büro. »Heute ist es endlich so weit!«

»Was meinen Sie genau? Dass wir den Vertrag von Frau Lopez verlängern? Die Deadline für die Budgetierung? Das Quartalsgespräch mit dem Betriebsrat?« Mein Kopf spuckt munter weiter Termine aus, aber die rechtfertigen alle nicht seine Aufregung.

»Nein, ich meine unser Teambuilding!« Er guckt wie ein Kind, das seine Geburtstagsfeier ankündigt.

»Ach ja, natürlich. Der Escape Room.« Ich nicke freundlich. Es handelt sich mal wieder um eine seiner Herzensangelegenheiten, und er hat fast die gesamte Führungsebene zwangsverpflichtet. Der Chef antwortete allerdings auf die Terminanfrage, er habe keine Zeit für solche Dinge, obwohl es den beiden wahrscheinlich ganz gutgetan hätte, mal etwas gemeinsam zu machen. Also sind wir nur zu siebt.

»Es sind nach wie vor alle dabei, ja?«

»Ja, bis auf den Chef, wie gesagt.« Dass Johanna vorhin in mein Büro kam, sich dramatisch den Kopf hielt und was von Migräne faselte, um der Sache zu entgehen, verschweige ich lieber.

»Ich rede noch mal mit ihm.« Federnden Schrittes zieht

er davon, und ich kann endlich weiter Bewerbungen prüfen.

»Du hättest ihm das alles ausreden sollen!«, jammert Johanna, als wir gemeinsam in ihrem Auto sitzen.

»Warum denn? So schlimm kann es nicht werden. Ich hebe mir meine Widersprüche für wichtigere Dinge auf.«

»Außerdem hab ich voll Migräne.«

»Du hast immer gesagt, dein Bruder hätte die Migräne geerbt und du den schlechten Rücken.«

»Ach ja. Dann hab ich Rückenschmerzen!«

»Es dauert genau zwei Stunden, ob wir nun alle Rätsel lösen oder nicht. Zwei Stunden, dann sind wir raus aus dem Raum. Das wirst du doch wohl überleben?«

Leise brummend biegt Johanna auf den Parkplatz des »Event-Centers« ein. Dort wartet eine Überraschung auf uns: Chef und Oberchef stehen nebeneinander, einer mit düsterem Gesichtsausdruck, der andere breit lächelnd. Sie nehmen ihre Krawatten ab und legen sie in den blauen Mercedes vom Oberchef.

»Guck mal«, sage ich leise, weil wir die Autofenster offen haben. »Offenbar bist du nicht die Einzige, die nicht ganz freiwillig hier ist.«

»Ein schwacher Trost. Aber ein Trost.« Johanna parkt neben den beiden, steigt aus und sagt zur Begrüßung: »Wenn die hier die Brandschutzrichtlinien nicht einhalten, verklag ich sie sofort.«

Durch die Gewitterwolke auf dem Gesicht des Chefs bricht ein kleiner Sonnenstrahl. Der Oberchef ignoriert die Ansage einfach. »Das Marketing und die Buchhaltung sind schon drin, wir warten nur noch auf die Technik und die Reiseplanung, dann kann es losgehen!«

Hurra. Wir stapfen hinter ihm her – immerhin ist es drinnen klimatisiert, das ist heute ganz angenehm. Wir bekommen eine Einführung, in die mittenrein die verspätete Technik platzt, was mit einem enttäuschten Blick vom Oberchef quittiert wird. Dann werden wir in zwei Teams aufgeteilt und vor zwei verschiedene Türen gestellt. Wir fangen in verschiedenen Räumen an, müssen nach und nach alle in einen dritten Raum in der Mitte kommen und dann dort den Ausgang finden.

Ich bin in einer Gruppe mit dem Chef, Johanna und unserem Techniker Karl, der als Einziger von uns ziemlich in seinem Element zu sein scheint. Er schaut sich sofort sämtliche Zahlenschlösser im Raum genau an, probiert eine Fahrradpumpe in der Ecke aus und prüft, ob die Fenster sich öffnen lassen, während Johanna leicht gelangweilt herumsteht und der Chef sich vor dem Monitor postiert, auf dem ab und zu Hinweise erscheinen sollen. Ich brülle unterdessen dem Oberchef durch ein altes Walkie-Talkie zu, was sich alles in unserem Raum befindet. Das war die einzige klare Anweisung, die wir direkt zu Beginn erhalten haben.

Dann nimmt die Sache unversehens Fahrt auf – und ich beginne zu verstehen, warum das als Teambuilding funktionieren könnte. Karl lässt Johanna Puzzleteile zusammensuchen, der Chef bekommt eine Fernbedienung in die Hand, mit der er ein Auto zu den anderen lenken soll, ich drücke in einer Reihenfolge, die ich per Walkie-Talkie zugerufen bekomme, ein paar Knöpfe an einem Kasten aus Spanplatten, und schon haben wir alle Nummern für das erste Schloss beisammen. Johanna hat plötzlich Blut geleckt und klatscht mit uns allen ab, dem Chef ist eingefallen, dass er gerne Teams führt, und Karl entwickelt eine Lösungstheorie, die so wirr klingt, dass ich ihre Plausibilität nicht überprüfen kann. Wir sind im Flow. Und vielleicht wachsen wir auch ein bisschen zusammen.

Etwa eine Stunde geht das gut. Dann ist bei allen der Ehrgeiz erwacht; dafür sinkt die Zufriedenheit mit der Performance der anderen. Johanna fragt durch ein Staubsaugerrohr nur ganz leicht passiv-aggressiv die Kollegin vom Marketing, ob sie ihr noch mal erklären müsse, was ein 45-Grad-Winkel ist. Chef und Oberchef ziehen gleichzeitig an roten Schnüren, um ein Paket in einen Korb zu bugsieren, und keifen sich dabei durch zwei dünne Wände an. Karl zählt leuchtende LEDs, ruft mir Zahlen zu, die ich mir merken soll, und erinnert mich dabei immer mehr an Russell Crowe als schizophrenes Mathegenie in *A Beautiful Mind*.

Zu meiner Überraschung schaffen wir es aus dem Raum, bevor die Zeit abgelaufen ist. Wenn ich den Ausflug als Teambuilding-Maßnahme bewerten müsste, würde ich sagen: Zumindest haben wir uns besser kennengelernt. Der Oberchef schlägt vor, noch etwas trinken zu gehen, aber die meisten wollen nach Hause zu ihren Kindern, und ich möchte die Kollegen eigentlich erst morgen wiedersehen.

»Ganz toll war das!«, sagt der Oberchef und klatscht tatsächlich in die Hände. »Wir sollten so etwas regelmäßig machen. Wer hat einen Vorschlag fürs nächste Mal?«

»Ich mag Minigolf«, sagt das Marketing.

»Aber das spielt man gegeneinander«, wende ich schnell ein. Ich hasse Minigolf.

»Bei Jochen Schweizer kann man Bagger fahren«, sagt Karl.

»Wir bieten selbst Iglus bauen auf der Zugspitze an«, sagt die Reiseplanung, und ich bin geneigt, ihren Vorschlag zu unterstützen, weil das bedeuten würde, dass wir auf den Winter warten und damit frühestens in einem halben Jahr wieder ranmüssen.

Den Oberchef scheint das aber alles noch nicht so richtig zu begeistern, zum Glück.

»Das ist ja schon alles sehr schön!«, sagt er. »Da reden Frau Färber und ich demnächst in Ruhe darüber.«

Ich weiß genau, was das heißt: Ich sollte bis zu diesem Gespräch ein paar Vorschläge haben, die ihm gefallen könnten. Vielleicht ein Kochkurs oder so. Wenn ich das möglichst weit hinauszögere und mich mit dem Projekt Kind sehr beeile, könnte ich da schon in Mutterschutz sein. Schwangerschaft ist ja auch ein schönes Teambuilding.

Ich hole meine Tasche aus dem Schließfach, in das wir unsere Wertsachen packen mussten, und schaue aufs Handy. Zwanzig Anrufe in Abwesenheit von der Festnetznummer meines Vaters. Es fühlt sich an, als hätte jemand Eiswasser über mir ausgekippt, aber ich versuche, mir vor meinen Chefs nichts anmerken zu lassen. Erst als ich mit Johanna in ihrem Auto sitze und die anderen vom Hof fahren, sage ich: »Bitte warte noch, ich muss unbedingt telefonieren.«

»Soll ich dabei nicht losfahren?«

»Nein, es kann sein, dass ich dich gleich dringend brauche.«

Ich tippe auf Rückruf. Es klingelt viel zu oft, aber dann ist doch Hilde dran. Es klingt, als hätte sie den Hörer förmlich von der Gabel gerissen.

»Hallo, Laura, bitte warte kurz, dein Vater ist gleich da!«

»Habt ihr die Ergebnisse?«

»Ja, haben wir.«

»Bitte, sag schon, ich dreh gleich durch.«

»Er will es dir selbst sagen. Da ist er auch schon!«

Im nächsten Moment brummt die ruhige Stimme meines Vaters durch den Hörer.

»Sie haben uns lange warten lassen, aber: Es ist gutartig. Kein Krebs.«

»Ehrlich? Ganz sicher?«

»Ganz sicher. Ich bin gesund. Na ja, bis auf die Wehwehchen, die man in meinem Alter so hat.«

Johanna schaut mich besorgt an, ich zeige ihr den erhobenen Daumen und versuche zu lächeln.

»Papa, ich bin so erleichtert. Gott sei Dank. Ich komme bald wieder vorbei, dann feiern wir das.«

Auf der Heimfahrt heule ich ein bisschen vor Erleichterung, aber nur kurz. Zu Hause setze ich mich mit einem Glas Rotwein auf den Balkon und checke meine Mails: Vier potenzielle Väter haben zugesagt, mich am Wochenende im Oma-Café mit den Palmen zu treffen. Mein Geheimfavorit wird der letzte Termin des Tages sein. Falls er eine Enttäuschung wird, kann ich danach wenigstens in Ruhe schlecht gelaunt sein.

KAPITEL 10

Die Bedienung erinnert sich offenbar noch an mich und zwinkert mir verschwörerisch zu, als ich mich am selben Tisch wie neulich niederlasse. Ich packe meine Mappe aus und bestelle einen Milchkaffee.

»Schön, dass ich nicht die Einzige bin, die an so einem sonnigen Tag arbeiten muss!«, sagt sie, als sie mir die Tasse hinstellt.

Ich lächle und murmele etwas Unbestimmtes. Ganz falsch liegt sie ja nicht, es fühlt sich verdammt nach Arbeit an mit diesen ganzen Fragebögen und Notizzetteln. Nur dass das Risiko viel höher ist als bei den Bewerbungsgesprächen, die ich sonst so führe.

Als erster Kandidat erscheint der Älteste, Anfang fünfzig, der sich seit zwanzig Jahren ein Kind wünscht. Er heißt Rafael und ist irre attraktiv. Die Bedienung schaut ihn etwas verknallt an, bis sie bemerkt, dass er einen Ehering trägt.

»Du hast gar nicht erzählt, dass du verheiratet bist«, sage ich.

»Schon sehr lange. Mein Mann lebt in London, wir sehen uns einmal im Monat für ein paar Tage. Und er möchte keine Kinder. Deshalb würde es so gut passen, wenn ich hier ein Kind mit jemand anderem aufziehen könnte.«

»Oh. Aber wäre es für ihn okay, wenn du Vater würdest?«

»Ja. Er wäre wie ein Onkel, der das Kind ab und zu sieht, und er hat auch nichts gegen Kinder! Er will nur keine eigenen. Leider.«

Mich macht das sofort ein bisschen traurig. Klar, das wäre

alles total praktisch und würde organisatorisch sicher aufgehen. Aber wäre ich nicht die zweite Wahl für ihn?

»Du hättest doch sicher lieber mit deinem Mann ein Kind als mit mir, oder?«

»Also, keiner von uns hat eine Gebärmutter, so ganz allein hätten wir es also sowieso nicht hinbekommen. Und ich habe mich damit abgefunden, dass es nichts für ihn ist. Er arbeitet sehr viel.«

Ich finde diesen Mann ja viel zu nett, warmherzig und attraktiv, um ihn immer alleine zu lassen – aber gut, ich kenne ihn auch erst seit einer Viertelstunde. Vielleicht hat sein Mann gute Gründe. Trotzdem regt sich in mir bereits ein leises Ächzen: Die tollen Männer sind echt alle verheiratet oder schwul, und dieser auch noch beides!

Wir gehen gemeinsam den Fragebogen durch, und ich habe zum ersten Mal ein bisschen Sorge, dass ich nicht gut genug sein könnte. Bei den anderen Männern konnte ich aussortieren, aber was, wenn Rafael mich aussortiert? Zum Beispiel, weil ich nicht katholisch bin?

Sollte ihn etwas an mir stören, lässt er es sich zumindest nicht anmerken. Nach einer Stunde verabschieden wir uns mit einer Umarmung. Die Bedienung stellt sich neben mich, als ich ihm nachblicke.

»So ein netter Mann«, sagt sie.

Sollte sie sich darüber wundern, dass eine Headhunterin ihre Kunden zum Abschied umarmt, umschifft sie das Thema gerade diskret. Aber wahrscheinlich hätte sie Rafael auch einfach selbst gerne umarmt.

»Wirklich sehr nett«, sage ich.

Kandidat Nummer zwei scheitert an der Frage, wie er sich die Aufteilung unserer elterlichen Pflichten vorstellt, weil seine Antwort durchblicken lässt, dass er bisher nicht auf den Gedanken gekommen ist, ein Kind könnte Arbeit machen. Der dritte scheint ein netter Kerl zu sein, aber als er erzählt, er lebe mit seiner Mutter zusammen, die mit dem Kind auch gern helfen würde, bin ich sofort abgeschreckt.

Dann kommt Philipp. Er trägt ein hellblaues Hemd und eine weiße Chino und lächelt etwas zaghaft, als er sich zwischen den anderen Tischen durchschlängelt, um zu mir zu gelangen. Philipp bestellt Tee und ist dabei so ausnehmend freundlich, dass die Bedienung vielleicht doch über Rafael hinwegkommen wird. Dann wendet er sich wieder mir zu.

»Ich freue mich, dich kennenzulernen. Das ist alles total aufregend!«

»Finde ich auch! Falls du auch gerne isst, wenn du aufgeregt bist, sie haben hier echt gute Torten.«

»Die muss ich später unbedingt probieren, ich bin gerade sogar zu aufgeregt zum Essen. Lass uns erst mal reden! Ich habe ein paar Themen notiert, über die wir sprechen sollten.«

Ich bin sofort hingerissen. Das ist der einzige Kandidat bisher, der selbst eine Liste mitgebracht hat. Philipp gießt Zitronensaft in seinen Tee, während ich seine Notizen durchschaue – meine sind noch umfangreicher, aber dafür sind bei ihm ein paar Fragen dabei, auf die ich nicht gekommen bin. »Wie reagierst du auf Stress?« finde ich sehr sinnvoll, aber auch »Weihnachten zusammen oder getrennt feiern?«. So weit habe ich noch gar nicht gedacht.

Wir gehen die Fragen durch und entdecken viele Übereinstimmungen. Philipp behauptet, ordentlich und strukturiert zu sein, und ich hoffe, das stimmt. Bei Politik und Religion gibt es keine großen Reibungspunkte, mit seinen Eltern und Geschwistern scheint alles harmonisch zu sein, er hat einen sicheren Job als Geologe – an der Stelle nicke ich wissend und beschließe, zu Hause zu googeln, was zur Hölle ein Geologe eigentlich macht. »Irgendwas mit Erde und Steinen«, meldet ein selten benutzter Teil meines Gehirns dazu, der offenbar nicht auf Details spezialisiert ist.

Nach einer Weile bestellen wir doch noch Kuchen. Ich Schwarzwälder Kirsch, er Donauwelle.

»Du bist jetzt also nicht mehr so aufgeregt, ja?«, frage ich.

»Jetzt geht es. Weißt du, ich war noch nie mit einer fremden Frau in einem Café verabredet!«

Ich muss lachen. »Ja, kein Wunder, du verabredest dich sonst eben mit Männern!«

Philipp lacht nicht, sondern schaut erschrocken. »Das hab ich dir ja noch gar nicht gesagt: Ich bin nicht schwul. Tut mir leid. Wir haben uns so gut unterhalten, da hab ich das fast vergessen.«

»Äh, was? Aber wie kommst du dann auf meine Anzeige?«

»Mein Kollege hat sie gelesen und mir gesagt, das wäre doch was für mich.«

»Hmmm.« Ich muss meine Gedanken neu ordnen. »Das ändert jetzt wirklich alles. Ich weiß nicht, ob du dann überhaupt infrage kommst. Verstehst du, ich wollte eigentlich jemanden, der auch keine große Chance auf ein eigenes Kind hat. Ich meine, selbst Schwule in einer Beziehung bräuchten jemanden wie mich. Aber du, du kannst dir einfach eine Frau suchen!«

»Einfach, ja«, sagt Philipp und grinst ein bisschen, während ich mich schäme, weil ich gerade geklungen habe wie meine Mutter. Wenn es so einfach wäre, warum bin ich dann gleich noch mal Single?

»Entschuldige«, sage ich. »Ich weiß schon, es ist nicht einfach. Aber du hast doch keinen Zeitdruck im Gegensatz zu mir, du kannst auch mit sechzig noch Vater werden.«

»Können vielleicht, aber wollen? Und vor allem: Mit einer zwanzig Jahre jüngeren Frau?«

»Andere wären begeistert!«

»Aber ich nicht. Ich bin achtundvierzig. Ich möchte kein Kind mit einer Frau, die selbst meine Tochter sein könnte. Ich hab genauso viel Zeitdruck wie du.«

»Und warum hast du nicht längst ein Kind?« Unfaire Frage, schließlich könnte er mich das genauso gut fragen. Hoffentlich macht er das nicht.

»Ich war zwölf Jahre in einer Beziehung mit einer Frau, die keine Kinder wollte.«

»Oh. Wie lange ist das her?«

»Vier Jahre.«

»Und seitdem konntest du dich für keine Frau erwärmen?« Herrgott, ich klinge wie meine Mutter.

»Nein. Die Trennung war schlimm, und ich war ziemlich mit mir selbst beschäftigt. Ich glaube, ich bin immer noch nicht bereit für eine Beziehung.«

»Aber für ein Kind schon?«

»Ich bin schon so lange bereit für ein Kind!« Er lächelt. »Ich wäre ein guter Vater.«

Dass er das einfach so sagt, ohne Zweifel, imponiert mir. Könnte ich so sicher von mir behaupten, dass ich eine gute Mutter wäre?

Na ja. Ich wäre zumindest keine schlechte.

Ich beiße auf einen Kern in meiner Schwarzwälder Kirschtorte und verziehe das Gesicht. Philipp betrachtet mich vorsichtig.

»Es tut mir leid, ich hätte dir das gleich sagen sollen«, sagt er. »Oder direkt in meiner Mail schreiben. Ist es ein großes Problem, dass ich nicht schwul bin?«

»Das weiß ich noch nicht. Ich muss darüber nachdenken.«

»Okay.« Er lässt die Schultern hängen. »Wie geht es denn jetzt für dich weiter?«

»Also, ehrlich gesagt: Heute war noch ein anderer Kandidat da, der mir sehr sympathisch war. Da ist natürlich auch nicht alles perfekt. Ihr beide seid auf jeden Fall meine Favoriten. Ich muss jetzt einfach schauen, was mir am wichtigsten ist. Und dann würde ich mit demjenigen, für den ich mich entscheide, erst mal Zeit verbringen, um ihn näher kennenzulernen.«

»Falls du das parallel machen, also uns beide näher kennenlernen möchtest, wäre es auch in Ordnung für mich.«

»Danke. Ich überlege mir das.«

Keine Entscheidung ohne Pro-und-Contra-Liste. Mit einem karierten Blatt Papier sitze ich am Küchentisch, wälze Argumente und versuche, sie zu gewichten. Denn leider nimmt mir die Liste das Nachdenken nicht ab: Was ist mir denn nun am wichtigsten? Dass der Mann auf keinen Fall noch mal mit einer anderen Frau ein Kind kriegt oder dass ich seine erste Wahl als Co-Elternteil bin? Klang Philipp wie ein Mann, der noch mal mit einer anderen Frau ein Kind kriegen würde?

»Hast du diesen Rafael gefragt, ob er zu seinem Mann nach London ziehen würde, wenn sich die Gelegenheit ergibt?«, fragt Sophie, die ich telefonisch um Rat gebeten habe. »Oder was ist, wenn sein Mann zurück nach Deutschland kommt und zwar mit ihm, aber nicht mit dem Kind zusammenleben möchte?«

»Nein. Das wäre natürlich eine Katastrophe.«

»Und was passiert, wenn dieser Philipp sich in dich verlieben sollte? Oder du dich in ihn?«

»Das wäre auch ne Katastrophe.«

Sophie schweigt.

»Findest du, ich sollte einfach mit niemandem ein Kind kriegen, ist es das?«

»Nein, um Himmels willen! Du musst dir nur überlegen, mit welchem Risiko du nachts besser schlafen kannst. Irgendein Risiko hast du immer. Ich hab mit Mitte zwanzig geheiratet, das war auch riskant.«

»Aber es hat sich gelohnt.«
»Ja! Mach es und überleg dir, bei wem du dich sicherer fühlst.«
»Woran merke ich das denn?«
»Hast du schon eine Liste gemacht?«
»Ja.«
»Dann nimmst du sie jetzt in deine freie Hand …«
»… okay …«
»… und jetzt knüllst du sie zusammen und wirfst sie weg.«
»Was, spinnst du?«
»Das musst du aus dem Bauch entscheiden, da werden dir Listen nicht helfen!«

Puh. Ich ziehe meine Laufklamotten an und gehe joggen, um besser nachdenken zu können. Ein Schritt nach dem anderen auf dem leicht matschigen Boden im Park. Tapp, tapp. Tick, tack. Sollte Rafael wegziehen wollen, kann ich ihn nicht aufhalten. Tapp, tapp. Tick, tack. Philipp will keine Beziehung, weder mit mir noch mit einer anderen Frau, und ich bin ihm ja offenbar auch noch fast zu jung. Tapp, tapp. Tick, tack. Um mein Herz mache ich mir immerhin überhaupt keine Sorgen. Ich habe mich noch nie in einen Mann verliebt, der kein Interesse an mir gezeigt hat. Sonst gäbe es ja auch das Risiko, dass ich mich in Rafael verliebe.

Ich muss darüber schlafen. Ich muss darüber schlafen, und dann muss ich noch mal drüber schlafen und noch mal. Aber ich hab doch keine Zeit!

Kurz überlege ich, ob ich die Kandidaten meinen Eltern vorführen soll, aber wir sind hier ja nicht in einer Datingshow. Und wenn ich gewollt hätte, dass meine Eltern einen Kindsvater für mich aussuchen, hätte ich damals auch mit dem langweiligen Nachbarsjungen ausgehen können, wie sie beide das wollten.

Nein, einen Kandidaten bekommen sie zu sehen, nur den

einen, für den ich mich entschieden habe. Wenn ich mich entschieden habe.

Keuchend bleibe ich an einer Parkbank stehen und dehne meine Oberschenkel. Wenn ich jetzt ein Kind hätte, wer sollte darauf aufpassen, während ich joggen bin – Rafael oder Philipp?

Und plötzlich habe ich ganz ohne Liste zum ersten Mal seit Jahren ein eindeutiges Bauchgefühl.

KAPITEL 11

Es fühlt sich ein bisschen an wie Dating, aber ohne die verliebten Blicke.
Wochen verbringen Philipp und ich damit, einander besser kennenzulernen. Wir treffen uns im Café, zum Essen oder zum Spazierengehen und reden ohne Punkt und Komma. Wir beobachten Familien auf der Straße und analysieren ihren Umgang mit den Kindern und miteinander. Wir gehen in ein Spielzeugwarengeschäft und sind uns einig, dass Jungs auch Rosa tragen und Mädchen mit Autos spielen dürfen. Wir gehen ins Kino, wo ich ein paarmal tief einatme, um heimlich zu überprüfen, ob ich ihn gut riechen kann. Kann ich. Und schließlich kommt der Tag, den ich ein bisschen hinausgezögert habe, weil ich Sorge hatte, er könnte alles ruinieren: Ich werde Philipp zu Hause in seiner Wohnung besuchen.

»Ja, und?«, fragt Johanna, als ich ihr davon erzähle. »Was ist daran so dramatisch?«

»Wenn es dreckig ist oder unordentlich ist oder er heimlich Klappmesser sammelt?!«

»Hmmm. Ich hatte mal was mit jemandem, der alle Wände schwarz gestrichen hatte.«

»Ach. War er schon als Amokläufer in den Nachrichten?«

»Nee, im Gegenteil, das war so ein hipper Design-Heini, der es ein bisschen übertrieben hatte mit seinem Style. Ich glaube, er fand es auch scheiße, wollte es aber nicht zugeben, weil es so viel Arbeit macht, Schwarz wieder hell zu überstreichen.«

»Philipp sagt, seine Wohnung ist hell. Hoffentlich gehen

die Fenster nicht zu tief runter, da könnte ein Kind leicht rausfallen.«
»Du machst dich schon wieder verrückt. Geh einfach hin, statt dich reinzusteigern.«

Zum Glück ahnt Philipp nichts von meinen Bedenken. Er öffnet mir lächelnd seine Wohnungstür und umarmt mich. Wir haben mittlerweile ein kumpelhaftes Begrüßungsritual, bei dem wir uns kurz auf die Schultern klopfen, wie manche Männer mittleren Alters das gerne tun, die dabei »Na, altes Haus« sagen. Der Flur ist angenehm kühl; in einem der Zimmer dudelt ein Radio. Keine schwarzen Wände. Im Wohnzimmer sind sie sandfarben; ich verkneife mir einen Geologen-Scherz. Durch die Fenster scheint die Frühsommersonne auf einen schönen großen Esstisch aus hellem Holz, eine Reihe niedriger Bücherregale und ein rotbraunes Sofa. In der Ecke lehnt eine schwarze E-Gitarre. Aus der Küche zieht ein wunderbarer Duft.
»Das Kichererbsencurry köchelt seit einer Stunde. Es sollte jetzt richtig durchgezogen sein«, sagt Philipp. »Wir müssen nur noch den Tisch decken.«
Ich folge ihm in die Küche, wo ein kleiner weißer Tisch mit zwei Stühlen steht, beide lindgrün gestrichen. Hier würde ein Hochstuhl für ein Kind noch gut hinpassen. Es wundert mich selbst, aber in Philipps Wohnung kann ich mir auch sofort ein Kind vorstellen – genau wie in meiner eigenen. Es ist nicht nur Platz dafür, die Atmosphäre ist auch so schön ruhig und einladend.
Optimistisch öffne ich die Besteckschublade. Und dann stehe ich vor drei Fächern, in denen Gabeln, Messer und Löffel liegen. Aber nicht sortiert, sondern alles durcheinander.
»Äh, Philipp?«
»Ja?«

»Machst du das immer so?« Ich deute auf das Chaos.

»Ach ja, eigentlich schon. Ich finde, es lohnt sich nicht, Besteck zu sortieren. Man findet ja auch so leicht das, was man braucht.«

»Oh, okay.« NICHT OKAY. Wer macht denn so was? Aber natürlich weiß ich, wie übertrieben mein Ordnungssinn ist und dass ich ihn sowieso mehrfach nachjustieren muss, wenn erst einmal ein Kind im Haus ist. Da kommt das Chaos von ganz alleine. Wahrscheinlich habe ich in einem Jahr eh keine Zeit mehr, mein Besteck zu sortieren.

Philipp, der von meinem inneren Kampf hoffentlich nichts ahnt, schöpft Reis und Curry in tiefe, dunkelgrüne Teller. Der Mann hat schon Geschmack, das muss man ihm lassen. Ich nehme ihm die Teller ab, drehe mich um und erstarre.

Von der Wand lächeln mich ein etwas jüngerer Philipp und eine ausnehmend schöne Frau an. Die Köpfe halten sie so nah beieinander, dass ihre blonden Haare ineinanderfließen. Beide sind festlich angezogen, vielleicht für eine Taufe oder Hochzeit. Philipp bemerkt meine Reaktion und folgt meinem Blick, sagt aber nichts.

»Deine, äh, Schwester?«, frage ich. Sie sehen sich tatsächlich ein bisschen ähnlich.

»Nein. Das ist meine Ex.«

»Oh.« Ich halte die Teller ganz fest und versuche, unbesorgt zu klingen. Aber Herrgott, der Mann hat ein Foto seiner Ex an der Wand, von der er seit vier Jahren getrennt ist? Ernsthaft? Als er sagte, er sei nicht bereit für eine neue Beziehung, lag er auf jeden Fall hundertprozentig richtig. Dass das Bild nur eines von etwa zehn an dieser Wand ist, die allesamt fröhlich lachende Menschen zeigen, manchmal mit Philipp, manchmal ohne ihn, macht es kaum besser.

»Und das andere sind deine Freunde?«

»Ja, genau. Sie gehört auch zu diesem Freundeskreis, den

es immer noch gibt, deshalb hätte ich es komisch gefunden, sie wegzulassen.«

»Aha.« Fassen wir es kurz zusammen: Er ist nach der Trennung in diese Wohnung gezogen und hat erst mal ein Bild von seiner Ex aufgehängt. Wenn wir eine Liebesbeziehung hätten, würde ich jetzt, in dieser Sekunde, die Wohnungstür hinter mir schließen und nie mehr wiederkommen.

Philipp nimmt mir die Teller aus der Hand und geht vor mir her ins Wohnzimmer. Er scheint zu merken, dass ich ein bisschen Zeit brauche, das zu verarbeiten. Sofort melden sich neue Bedenken. Ich setze mich zu ihm an den Esstisch; wir schauen einander an. Keiner von uns greift auch nur nach dem Besteck.

»Ich muss dich was Wichtiges fragen«, sage ich.

»Ja, das merke ich. Schieß los.«

»Besteht die Möglichkeit, dass du mit deiner Ex wieder zusammenkommst, die keine Kinder will, und dass dann unser Kind überzählig ist?« Ich bin äußerlich ruhig, aber innerlich stinkwütend. Ich hab mich doch nicht gegen Rafael entschieden, um dann bei Philipp in das gleiche Problem zu rennen!

»Nein«, sagt Philipp schlicht. »Ich weiß, dass es komisch aussieht, dass dieses Foto da hängt, aber es war einfach ein schöner Tag, an den ich gerne zurückdenke. Ria und ich haben es lange genug miteinander versucht, und am Ende hat es nicht geklappt. Außerdem dachte ich, ich hätte sehr deutlich gemacht, wie sehr ich ein Kind will. Da hat in der Zukunft keine Frau zu kommen, die damit nicht einverstanden ist.«

Ich atme erleichtert auf und merke erst da, dass ich vor lauter Anspannung die Luft angehalten habe. Aber Philipp ist noch nicht fertig.

»Ein Kind zu haben ist jetzt meine Priorität«, sagt er.

»Frauen interessieren mich gerade nicht. Und schon gar nicht Frauen, mit denen ich es schon erfolglos versucht habe.«

»Okay. Gut.«

Ich greife nach meinem Löffel und fange an zu essen, aber Philipp sieht mich weiter an und verzieht den Mund.

»Du fühlst dich gerade nicht besonders wohl hier, oder?«

»Doch, schon!« Ich lege den Löffel wieder hin, und meine ganze Genervtheit bricht aus mir raus. »Deine Wohnung ist prima, aber das mit dem Foto hat mich gerade so kalt erwischt, dass ich ein bisschen sauer bin. Ich musste das alles fragen, aber jetzt steh ich da wie die eifersüchtige Neue. Dabei geht es mir doch gar nicht darum, wir sind doch nicht mal zusammen, du kannst unglücklich verliebt sein, in wen du willst!«

»Ich kann – was? Jetzt hör aber mal auf! Ich bin nicht unglücklich in Ria verliebt!«

»Ach so, na klar. Du hast einfach nur so ein Foto aus glücklichen Zeiten da hängen, das du *jeden Tag siehst*.«

»Ich hab dir das doch erklärt!«

»Siehst du, jetzt bin ich schon wieder die eifersüchtige Neue, die nix versteht. Ich versuch einfach nur zu sagen, dass ich das ungewöhnlich finde und dir nicht abnehme, dass du keine Gefühle mehr für sie hast. Und ich bin auch nicht eifersüchtig, aber wenn wir zusammen ein Kind haben, braucht es Platz in deinem Leben!«

»In meinem Leben ist mehr als genug Platz!«

»Aber vielleicht ja nur, bis sie wieder anruft!«

Philipp verstummt kurz. Dann schiebt er unsere Teller beiseite, nimmt meine Hände in seine und redet ganz leise weiter. Der ungewohnte Körperkontakt zwischen uns bereitet mir etwas Unbehagen, aber seine sanfte Stimme fühlt sich an, als würde er warmes Öl in mich hineinträufeln.

»Ich weiß, dass wir uns gerade erst kennenlernen. Und

ich weiß, dass wir gerade streiten. Ich möchte dir trotzdem jetzt sagen, dass ich mich schon entschieden habe, dass ich das Kind mit dir will. Ich will ihm ein guter Vater sein, und ich will das gemeinsam mit dir gut machen. Du kannst dich auf mich verlassen. Ich sehe, wie wichtig dir das ist, weil du gerade deswegen ausflippst. Aber du bist die Einzige hier, die noch überlegt. Ich bin mir sicher.«

Ich schniefe ein bisschen, lasse den Kopf sinken und starre auf den Tisch.

»Ich will dich überhaupt nicht unter Druck setzen«, fährt er fort. »Ich will aber auch nicht unter Druck gesetzt werden wegen etwas, was mit unseren Plänen nicht das Geringste zu tun hat. Und wenn du Sorgen hast, dass ich dich hängen lasse, dann entwerfen wir heute noch einen Vertrag, in dem genau steht, wie wir die Verantwortung und die Aufgaben teilen. Du musst ihn nicht sofort unterschreiben, aber du kannst es jederzeit. Würde dich das beruhigen?«

»Ja.« Ich hebe den Kopf und schaue ihn an. Meine Hände ziehe ich zurück, weil gerade eine derartige Hitzewelle durch meinen Körper rast, dass jede weitere Wärmequelle sich wie Feuer anfühlt. Ungelenk spreize ich meine Finger. »Ja, das würde mich beruhigen.«

»Gut. Jetzt gleich oder erst essen?«

»Erst essen, bitte, es riecht so gut, und Streiten ist so anstrengend. Können wir das Fenster kippen?« Ich fühle mich, als wäre ich gerade einen Marathon gelaufen.

»Klar.« Philipp steht auf, während ich unsere Teller richtig hinstelle. Als er sich wieder hinsetzt, wirkt er amüsiert.

»Du bist ganz schön unfair beim Streiten.«

Ich muss lachen.

»Das wird dich jetzt natürlich total überraschen, aber …«, ich hebe den Zeigefinger und gucke bedeutsam: »Das hör ich nicht zum ersten Mal.«

Philipp lacht auch. »Ja, total überraschend, ehrlich.«

»Das Curry schmeckt himmlisch.«
»Danke. Ist ein Rezept von meiner Ex.«
Ich lasse den Löffel sinken und schaue ihn genervt an, aber er lacht schon wieder und sagt: »War ein Witz. Zu früh?«
»Bisschen zu früh. Morgen vielleicht wieder.«
»Gut zu wissen. Hey, wir haben unseren ersten Running Gag!«
»Du bist echt unmöglich.«
»Jaja. Sag mir das alles jetzt, vor dem Kind kannst du das ja dann nicht mehr, da musst du immer wertschätzend von mir sprechen. Ich habe gelesen, wie wichtig das ist beim Co-Parenting.«
»Du hast dich eingelesen?«
»Äh, klar. Das ist die wichtigste Entscheidung meines Lebens, da informiere ich mich doch vorher.«
»Ich finde dich echt super.«
»Jetzt schon? Ich hatte überlegt, dir gleich vorzuschlagen, dass Geschenke für Kindergeburtstage zu kaufen meine Aufgabe sein wird, aber dann brauche ich diesen Bestechungsversuch vielleicht gar nicht?«
»Also, ich würde dir diese ätzende Aufgabe abnehmen, zum Dank, weil du gerade wirklich gut reagiert hast. Dafür könntest du eine richtig coole bekommen: alle Arzttermine!«
»So kannst du vielleicht unser Kind reinlegen, aber nicht mich. Und das Kind auch nur in den ersten paar Jahren. Das wird nämlich sehr intelligent.«
»Ach so? Bräuchten wir dafür nicht eine Samenbank?«
»Ganz dünnes Eis, Frau Färber!«

KAPITEL 12

K lingt gut«, sagt Johanna. »Wo ist der Haken?«
Sie liegt neben mir auf einem weich gepolsterten Daybed mit Ausblick übers Jagsttal und duftet nach dem Mandarinenöl von der Rückenmassage. Keine von uns trägt mehr als ein Handtuch, denn der gesamte Wellnessbereich ist kuschelig warm, und dann scheint auch noch die Sonne durch die Panoramafenster. Ich beschatte meine Augen, um meine Freundin besser sehen zu können, als ich ihr antworte. Wir unterhalten uns leise, weil um uns herum ebenfalls erholungsbedürftige Saunaleichen liegen.

»Am Vertrag oder an Philipp?«

»An Philipp. Der Vertrag klingt gut, auch wenn ihr mit dem natürlich noch zu einem Notar gehen müsst.«

»Klar. Tja, an Philipp. Ich glaube, für dieses Projekt ist er tatsächlich ziemlich perfekt. Aber wenn wir zusammen wären, würde mich das mit den Steinen wahrscheinlich nerven.«

»Was für Steine denn?«

»Er geht in seiner Freizeit Mineralien suchen. Er fährt in den Taunus oder in den Westerwald und läuft da herum und klopft mit einem kleinen Hämmerchen auf Steine.«

»Hat er dir das so erzählt?«

»Nee, so in etwa stelle ich mir das vor. Er macht das wirklich fast jedes Wochenende. Es gibt da wohl viel Quarz an einer Stelle, und er findet Quarz irgendwie toll.«

Johanna beginnt so laut zu lachen, dass sich rundherum missbilligende Köpfe zu ihr drehen. Ich kann nur die Schultern zucken.

»Ist doch schön, dass er ein Hobby hat, auch wenn du seine Begeisterung nicht teilst!«, sagt sie.

»Ja. Neulich hat er mir einen längeren Vortrag über Schiefer gehalten. Wenn wir zusammen wären, würde ich mich verpflichtet fühlen, mich dafür zu interessieren, aber so hab ich einfach nur gelächelt und genickt.«

»Das ist wahrscheinlich das Geheimnis der meisten Ehen. Sonst noch was?«

»Er spielt Gitarre in dieser Band, die ich noch nicht gehört habe, und ich befürchte ernsthaft, dass sie so Ältere-Männer-Rockmusik machen. In ein paar Monaten spielen sie in einer Kneipe, Philipp hat mich eingeladen, und ich hab Angst.«

»Du hast auf der Herfahrt im Auto zu Status Quo mitgesungen.«

»Aber ironisch.«

»Lügnerin!«

»Du meinst, ich bin auch nicht besser?«

»Lass uns mal überlegen, was sind denn deine Hobbys?«

»Grübeln und Gummibärchen.«

»Das und dein komisches Beschriftungsgerät, mit dem du so gerne auf Klebebänder schreibst, was in den transparenten Boxen in deiner Kammer ist, damit du alles noch leichter findest.«

»Und Radfahren.«

»Mit deinem Ex-Freund.«

»Gut, danke, ich hab's verstanden, Philipp ist zu gut für mich.«

»Quatsch. Aber ihr werdet ja auch kein Paar, sondern Eltern. Und du wirst eine super Mutter. Jeden Morgen wirst du das Kind mit diesen Bändern beschriften, nur sicherheitshalber, damit du nicht vergisst, dass es dein Baby ist und wie es heißt.«

»Ich würde diese Spitze gern zurückgeben, aber es ist

halb vier, das Kuchenbüfett wird bald abgeräumt, und als zukünftige Mutter muss ich Prioritäten setzen. Schmeiß dich in deinen Bademantel.«

»Immer muss ich mich bewegen«, sagt Johanna theatralisch und schaut beim Aufstehen auffällig unauffällig auf ihr Handy. Nicht zum ersten Mal heute. Als wir Richtung Treppe gehen, ist es schon wieder in ihrer Tasche verschwunden.

»Wie heißt er denn?«, frage ich.

»Pepe. Sorry, ich dachte, ich warte erst mal ab, ob es sich lohnt, dass du dir den Namen merkst.«

»Macht nichts. Pepe. Ist er Spanier?«

»Weiß nicht. Er sieht jedenfalls so aus.«

»Eure Gespräche sind also noch nicht sehr persönlich.«

»Wir haben uns im Supermarkt kennengelernt und machen momentan vor allem Witze darüber, dass er mich dort gefragt hat, was Schalotten sind.«

»Mit solchen Witzen kann man einen Chat füllen?«

»Der schon.« Sie zieht das Handy heraus und zeigt mir seine letzte Nachricht:

Schalotte Dumpling, ist das nicht diese Schauspielerin?

»Uff. Na gut. Vielleicht solltet ihr doch mal über was anderes reden.«

»Ja. Dazu kommen wir schon noch rechtzeitig. Ich muss ja nicht direkt mit einem Klemmbrett kommen.«

»Wie ich, meinst du.«

»Du hast deine Gründe.«

Bevor ich mich für ein Kind mit Philipp entscheide, fehlt mir noch der letzte Belastungstest: ein Treffen mit meiner Mutter. Meinem Vater habe ich schon von Philipp erzählt, aber er wirkte nicht so, als wolle er ihn gleich mal ausfragen. Meine Mutter hingegen war so skeptisch, als ich ihr meine

Idee mitgeteilt habe, dass sie bestimmt auch den Kandidaten nicht besonders wohlwollend betrachten wird. Ich warne ihn sogar vor. Meine Befürchtung ist nicht, dass sie hart zu ihm sein wird – sondern womöglich eher so nüchtern wie bei unserem letzten Treffen. Philipp ist angemessen aufgeregt, denkt aber schon weiter.

»Wann willst du eigentlich meine Eltern kennenlernen?«, fragt er auf dem Hinweg in der S-Bahn.

»Mmpf.« Wie sage ich ihm, dass ich dieses Thema bisher erfolgreich verdrängt hatte? Ich war nie gut darin, Eltern kennenzulernen. Ich glaube, die meisten fanden mich etwas zu wenig weiblich und sanft. Dominiks Eltern zum Beispiel hätten sich eher eine Kinderkrankenschwester mit blondem Pferdeschwanz und heller Stimme für ihn vorgestellt, also ziemlich genau das Gegenteil von mir.

Philipp lächelt. »Sie freuen sich schon auf dich und kommen nächste Woche übrigens zu Besuch.«

»Oh, na dann gerne nächste Woche.« Um das herauszubringen, musste ich mich maximal zusammenreißen. Ein Teil von mir hofft, dass meine Mutter Philipp so auseinandernimmt, dass es gar nicht mehr dazu kommen wird, dass ich seine Eltern kennenlerne. Der andere hebt die Augenbraue und sagt: Das wird auch deine Familie, irgendwie, also zieh halt mal ein rosa Kleid an und lächle zwei Stunden lang nett.

Meine Mutter sitzt im Schatten einer Kastanie im Innenhof ihres Lieblingscafés. Es fühlt sich ganz gut an, nicht alleine auf sie zuzugehen, sondern mit Philipp hinter mir. Ich merke, dass das latente Gefühl, im großen Lebensplan versagt zu haben, langsam nachlässt – dabei bin ich noch nicht mal schwanger. Es ist ja auch nicht so, als würde ich gleich meiner Mutter meinen Verlobten vorstellen. Aber eben doch jemanden, der auf mich setzt. Jemanden, der etwas mit mir wagen will. Jemanden, mit dem ich etwas wagen kann.

Es gibt eine Stelle in »Hey Jude« von den Beatles, die ich zuletzt kaum mitsingen konnte, weil mir die Kehle eng wurde: »You're waiting for someone to perform with.« Genau. Auf den habe ich gewartet, und es hat verdammt lange gedauert.

Philipp performt tatsächlich, und wie. Strahlend reicht er meiner Mutter die Hand, und ich sehe alle vier Jahreszeiten über ihr Gesicht wandern, als sie ihn ansieht: Winter, Herbst, Frühling, Sommer. Nach drei Minuten Geplänkel fragt er sie, für welchen Weißwein sie sich da entschieden habe und ob der gut sei, und sie schiebt ihm ernsthaft ihr Glas zum Probieren hin. Mir fallen fast die Augen aus dem Kopf. Meine Mutter ist ein freundlicher Mensch, aber doch eher distanziert, und mit fremden Menschen aus einem Glas zu trinken, verabscheut sie. Sie geht deshalb nicht mal zum Abendmahl. Und jetzt nippt Philipp von ihrem Grauburgunder, bedankt sich und bestellt den gleichen!

Verdattert bitte ich um weitere fünf Minuten mit der Getränkekarte und vertiefe mich in die Anbaugebiete, um mich zu sammeln. Philipp erzählt unterdessen meiner Mutter von seiner Familie und seinem Job. Offenbar findet sie plötzlich nichts interessanter als Baugrunduntersuchungen und Laborarbeit. Ehe mein Riesling da ist, hat sie ihm schon das Du angeboten. Dann verschwindet er auf die Toilette, glücklicherweise. Sobald er außer Hörweite ist, stecken wir die Köpfe zusammen.

»Er hat so schöne hellbraune Augen!«, sagt meine Mutter.

»Ja, aber darum geht es doch nicht! Willst du ihm nicht mal ein paar kritische Fragen stellen?«

»Hast du das nicht schon gemacht?«

»Doch, aber er verträgt schon noch ein paar.«

»Ich mag ihn.«

»Ja, das merke ich.« Trotzdem freut es mich, dass sie es so

deutlich sagt. »Wenn seine Eltern nicht totale Unsympathen sind oder mir schreckliche Geschichten über ihn erzählen, wirst du Großmutter.«

»Na endlich«, sagt sie, als Philipp schon wieder auf uns zukommt. Falls er es gehört hat, ist er wohlerzogen genug, nicht nachzufragen.

Meine Mutter – oder Petra, wie Philipp sie jetzt nennt – stellt noch ein paar Fragen, die ich bestenfalls als halbkritisch durchgehen lassen würde. Immerhin erfahre ich dadurch, dass er als Jugendlicher eine Weile Oboe gespielt hat und einen Motorradführerschein hat, aber nicht plant, ihn jemals wieder zu benutzen. (Gut. Sehr gut.)

Als wir am Abend leicht angeschickert und sehr zufrieden auseinandergehen, umarmen die beiden sich herzlich.

»Bis bald!«, ruft meine Mutter zum Abschied.

KAPITEL 13

Philipps überragende Performance bei meiner Mutter setzt mich etwas unter Druck für das Treffen mit seinen Eltern. Ich will mich wirklich auf keinen Fall blamieren. Ich werde mir in der Arbeit einen ganz ruhigen Tag machen, die meterlange To-do-Liste nur mit spitzen Fingern beiseitelegen und abends so entspannt wie anmutig in dem Lokal auflaufen, das Philipp vorgeschlagen hat.

Frohgemut sitze ich am Schreibtisch und beantworte Mails, als mein Plan zunichtegemacht wird. Eine Krise erkennt man nicht daran, dass ein Mitarbeiter ins Büro kommt. Eine Krise erkennt man daran, dass ein Mitarbeiter ins Büro kommt, nicht mal Hallo sagt, sondern zur Seite tritt für die vier weiteren Kollegen, die eintreten, sich in einer Reihe vor dem Schreibtisch aufstellen und darauf warten, dass ihr Anführer einen halben Schritt nach vorne tritt und das Wort ergreift.

»Guten Tag, Frau Färber. Haben Sie zehn Minuten Zeit?«

So, wie die dreinschauen, ist es hier mit zehn Minuten nicht getan. Ich deute auf die Sitzgruppe neben meinem Schreibtisch und bitte alle, Platz zu nehmen. Schon der Moment, in dem man in den tiefen Lederpolstern leicht versinkt, wirkt nämlich zuverlässig deeskalierend.

»Worum geht es?«

»Wir möchten wissen, ob es wirklich Kündigungen geben soll.«

Allmächtiger. Wenn es Kündigungen gäbe, könnte ich mir die Arbeit sparen, die zwei großen Stapel mit Neubewerbungen auf meinem Schreibtisch durchzuschauen. Aber irgendwo muss das Gerücht ja herkommen.

»Wer behauptet das denn?«

»Es stimmt also nicht?«

»Das habe ich nicht gesagt.« Wenn ich sie jetzt beruhige, erfahre ich nie, wer hier Gerüchte streut und damit die Kollegen so verunsichert, dass sie bei mir aufkreuzen. Faustregel: Bis sie zu fünft zu mir kommen, haben sie schon mindestens fünf Stunden damit verbracht, Mails zu schreiben oder in der Kaffeeküche darüber zu reden. Das ist reine Zeitverschwendung, und auch wenn es keine Kündigungen gibt – Zeitverschwendung können wir uns nicht leisten.

Die fünf schauen einander an. Keiner will derjenige sein, der den Namen ausspricht. Aber sie wollen wirklich dringend wissen, ob sie nächstes Jahr hier noch einen Job haben.

»Wir möchten den Namen nicht offenlegen«, sagt schließlich einer.

»Darf ich fragen, warum?«

»Wir wollen keinen Ärger, wir wollen nur eine Antwort.«

»Und diese Person würde Ihnen Ärger machen, weil Sie zu mir gekommen sind?«

»Vielleicht schon.«

Damit bin ich schachmatt. Ich kann ihnen die Antwort nicht verweigern. Selbst wenn das bedeutet, dass sie von mir erfahren, dass ihr Vorgesetzter ein Lügner ist.

»Es sind keine Kündigungen geplant«, sage ich. »Ohne zu wissen, wie lange Sie sich darüber jetzt Gedanken gemacht haben: Bitte, kommen Sie in Zukunft einfach direkt zu mir. Die Tür steht meistens offen.«

Die fünf bedanken sich und verlassen sichtlich erleichtert mein Büro. Ich dagegen weiß, was ich jetzt zu tun habe, und ich habe echt wenig Lust darauf.

»Die wollten – was? Wer erzählt denn so was rum? *In meiner Firma?*«

Na klar, der Oberchef muss mal wieder eine Machtfrage daraus machen.

»Das haben sie mir nicht verraten. Ich möchte mit Ihnen darüber sprechen, ob wir der Sache nachgehen oder sie hiermit als abgeschlossen betrachten.«

»Abgeschlossen?!«

»Die Mitarbeiter sind beruhigt. Keiner sucht sich einen neuen Job und verlässt uns. Es wurde niemand verletzt.«

Der Oberchef fährt aus seinem Stuhl hoch, hebt beide Hände und donnert: »Ja, aber wie steh *ich* denn da, wenn hier solche Gerüchte kursieren?«

»Wie meinen Sie das?«

»Das sieht aus, als würden wir das Unternehmen gegen die Wand fahren und unsere Mitarbeiter anlügen! Wenn das nach außen dringt, dass wir angeblich Leute kündigen!«

… dann kann ich mich bei den Rotariern nicht mehr blicken lassen, vervollständige ich seinen Satz innerlich.

»Ich bin absolut Ihrer Meinung, dass das dem Unternehmen schadet. Deshalb habe ich die Mitarbeiter angewiesen, beim nächsten Mal sofort zu mir zu kommen.«

»Beim nächsten Mal! Es hat kein nächstes Mal zu geben! Wenn hier jemand Hiobsbotschaften verkündet, bin das immer noch ich!«

»Aber es gibt ja keine Hiobsbotschaften, nicht wahr?«

»Natürlich nicht! Seit es dieses bekloppte Instagram gibt, kriegen die Leute gar nicht genug von Abenteuerurlaub!«

Event-Reisen, korrigiere ich im Stillen.

»Frau Färber, ich kann solches Verhalten nicht durchgehen lassen. Das ist geschäftsschädigend. Finden Sie heraus, wer den Leuten hier so etwas erzählt.«

»Wie soll ich das denn herausfinden?«

»Heute noch!«

In meinem Büro suche ich das Organigramm und den Zeitplan der Jobrotation raus. Alle fünf Mitarbeiter gehören in die Reiseplanung, zwei davon zu Asien, einer zu Afrika und zwei zu Amerika, das hilft mir also nicht besonders weiter. Es sei denn, die Chefin der gesamten Abteilung Reiseplanung hat mit Kündigung gedroht, aber ich bin ziemlich sicher, dass die sich anders durchsetzen kann. Ich tippe eher auf einen der Teamleiter. Aber auf wen?

»Wissen Sie, und da dachte ich, Sie könnten mir vielleicht helfen. Sie sind der Einzige hier, der Asien und durch die Jobrotation auch Amerika gut kennt. Haben Sie eine Idee, wer Mitarbeitern hier Kündigungen angedroht hat?«

Konrad Hoffmann ist genauso bräsig wie beim letzten Mal, als er vor mir saß.

»Muss ich dazu etwas sagen?«

»Es gibt da drei Möglichkeiten. Nummer eins: Sie wissen es nicht. Das würde bedeuten, dass es Afrika betrifft. Nummer zwei: Sie wollen es mir nicht sagen. Dann würde ich annehmen, dass es Ihre Stammabteilung Asien betrifft und Sie Repressalien von Ihrem Vorgesetzten befürchten. Nummer drei: Sie sagen es mir einfach, weil es Amerika betrifft und es dort Kollegen gibt, die Sie vor deren Teamleiter schützen wollen.«

Ich kann ihm förmlich beim Denken zusehen. Afrika ist damit sofort raus. Ich weiß nicht, was derzeit zwischen ihm und Ami-Susanne läuft, aber ich gebe ihm gerne die Möglichkeit, sich ritterlich vor seine Angebetete zu werfen.

»Er hat es nicht in meiner Anwesenheit gesagt«, brummt er schließlich. »Aber ich weiß, dass es Köber war.«

Herr Köber ist der Teamleiter Amerika, ein hitzköpfiger Typ.

»Wissen Sie etwas über den Kontext?«

»Er hat einer Kollegin gesagt, er müsste sowieso bald Leute rauswerfen, und sie wäre dann die Erste.«

»Und diese Kollegin hat anderen erzählt, dass Leute rausgeworfen werden sollen.«

»Nein. Die andern haben ihn durch die geschlossene Bürotür gehört.«

Ah ja. Ich kann mir genau vorstellen, in welch ruhiger Atmosphäre dieses Gespräch geführt wurde.

»Danke, Herr Hoffmann. Dieses Gespräch bleibt unter uns.«

Die Halsschlagader des Oberchefs ist erst halb abgeschwollen, als ich ihn informiere, und beginnt sofort wieder sichtbar zu pochen. Es folgt einer der unangenehmsten Termine meines Lebens. Der Oberchef besteht darauf, dass ich dabeibleibe, während er Herrn Köber grillt, weil die Personalchefin immer eine gute Drohkulisse abgibt – als könnte ich jederzeit vorbereitete Abmahnungen oder fristlose Kündigungen aus der Aktenmappe ziehen. Ich habe das noch kein einziges Mal gemacht, aber das wissen die Mitarbeiter natürlich nicht.

Herrn Köber bläst die gesamte Dominanz des Oberchefs entgegen wie ein Wüstenwind. Wenn ich nicht wüsste, dass er seine Mitarbeiter auch anbrüllt, könnte ich unter Umständen Mitleid entwickeln, aber so versuche ich nur, mich unsichtbar zu machen. Ich hasse lauten Streit. Mein Körper ist sofort im Alarmmodus, wenn Leute sich anschreien. U-Boot-Havarie, mindestens, meldet mein Adrenalinspiegel. Dabei geht es hier nicht um Leben oder Tod, sondern nur darum, wer der Chef ist. Vielleicht bin ich doch zu alt für ein Kind, wenn ich nicht mal Gebrüll aushalte, das mich überhaupt nicht betrifft? Besonders stressresistent fühle ich mich jedenfalls gerade nicht. Unauffällig schaue ich auf meine Uhr. Wenn das hier noch lange dauert, komme ich auch noch zu spät zum Treffen mit Philipps Eltern.

Zehn Minuten später erlöst der Oberchef Herrn Köber und mich endlich. Der Teamleiter verlässt das Büro in betont aufrechter Haltung und mit roten Flecken auf den Wangen. Ich klappe mein iPad auf und frage den Oberchef,

der Herrn Köber zum Abschied ungenannte Konsequenzen angekündigt hat: »Was jetzt?«
»Welche Möglichkeiten sehen Sie denn, Frau Färber?« Na, immerhin einer wirkt jetzt so richtig aufgeräumt und zufrieden, während ich mich fühle, als hätte man Zement in meine Adern gegossen.
»Abmahnung oder Führungskräfteseminar.«
»Geht auch beides?«
»Natürlich.«
»Machen Sie eine Abmahnung, über die genaue Formulierung sprechen wir morgen, und suchen Sie ein Führungskräfteseminar aus, das Herrn Köber auf keinen Fall Spaß machen wird.«
»Also keine Vorträge im Schlosshotel, sondern Rollenspiele in einer ehemaligen Jugendherberge.«
»Gibt es das?«
»In der Nähe von Bautzen.«
»Perfekt.«
Eilig laufe ich zurück in mein Büro, werfe mein Zeug in meine Handtasche und frische schnell mein Deodorant auf. Vier Mal drücke ich auf den Aufzugknopf wie ein Idiot, als ginge es dann schneller. Draußen ist der Asphalt von der Sonne des Tages aufgeheizt und glüht bis hinauf zu meinen Knien.

Beinahe pünktlich und beinahe ansehnlich betrete ich das Lokal. Die U-Bahn kam schnell, dafür war die Klimaanlage ausgefallen. Wenn ich jetzt kalt duschen würde, könnte man Dampf aufsteigen sehen.

Auf einer hölzernen Eckbank sitzt Philipp mit seinen Eltern, die mich schon entdeckt haben und beäugen wie freundliche Uhus. Ich muss fast lachen, als ich ihnen die Hände schüttle: Philipp sieht aus, als hätte man die Gesichter seiner Eltern am Computer ineinandergemorpht. Beiden ähnelt er unglaublich, aber auf ganz unterschiedliche

Weise. Die hellbraunen Augen hat er von seiner Mutter, die blonden Haare von seinem Vater, den Körperbau von ihr, die Hände von ihm. Adoptiert ist er schon mal nicht.

Wir bestellen Schnitzel und reden. Ich will wissen, wie Philipp als Kind war, und sie wollen wissen, wer ich überhaupt bin, wie ich auf diese Idee gekommen bin und wie wir das alles rechtlich absichern werden. Gute Fragen. Leider bin ich so erledigt von meinem Arbeitstag, dass mir manchmal die Gedankengänge in der Mitte abreißen. Dann übernimmt Philipp und vollendet meine Sätze. Es ist mir ein bisschen peinlich, aber seine Eltern scheinen nichts daran zu finden.

Nach zwei Stunden fühlt sich mein Gehirn an wie Matsch, aber als wir die beiden an ihrem Auto verabschiedet haben und gemeinsam zur U-Bahn gehen, bin ich erleichtert.

»Das war jetzt natürlich auch ein Bewerbungsgespräch für die Rolle als Babysitter«, sagt Philipp. »Haben sie bestanden?«

»Ja, absolut. Du kannst sie gerne engagieren, wenn du abends mal auf ein heißes Date gehst und ich keine Zeit habe, weil ich gerade auf den Bahamas rumhänge.«

»Kommt das denn öfter vor?«

»Die Bahamas bei mir nicht, heiße Dates bei dir denn?«

»Nee. Aber angeblich ziehen junge Väter Frauen ja magisch an. Ich dachte, ich kann dann auf dem Spielplatz alleinerziehende Mütter aufreißen, die mit mir Butterkekse und Apfelschnitze teilen.«

»Das klingt wirklich verdammt sexy.«

»Och, ich mag Äpfel.«

Im Halbdunkel sehe ich ihn grinsen und boxe ihn in die Schulter.

KAPITEL 14

Mir ist so schlecht die ganze Zeit. Herzogin Kate hat das auch, sogar noch viel schlimmer, sagte mir die Sprechstundenhilfe meiner Gynäkologin mitfühlend, aber hochadelige Übelkeit ist auch einfach nur Übelkeit. Außerdem bin ich immer müde.

Nach der zweiten Insemination ging ich nach Hause, legte mich aufs Sofa und schlief ein. Beim Aufwachen war mir flau im Magen, ich wollte dagegen anessen und mochte plötzlich überhaupt nichts mehr, was in meinem Kühlschrank oder meinen Küchenschränken zu finden war. Nur Gummibärchen wollte ich noch essen, aber nach einer ganzen Tüte Gummibärchen auf nüchternen Magen geht es einem auch nicht besonders. Und so erfuhr ich, dass ich schwanger bin: nicht durch einen Test, sondern indem ich alleine über der Kloschüssel hing und bunte Gelatineklumpen auskotzte.

Ich hatte es mir nicht besonders romantisch vorgestellt, alleine schwanger zu sein, aber diese Szene hat meine Erwartungen noch weit untertroffen. Flau ist mir seitdem beim Aufwachen, flau bei der Arbeit, flau in der U-Bahn, flau auf dem Sofa. Bisher musste ich mich noch nicht in der Öffentlichkeit übergeben, aber einmal musste ich aus einem Meeting rausrennen und danach eine Ausrede erfinden. Ich bin doch erst in der sechsten Woche.

Dafür hat Philipp sich wirklich rührend gefreut. Er hat mir sogar Blumen mitgebracht, die aber für mein Gefühl so fürchterlich stanken, dass wir sie meiner Nachbarin hinstellten.

Jetzt darf nur nichts schiefgehen. Meine Ärztin hat das Wort Risikoschwangerschaft mit einer derartigen Bedeutungsschwere ausgesprochen, dass ich mich sofort ins Bett legen und bis zur Geburt nicht mehr aufstehen wollte. Ich versuche also, wirklich gut auf mich aufzupassen. Aber das mit dem Essen ist ein echtes Problem: Auf der Waage steht jeden Tag weniger. Deshalb schleiche ich heute ziemlich schuldbewusst zu meinem nächsten Vorsorgetermin.

»Sie dürfen nicht weiter so abnehmen, Frau Färber«, sagt meine Ärztin streng. »Essen Sie doch einfach normal!«

»Ich kann nicht. Mir ist immer schlecht.«

»Aber arbeiten können Sie!«

»Ja, das lenkt mich ab, das ist ganz gut. Aber sobald ich Essen rieche …« Schon beim Gedanken kriecht mir die Übelkeit die Speiseröhre hinauf. »Ich will die Küche nicht mal betreten.«

»Das geht so nicht. Sie müssen essen. Ihr Mann soll sich darum kümmern.«

»Wir sind aber doch nicht zusammen, er wohnt nicht bei mir.«

»Ach ja. Ich vergesse das immer wieder.« Ihr Kopfschütteln zeigt mehr Verwirrung als Missbilligung. »Dann soll er eben auf Ihrer Couch nächtigen und Ihnen morgens Frühstück bringen. Irgendwas Geruchsloses. Meinetwegen Reiswaffeln mit Schokolade. Sie können auch trockene Nudeln essen, das ist mir egal. Aber essen Sie! Vitamine schreib ich zusätzlich als Tabletten auf.«

»Ich überlege mir das«, sage ich, während sie etwas auf ihren Rezeptblock kritzelt. »Aber hört das mit der Übelkeit nicht auch irgendwann wieder auf?«

»Doch, sicher. Spätestens bei der Geburt.«

»Sie machen Witze.«

»Das ist sehr individuell, bei manchen wird es im zweiten Drittel der Schwangerschaft besser, bei manchen im dritten. Darauf können wir aber nicht warten, wenn Sie nichts essen.«

»Ist das wirklich so dramatisch? Ich bin doch nicht mager, ich hab schon noch ein paar Reserven.«

»Ihre Reserven bestehen aus Fett, aber ein Embryo braucht für seine Entwicklung mehr als das. Kennen Sie die Ernährungspyramide?«

»Ja, natürlich.« Grummel.

»Dann wissen Sie ja, was fehlt.« Sie reißt ein Rezept ab, setzt geräuschvoll ihren Stempel drauf und überreicht es mir. »Lassen Sie sich vom Vater mit Essen versorgen! Da kann er auch schon mal fürs Kind üben. Und das hier nehmen Sie zusätzlich. In drei Wochen kommen Sie wieder zum ersten großen Ultraschall.«

»Echt, schon?«

»Sicher, bei Ihnen gucken wir früh, es ist ja eine …«

»… Risikoschwangerschaft.«

»Genau.«

Im herbstlichen Nieselregen stehe ich vor der Praxis und wühle nach meinem Handy. Es fühlt sich furchtbar ungerecht an, dass mir mein Kinderwunsch zwar erfüllt wird, ich mich aber nicht richtig freuen kann, weil es mir so beschissen geht. Bis vor ein paar Monaten dachte ich immer, wenn ich glückliche Schwangere auf der Straße neidisch ansah: Das könnte ich auch haben. Jetzt weiß ich: Ich werde das nie haben. Andere Schwangere bekommen diesen magischen Glow. Das Einzige, was ich bekomme, ist Würgereiz.

Ich bin so frustriert, und eigentlich ist die Frau, die drei herrlich entspannte Schwangerschaften hatte, gerade die Letzte, mit der ich reden möchte, aber was will man machen, sie ist eben meine Freundin. Also lade ich mich für den Abend bei Sophie ein und beantworte ihre Frage, was ich essen möchte, mit einem leidenden: »Vielleicht drei Salzstangen.«

Es gibt Salzstangen, aber auch Spaghetti bolognese, von

denen ich immerhin einen Viertel Teller schaffe, ehe ich den Raum verlassen muss, weil ich den Geruch nicht mehr ertrage. Dass die Kleinen die Soße beim Essen über ihre ganzen Gesichter verteilen, hat mich früher nie gestört, aber jetzt ekelt es mich. Ich entschuldige mich, setze mich im kühlen, ruhigen Wohnzimmer in einen gemütlichen Korbsessel und schreibe Philipp.

> Ab wann kann unser Kind wohl unfallfrei mit Messer und Gabel essen? Wäre mir wichtig.

Keine Sorge, meine Feinmotorik ist im Labor legendär. Unser Kind wird schon mit zwei Jahren seine Erbsen mit Stäbchen essen können!

> Ich wusste, dass deine Gene was taugen!

Danke. Wie geht's dir heute? Was macht die Übelkeit?

> Der Übelkeit geht's gut, leider. Und ich bin okay. Unser Kind wird mir sehr viele Bildchen zum Muttertag malen müssen, um die Schwangerschaft wiedergutzumachen.

Kann's sein, dass »unser Kind« bald mal einen Namen braucht? Zumindest einen Arbeitstitel?

> Wir wissen doch noch gar nicht, was es wird.

Besonders viele Möglichkeiten gibt es nicht.
Wir sollten uns auf alle vorbereiten!

In der Küche erhebt sich lautes Geklapper.
»Mama sagt, ich soll dir sagen, du kannst wieder reinkommen!«, brüllt Lina.

»Ich meinte, du sollst zu ihr gehen und nicht durch die Wohnung brüllen!«, höre ich Sophie sagen.

Die Fenster sind gekippt, als ich zurück in die Küche komme, und die Teller verschwinden gerade in der Spülmaschine. Sophie umarmt mich.

»Arme Laura. Wenn du Nudeln nicht mehr magst, geht es dir wirklich schlecht.«

»Es ist furchtbar. Essen will ich nicht mehr, und Alkohol darf ich nicht mehr. Mein Leben liegt praktisch auf Eis.«

»Unseres auch, seit elf Jahren«, sagt Jamal und deutet auf Lina, die zufrieden kichert.

Jamal geht mit den Kindern ins Badezimmer, während Sophie mir einen Tee aus Frauenmantelkraut macht, der so bitter schmeckt, dass er mir die Mundwinkel nach unten zieht.

»Sehr gesund«, sagt sie.

»Mhm.« Ich nicke tapfer.

»Was hat denn die Ärztin gesagt?«

»Dass Philipp bei mir einziehen und mich zum Essen bewegen soll. Darüber wollte ich mit dir reden.«

»Oh. Würde das denn helfen?«

»Wahrscheinlich schon. Manchmal mache ich mir was zu essen und kann es dann nicht mehr essen, wenn es fertig ist, weil ich es schon die ganze Zeit riechen musste. Wenn ich also nur essen und nicht kochen müsste, wäre es einfacher.«

»Wie ist es denn mittags in der Kantine?«

»Da kann ich momentan nicht hin, ich halte es nicht aus. Die ganze Kantine riecht entweder nach Currywurst oder nach Köttbullar. Da hilft auch nicht, dass es jemand anderer gekocht hat.«

»Was isst du denn dann mittags?«

»Meistens ein Butterbrot.«

»Fantastische Nährwerte.«

»Ja, ich weiß, aber es stinkt wenigstens nicht.«

»Und angenommen, Philipp könnte einziehen und sich um deinen Speiseplan kümmern, was ehrlich gesagt der Mindestbeitrag zu dieser anstrengenden Schwangerschaft wäre – würdest du das wollen?«
»Eigentlich nicht! Nichts gegen Philipp, aber ich wollte keine WG, sondern ein Kind.«
»Andererseits sind Kinder irgendwie auch Mitbewohner, und zwar echt chaotische. Eine WG hättest du also so oder so.«
»Vor meinem Kind könnte ich in Unterwäsche durch den Flur gehen, bei Philipp müsste ich mir immer was anziehen.«
»Es ist November, wieso solltest du in Unterwäsche rumlaufen wollen?«
»Das ist doch nur ein Beispiel!«
»Vielleicht hättest du dich doch für diesen älteren Schwulen entscheiden sollen, wie hieß er?«
»Rafael.«
»Dem wäre dein Anblick in Unterwäsche herzlich egal gewesen. Aber könntest du nicht einfach einen Bademantel überwerfen, wenn du im Gegenzug bekocht wirst?«
»Doch, natürlich. Ich will aber nicht. Ich wollte das doch alleine machen, also wenigstens halb alleine. Andere Frauen schaffen das auch. Ich will abends in Ruhe mit dickem Bauch auf meinem Sofa sitzen und Mützchen häkeln und mich nicht unterhalten müssen.«
»Du kannst häkeln?«
»Nein. Immer stellst du so unsachliche Fragen!«
»Ich möchte das jetzt mal kurz zusammenfassen, Laura: Du hast eine romantische Vorstellung von dir als Schwangerer, nur du und dein dicker Bauch. Die Realität löst diese Vorstellung gerade überhaupt nicht ein, nicht nur, weil du nicht häkeln kannst, sondern auch, weil dein Bauch gar nicht richtig dick werden wird, wenn du dich nicht zusam-

menreißt und Hilfe annimmst. Es tut mir leid, wenn du dir das anders vorgestellt hast, aber wenn du dieses Kind kriegen willst, musst du dich jetzt so gut darum kümmern, wie es irgend geht. Und wenn du Philipp nicht einziehen lässt, ist das nicht gut genug.«

Ich öffne den Mund, um zu protestieren, als die Tür sich öffnet und Jamal reinkommt.

»Alle Kinder im Bett, was hab ich verpasst?«

»Was, so schnell?«

Ich wende erstaunt den Kopf. Jamal holt eine Flasche Weißwein aus dem Kühlschrank und schenkt Sophie und sich ein.

»Ja, wir machen nicht mehr jeden Abend so ein Riesending draus. Jetzt können die Kleinen sich aussuchen, ob ich eine Geschichte vorlese oder ein Lied vorsinge, und danach geh ich raus, und sie schlafen alleine ein.« Jamal zeigt grinsend auf Sophie. »Bei Mama wollen sie immer nur die Geschichte, ich darf wenigstens manchmal singen.«

»Ich kann vielleicht nicht singen, aber dafür sehr schön vorlesen. Mit verstellten Stimmen«, sagt Sophie würdevoll.

»Das stimmt. Die Kleinen scheinen bisher auch keine psychischen Schäden davonzutragen, weil sie ohne uns einschlafen müssen. Und Lina will einfach nur einen Kuss und ihre Ruhe.«

»Kann ich beides verstehen«, sage ich.

»Lauras Ärztin hat vorgeschlagen, dass Philipp einzieht, damit sie besser isst, und Laura weigert sich, ihm das auch nur vorzuschlagen.« Sophie, alte Petze.

»Aber warum? Ich dachte, du magst ihn.«

»Klar mag ich ihn, ich krieg ein Kind mit ihm, aber ich will alleine wohnen!«

»Kannst du ja. Danach wieder. Jede zweite Woche, wenn das Kind bei Papa ist.«

Sophie nimmt Jamals Hand. »Übrigens haben wir unsere

Abendroutine umgeschmissen, weil eine sehr liebe Freundin mir den guten Rat gegeben hat, das mal anzusprechen. Ich möchte ja nicht sagen, dass sie jetzt umgekehrt meinem Rat folgen muss, aber es wäre echt klug.«

»Okay, okay. Ich rede mit Philipp. Vielleicht finden wir einen Kompromiss.«

Willst du in den nächsten Tagen vorbeikommen?, schreibe ich ihm auf dem Heimweg. *Wir könnten über Babynamen streiten.*

KAPITEL 15

Mein Gefühl sagt mir, dass es ein Mädchen wird. Mädchennamen sind leicht, da gibt es viele hübsche. Aber Jungsnamen! Alleine einen zu finden, der nicht zu einem Mann gehört, mit dem ich eine negative Erinnerung verbinde! Tom zum Beispiel, prima Name. So hieß aber auch der Typ, in den ich in der Uni mindestens ein Semester lang unsterblich verliebt war und der meine Aufmerksamkeit genoss, aber mit meiner Referatspartnerin ins Bett ging. Oder Markus: zwei Dates, alles fing super an, aber dann ghostete er mich und ward nie mehr gesehen. Jonathan, auch sehr schön: Kurzzeitaffäre, bis sich herausstellte, dass er verheiratet war.

Zum Glück habe ich mit Philipp keine Beziehung, sonst könnte ich ihm das alles nicht sagen, falls er diese Namen vorschlägt. Es klingt, als hätte ich so viele Affären gehabt, dass jetzt nur noch Korbinian und Xaver als Namen in Betracht kommen.

Philipp ist in Partylaune, als er an meine Tür klopft. Aus einer Tasche zieht er alkoholfreien Sekt, Wäscheleine, Wäscheklammern und buntes Papier.

»Oh, wird das ein Bastelprojekt?«, frage ich.

»Allerdings. Öffnest du den Sekt?«

Er macht sich daran, die Wäscheleine zu entwirren. Als ich mit zwei gefüllten Gläsern wieder ins Wohnzimmer komme, hat er sie quer über die Wand gezogen und an den Nägeln befestigt, mit denen ich die Bilder aufgehängt habe. Ich reiche ihm ein Sektglas, wir stoßen an und …

»Uff.« Er verzieht das Gesicht.

»Ja. Nee.«

»Ich wollte solidarisch sein und auch keinen Alkohol trinken, bis das Baby da ist, aber das ist echt hart.«
»Glasreiniger in der Kopfnote. Willst du ne Apfelschorle?«
»Ja bitte!«
Mit frischen Getränken setzen wir uns an den Tisch, und Philipp überreicht mir Papier und einen Edding.
»Also, meine Idee wäre: Jeder darf seine Vorschläge aufschreiben und hinhängen, und dann dürfen wir abwechselnd welche abnehmen. Was hängen bleibt, wäre uns beiden recht.«
»Aber nur, wenn wir beide gleich viele Namen aufschreiben.«
»Genau. Jeder zehn für Mädchen, zehn für Jungs?«
»So viele? Weiß nicht, ob mir so viele einfallen.«
Wortlos zieht Philipp ein Namenslexikon hervor und schiebt es mir über den Tisch zu. Ich nehme es in die Hand, es riecht ganz neu. Mit geschlossenen Augen lasse ich die Seiten durch meine Finger gleiten, stoppe irgendwo und tippe mit dem Zeigefinger der anderen Hand auf eine Stelle der offenen Seite. Dann öffne ich die Augen. Philipp schaut mir neugierig zu.
»Wenn andere Leute diese Methode auch anwenden, erklärt das wahrscheinlich einiges«, sagt er.
»Bernd«, sage ich. »Oder Bernfried, mein Finger liegt genau dazwischen.«
»Gut, ich denke, sieben wohlüberlegte Namen von jedem von uns sind besser als zehn Bernfriede, die du willkürlich ausgesucht hast.«
»Okay, lass uns loslegen.«
Ich fange natürlich mit den Mädchennamen an. Sieben habe ich schnell beisammen. Bei den Jungs dauert es länger. Ich linse zu Philipp hinüber.
»Nicht abschreiben«, sagt er, ohne aufzuschauen.

»Gustav, echt jetzt?«

»Und nicht einmischen! Du darfst ihn nachher abnehmen, wenn er dir nicht gefällt. Schreib deine eigenen Namen auf.«

Ich denke so scharf nach, dass es mich für ein paar Minuten sogar von der Übelkeit ablenkt. Während Philipp die fertigen Zettel schon aufhängt, muss ich nachsitzen, aber irgendwann habe ich auch sieben beisammen, mit denen ich gut leben könnte, und drehe mich zur Wäscheleine um.

»Petra?!«

»Ja, nach deiner Mutter.«

»Ach komm, du spinnst.«

»Nicht als Rufname, als Zweitname!«

»Und dann noch Ulrike nach deiner Mutter?«

Beides begeistert mich null.

»Nee, mein Bruder hat seine Älteste schon Ulrike genannt, das reicht.«

»Okay, dann lass mal sehen.«

Wir schreiten die Wäscheleine ab. Achtundzwanzig Namen, das könnte ein langer Abend werden. Ich deute auf einen in der Mitte: »Arved? Ist das ein Jungenname? Klingt wie aus *Game of Thrones*.«

»Arved Fuchs heißt ein berühmter Polarforscher, du Banausin. Und meinst du Jevgenij ernst? Hast du russische Wurzeln?«

»Nein, aber ich finde, das ist ein wunderschöner Name!«

»Auf Deutsch heißt er Eugen.«

»Aber da steht Jevgenij und nicht Eugen.«

»Alles klar, hier lege ich mein erstes Veto ein. Zu kompliziert. Unser Kind soll sein Leben nicht mit Buchstabieren verbringen.« Philipp nimmt den Zettel ab.

»Meinetwegen. Du hast Jasper aufgeschrieben, hat das was mit Jaspis zu tun?«

»Ja! Auf Englisch heißt es Jasper. Das ist eine Variante von Quarz. Man macht Schmuck daraus, wahrscheinlich kennst du den Namen daher.«

»Das klingt ganz schön, aber würdest du unser Kind wirklich nach einem Stein benennen?«

»Der Name Peter heißt auch nix anderes als Stein. Außerdem ist Stein unpräzise, Jaspis ist ein Mineral.«

»Aha. Und gibt es noch mehr Mineralien, nach denen man deiner Meinung nach Kinder benennen sollte?«

»Klar. Nickelblödit zum Beispiel.«

»Das hast du gerade erfunden!«

»Das gibt es wirklich. Magst du nicht? Wie wär's mit Plumbogummit?«

Ich lasse mich aufs Sofa fallen und lache. »Plumbogim ...?«

»Plumbogummit. Ist vielleicht auch ein bisschen kompliziert. Was hältst du von Kakoxen?«

»Ich hatte keine Ahnung, wie lustig dein Job ist!«

»Über Mineraliennamen zu lachen hat meine Freunde und mich durchs Studium getragen.«

»Noch einen, bitte!«

»Pimelit.«

»Ahahaha!«

Ich winde mich hilflos vor Lachen auf dem Sofa.

»Ich finde, du nimmst das hier nicht ernst genug«, sagt Philipp mit gespieltem Stirnrunzeln.

»Wenn du mich öfter so zum Lachen bringst, darfst du unser Kind nennen, wie du willst.«

»Oh, cool, dann ...«

»Außer Gustav!«

»Pah.« Philipp setzt sich zu mir. »Aber ich bringe dich gerne zum Lachen. Bestimmt lacht der Zellhaufen in deinem Bauch mit.«

»Das ist sehr romantisch.«

»Ich bin Naturwissenschaftler, was hast du erwartet?«
»Willst du bei mir einziehen?«
Herrgott. Was für ein idiotischer Zeitpunkt für diese Frage, so ganz ohne Kontext. Philipp schaut mich befremdet an, und ich kann's ihm nicht verübeln.
»Also, das ist eine längere Geschichte«, sage ich schnell.
»Würde ich wetten. Dann erzähl mal.«

KAPITEL 16

Bisher ist das Beste an diesem Abend, dass ich Johanna überreden konnte mitzukommen. Deshalb muss ich jetzt nicht alleine am Tresen sitzen und mich moralisch darauf vorbereiten, Philipps Band zuzuhören. Diese Kneipe rangiert irgendwo zwischen lässig und verschissen, von den Toiletten weht ein leichtes Aroma herüber, aber vielleicht riecht man das auch gar nicht, wenn man nicht schwanger ist. Ich will Johanna lieber nicht darauf aufmerksam machen. Die hat heute Abend schon einen Fan gewonnen: Der Bassist, den Philipp uns vorstellte, begrüßte sie mit »Hallo! Ich bin Stulle« und begeistertem Händeschütteln. Er trägt ein T-Shirt von der Nickelback-Tour 2008 in der Kölnarena. Jahreszahl und Stadt konnte ich erst erkennen, als er sich irgendwann doch widerstrebend von Johanna abwendete, nicht ohne sie vorher zur Aftershow-Party einzuladen (Bier im Separee).

Die anderen Bandmitglieder habe ich noch nicht kennengelernt. Der Schlagzeuger ging direkt auf die Bühne, ohne eine Miene zu verziehen, und begann sein Instrument aufzubauen. Und der Sänger scheint gerne die Diva zu geben, die erst in letzter Sekunde erscheint. Außer uns sind sowieso erst fünf Leute da. Philipp stöpselt gerade das Mikrofon an, während Stulle und der Schlagzeuger hinten ein großes Tuch aufhängen, auf dem der Bandname steht: Button Down.

Johanna bestellt noch ein Pils für sich und eine Johannisbeerschorle für mich beim Barkeeper, der seine schwarze Lederjacke in diesem stickigen Laden mit großer Nonchalance trägt.

»Wie kommt das wohl, dass manche Männer so alberne Spitznamen haben?«, fragt sie leise.

»Stulle? Vielleicht war er mal Punker, und der Name ist geblieben.«

»Nickelback ist nicht Punk.«

»Nee.« Ich muss lachen.

»Du hast mir immer noch nicht verraten, was die heute Abend eigentlich spielen, und allmählich wüsste ich es gern«, sagt sie.

»Der Sänger schreibt eigene Lieder. Und dazwischen spielen sie ein paar Rock-Klassiker, sagte Philipp.«

»*Here I Go Again* von Whitesnake?«

»Darauf sollten wir gefasst sein.«

»Okay. Damit könnte ich leben.«

»Wie läuft's eigentlich mit Pepe?«

»Noch so ein komischer Spitzname. Wärst du drauf gekommen, dass Pepe in Wahrheit Patrick heißt?«

»Niemals. Ich hoffe, das hat die Geschichte nicht ruiniert für dich.«

»Nee, das war nicht das Problem. Aber es ist trotzdem vorbei.«

»Das tut mir leid.«

»Mir nicht. Vielleicht sollte man einfach keine Männer im Supermarkt kennenlernen. Zumindest nicht, wenn sie einen aus Hilflosigkeit ansprechen.«

»Du hast dich aber nicht von ihm getrennt, weil er nicht kochen kann.«

»Seine Freundin konnte ganz gut kochen, wie sich herausstellte. Die hat ihn Schalotten kaufen geschickt.«

»Autsch. Weiß sie Bescheid?«

»Keine Ahnung. Ich weiß nicht mal, wer sie ist. Ich hab nur ihr Foto in seinem Portemonnaie gesehen, und er hat mir das alles mit einer solchen Selbstverständlichkeit erzählt, als wäre er nicht gerade aus meinem Bett aufgestanden.«

»Manche Typen sind solche Arschlöcher.«
»Ja«, sagt Johanna. »Und trotzdem …«
Sie schaut gebannt an mir vorbei in Richtung Tür. Ihr angefangener Satz bleibt in der Luft hängen. Ich drehe mich um und sehe einen auffallend großen Mann im schwarzen Mantel, der einfach nur dasteht, als gehöre die ganze Kneipe ihm. Seine Augen sind dunkel umrandet. Wenn ich mich aus der Ferne festlegen müsste: nicht von Natur aus, sondern mit ein bisschen Kajal. Er schaut zu uns herüber und nickt uns zu.
»Kennst du den?«, fragt Johanna leise.
»Nein, aber ich hab so eine Ahnung …«
Ich drehe mich wieder zu ihr, damit wir wenigstens nicht beide starren. Johanna fällt es gerade ziemlich schwer, sich auf mich zu konzentrieren.
»Er geht zur Bühne«, berichtet sie leise. »Jetzt geht er rauf. Die anderen begrüßen ihn. Ist das der Sänger?!«
»Nehme ich an. Vielleicht könnte dir der Auftritt heute Abend doch gefallen?«
»Ich hab ja nie das Gegenteil behauptet!«
Ich sehe Philipp oben an Knöpfen drehen. Im nächsten Moment bläst uns ein lautes Fiepen die Ohren weg.
»'tschuldigung! Soundcheck!«, ruft Stulle und verschiebt ein paar Gerätschaften auf der Bühne.
Der Sänger singt nicht beim Soundcheck. Er sagt ein paarmal gelangweilt »Eins zwei drei Test« ins Mikrofon, in unterschiedlichen Lautstärken. Johanna hängt dabei an seinen Lippen, als deklamiere er den großen Monolog aus *Hamlet*. Er hat den Mantel ausgezogen und trägt tatsächlich ein pinkfarbenes Button-down-Hemd, das über seinen Oberarmen spannt, zu einer engen schwarzen Jeans. Ich bin mir nicht ganz sicher, wie erträglich ich ihn finde, aber er ist auf jeden Fall eine Erscheinung.
Mittlerweile hat sich die Kneipe auch gefüllt. Die meisten

sitzen herum und gucken hin und wieder erwartungsvoll Richtung Bühne. Hier ist jeden Donnerstag Livemusik, erfahren wir vom Barkeeper. Ich bin die Einzige, die Saftschorle trinkt.

Als wir sie gerade am wenigsten beachten, setzt die Band ein. Das Schlagzeug ist zu laut, aber sonst klingen sie ganz gut.

»Bisschen wie Bon Jovi«, sagt Johanna.
»Bist du gemein.«
»Ich mochte Bon Jovi immer!«
Der Sänger zieht den Mikrofonständer zu sich. Im nächsten Moment ist Johanna verliebt. Ich kann es ihr ansehen. Und ich muss zugeben, dass er wahnsinnig gut singt. Seine Stimme ist fast zu groß für diese Kneipe. Außerdem ist er eine Rampensau. Philipp und Stulle wirken daneben steif wie Schaufensterpuppen. Also ungefähr so, wie ich auch wirken würde, wenn ich mich jemals auf so eine Bühne trauen würde.

Er heißt Adam, erfahren wir alle nach dem zweiten Lied, als er sich selbst und die Band vorstellt. Natürlich heißt er Adam, wie sonst? Johanna ist nicht die Einzige in der Kneipe, die vor Begeisterung ausflippt, als die Band *Blinded by the Light* spielt. Ich wippe fröhlich mit, gucke ab und zu Philipp an und bin ein bisschen stolz, dass ich ein Baby mit jemandem bekomme, der Gitarre in einer Band spielt. Früher hätte mich das nicht besonders beeindruckt. Aber wie viele erwachsene Männer kenne ich schon, die nicht irgendwann wegen zu wenig Leidenschaft und Durchhaltevermögen ihre Hobbys aufgegeben haben? Philipp scheint beides zu haben. Ich würde gern mit Johanna erörtern, welches Instrument unser Kind mal lernen sollte, aber sie ist schwer damit beschäftigt, *Because the Night* mitzusingen.

Erst nach zwei Zugaben geht die Band schließlich von der Bühne. Philipp sieht wahnsinnig glücklich aus und umarmt mich schwungvoll. Stulle sieht das und versucht das Gleiche bei Johanna, die ihn aber glatt übersieht, weil sie immer noch Adam beobachtet, der sich direkt vor der Bühne unterhält. Also wird eher ein Schulterklopfen daraus.

»Habt ihr Hunger?«, fragt der Barkeeper Philipp.

»Und wie!«

»Wir machen Flammkuchen für euch, ich schick sie an euren Tisch.« Er nickt ihm zu. »Habt ganz gut gerockt da oben.«

»Danke!«

Philipp lotst uns in den halb offenen Nebenraum. Der Deko nach zu schließen tagt hier sonst ein Stammtisch von Motorradfahrern. Oder natürlich der schwul-lesbische Lederclub Rödelheim.

Stulle schafft es irgendwie, sich den Platz neben Johanna zu sichern, die es irgendwie schafft, sich den Platz neben Adam zu sichern. Philipp und ich sitzen ihnen gegenüber, ein echter Logenplatz mit bester Aussicht auf eine Dreiecksgeschichte. Der Schlagzeuger, der sich nur kurz als Frank vorstellt, sitzt stumm neben Philipp und fällt über den Flammkuchen her.

Johanna verwickelt Adam in ein Gespräch über Patti Smith als feministisches Rockidol, wird aber immer wieder von Stulle unterbrochen, der erklärt, er sei ja der größte Fan von Debbie Harry und halte Blondie überhaupt für die unterschätzteste Band aller Zeiten.

»Und was ist mit Nickelback?«, frage ich irgendwann und zeige auf sein T-Shirt.

»Total geile Band!«

»Sind die überhaupt noch aktiv?«

»Zum Glück nicht«, sagt Philipp.

Stulle wirft ihm einen verletzten Blick zu.

»*Leider* nicht!«, sagt er. »Chad Kroeger hat Stimmbandprobleme.«

»Oh. Wer von euch sucht eigentlich aus, welche Lieder ihr covert?«

»Wir machen alle Vorschläge«, sagt Philipp, »aber letztlich entscheidet Adam, ob er es so singen kann, dass es ihm gefällt. Ich wollte immer *Heavy Cross* von Gossip spielen, aber ich muss zugeben, dass diese hohen Töne von einem Mann nicht so gut klingen. Es muss ein bisschen schrill sein.«

Während wir uns unterhalten, beobachte ich Johanna und Adam. Sie scheinen uns vollkommen vergessen zu haben. Stulle bemerkt allmählich, dass seine Bemühungen vergebens sind, und spricht Johanna nicht mehr an. Er schaut so resigniert drein, dass ich vermute, es ergeht ihm öfter so mit Frauen, wenn Adam anwesend ist.

Nach einer Stunde bin ich kurz davor, im Sitzen einzuschlafen. Mein neuer Mitbewohner bemerkt das und packt seine Sachen zusammen. Nicht mehr allein nach Hause zu gehen ist ein völlig neues Lebensgefühl. Die Dynamik am Tisch dürfte ohne uns noch interessanter werden: der stumme Frank, der enttäuschte Stulle und die zwei menschlichen Magneten.

»Adam gefällt Johanna«, sage ich auf dem Heimweg.

»Ja … alle Frauen mögen Adam.«

»Das wundert mich nicht. Was macht er, wenn er nicht singt?«

»Er ist Personal Trainer.«

»Na, das sieht man.«

»Hmmm. Ich weiß schon, Johanna ist erwachsen, und Adam ist ein netter Kerl, aber …«

»Was?«

»Er ist jetzt nicht der bindungswilligste Mann, den ich kenne.«

Ich lache los. »Ernsthaft? Da musst du dir keine Sorgen machen. Johanna hält auch keinen Typen mehr als zwölf Stunden am Stück aus.«

»Das ist praktisch, das dürfte ziemlich genau die gleiche Zeitspanne sein wie bei ihm.«

»Du kannst froh sein, dass das bei mir anders ist. Jetzt waren wir nämlich schon drei Stunden im gleichen Raum, ich müsste dich also vorm Frühstück rauswerfen.«

»Hab ich ein Glück. Du kannst auch froh sein, sonst müsste ich vielleicht nach zwölf Stunden Geburt nach Hause, wenn gerade die Presswehen beginnen.«

KAPITEL 17

Als ich Philipp meinem Vater vorstellte, hatte ich gehofft, dass sie sich gut verstehen würden. Dass ich eine Woche später nach Hause kommen und die beiden in meinem Arbeitszimmer vorfinden würde, wo sie mit verschränkten Armen und diesem fachmännischen Handwerkerblick auf mein Mobiliar blicken, erfreut mich trotzdem nicht besonders. Warum hab ich Philipp noch mal einen Schlüssel gegeben? Ach ja, weil er jetzt hier wohnt, zumindest für vier Tage die Woche. Durchatmen, Laura.

»Was machst du denn hier?«, frage ich meinen Vater.

»Wir waren verabredet. Für neunzehn Uhr.«

»Oh.« Verdutzt checke ich meinen Kalender. Da steht es tatsächlich drin. Ich habe es einfach nicht gesehen. Oder gesehen und dann sofort wieder vergessen.

»Hilde nennt das Schwangerschafts-Demenz«, sagt mein Vater. Äußerst hilfreich.

»Und was macht ihr in meinem Arbeitszimmer?«

»Bei uns stehen die Wickelkommode und der Stubenwagen von Hildes Enkeln, die würden hier gut reinpassen, wenn der Schreibtisch wegkommt.«

»Äh ja, ich … Mach mal langsam. Wir haben morgen den ersten richtigen Ultraschalltermin, ich möchte noch nicht umräumen.« Und ich weiß nicht, wie diese Wickelkommode und dieser Stubenwagen aussehen, und muss erst mal möglichst diplomatisch um ein Foto bitten. »Wollen wir was essen gehen? Es gibt hier einen Sushi-Laden, der nach fast nichts riecht, sehr angenehm.«

»Darf man rohen Fisch essen in der Schwangerschaft?«, fragt mein Vater.

»Nee, nur die mit Gurke und Avocado.«
»Ich hab eingekauft, ich kann uns was kochen«, sagt Philipp.
Mein Vater schaut ihn entzückt an. Verständlich.
»Bitte was halbwegs Gesundes, mein Vater nimmt Betablocker gegen seinen hohen Blutdruck.«
»Laura!«
»Und muss mit seinem Zucker aufpassen.«
»Du hast also mit Hilde telefoniert.« Mein Vater schüttelt den Kopf.
»Ja, wir Frauen müssen zusammenhalten. Sonst räumt ihr unsere Wohnungen um und sprengt eure Gesundheit danach mit Burgern und Bier selbst in die Luft.«
Philipp verzieht sich rückwärts in die Küche, aber mein Vater ist mutig genug, mich nach Stimmungsschwankungen in der Schwangerschaft zu fragen. Ich leugne eisern, dass es so etwas gibt, und verschweige, dass Traurigkeit und Hass sich gestern den ganzen Tag bei mir abgewechselt haben. Beide völlig grundlos natürlich, wenn man mal vom Gesamtzustand der Welt absieht, der Traurigkeit und Hass durchaus rechtfertigen würde. Ich gehe zum Gegenangriff über mit Fragen zu seiner Gesundheit, die er ebenfalls abblockt. Also frage ich eben beim nächsten Telefonat wieder Hilde nach den Details. Die Angst, die ich im Frühling um ihn hatte, hat ihre Spuren hinterlassen.

Im Wohnzimmer hängt immer noch die Shortlist unserer Babynamen. Ganz entschieden haben wir uns noch nicht – dafür hat das Kind jetzt einen albernen Arbeitstitel, wie sich das gehört: Cashew, weil es in diesem Stadium etwa aussieht wie ein Cashewkern. Mein Vater liest die Zettel, findet den Namen meiner Mutter und vermisst prompt seinen eigenen.

»Warum nicht Joachim?«
»Weißt du, Papa – Joachim gehört zu den Namen, die ganz sicher nie wieder in Mode kommen.«

»Aber Petra schon?«

»Petra war nicht meine Idee, das wird höchstens Zweitname, und ich finde, dafür dass du Mama den Großteil meiner Erziehung überlassen hast, wäre das ein fairer Ausgleich.«

»Ich habe immer gearbeitet!«

»Sie auch.«

»In Teilzeit!«

»Ja klar, oder hätte ich mich zu Hause allein versorgen sollen?«

»Vielleicht hätte ich das ja gern mal übernommen.«

»Ach, hättest du?«

»Ich weiß nicht, wir haben nie darüber geredet, so etwas kam damals einfach nicht infrage.«

»Das ist ja wohl kaum Mamas Schuld.«

»Nein, ist es auch nicht.« Mein Vater zeigt Richtung Küche. »Dein Philipp wird mehr Zeit mit eurem Kind verbringen als ich jemals mit dir, auch wenn er es nur jede zweite Woche hat, und ich beneide ihn darum.«

»Er ist nicht mein Philipp.«

»Ich weiß, dass du es mir übel genommen hast, dass ich nach deinem Abitur sofort gegangen bin, aber ich wollte schon lange ausziehen und bin nur geblieben, um die wenige Zeit mit dir nicht auch noch zu verpassen.«

So emotional wie in diesen Monaten habe ich meinen Vater noch nie erlebt. Die Sätze platzen aus ihm heraus, als wären sie lange überfällig. Ich stelle mich auf die Zehenspitzen und umarme ihn.

»Macht es einfach besser als wir«, sagt er.

»Wir geben uns Mühe. Und haben beim Notar einen mehrseitigen Vertrag ausgehandelt, der dafür sorgt, dass wir alles fair teilen. Fifty-fifty.«

»Ja, gut, das ist wahrscheinlich vernünftig.«

Philipp kommt mit zwei Tellern herein, auf denen Gemüse und Steaks liegen.

»Uff, soll ich das essen?« An Fleisch habe ich mich wegen des Geruchs schon länger nicht mehr rangetraut. Abgesehen von einer plötzlichen und seltsamen Obsession mit getrockneten kleinen Salamis, so salzig wie möglich.
»Ja, rotes Fleisch ist gut für dich, hab ich gelesen. Deines ist durchgebraten.«
Er verschwindet, um den dritten Teller zu holen, und mein Vater schaut zufrieden auf das Essen.
»Mein Enkelkind wird auf jeden Fall gut versorgt werden.«

Die ganzen schrecklichen »Wir bekommen ein Baby«-Sendungen, die ich mir gegen meinen Kinderwunsch angeschaut habe, haben jetzt Konsequenzen: Weil die Paare dort beim Ultraschall immer Händchen gehalten haben, kommt es mir nun ein bisschen komisch vor, das nicht zu tun. Obwohl Philipp neben mir sitzt, fühle ich mich etwas alleine, als die Frauenärztin kaltes Gel auf meinem Bauch verteilt. Außerdem hat sie mich dafür gelobt, dass ich wieder etwas zugenommen habe, deshalb will ich eigentlich nicht, dass Philipp meinen nackten Bauch sieht, weil der vielleicht schwabbelig aussieht. Mir ist klar, wie bescheuert das alles ist. Deshalb komme ich mir jetzt auch rundum dämlich vor.
Es wird nur wenig besser, als die Ärztin auf den Monitor zeigt. Da sind Bewegungen zu sehen, ja, und etwas, das einem Cashewkern wirklich ziemlich ähnlich sieht. Aber einem Baby? Nee.
»Sie sind ja noch ganz früh in der Schwangerschaft«, sagt sie, als sie meinen verwirrten Blick bemerkt. »Der Embryo ist erst zwei Zentimeter lang. Aber es geht ihm gut, hören Sie mal.«
Sie dreht an einem Knopf, und wir hören ein Rauschen und Pumpen: die Herztöne unseres Kindes. Im nächsten

Moment heule ich Rotz und Wasser, die Ärztin reicht mir eine Kleenex-Schachtel und entfernt sich diskret. Philipp streichelt meinen Arm.

»Wir kriegen ein Baby«, sage ich unter Schluchzern.

»Ja.«

»Danke, Philipp.«

»Selber danke«, sagt er.

»Mir wird gerade wieder schlecht, ich möchte nicht mehr liegen.«

»Ja, warte, ich helfe dir.«

Gemeinsam wischen wir den Glibber weg, damit ich meinen Pulli wieder runterziehen kann. Mir ist dabei ganz egal, was Philipp von meinem Bauch hält. Und ob die Ärztin uns merkwürdig findet, ist mir auch egal. Wir kriegen ein Baby.

Etwas gefasster sitzen wir wenig später vorm Schreibtisch der Ärztin, die uns erklärt, wie es weitergeht. Nächster Ultraschall im dritten Monat, dann könne man auch schon deutlich mehr sehen. Außerdem kündigt sie mir an, dass meine Brüste jetzt bald wachsen werden, was sonst bestimmt immer ein absoluter Publikumserfolg beim werdenden Vater ist (Applaus, Gejohle). Philipp hingegen wahrt ein perfektes Pokerface. Auf keinen Fall solle ich zu enge BHs tragen, sagt sie eindringlich, sondern neue kaufen. Ich nicke ergeben und hoffe, sie rät mir nicht auch gleich noch zu bequemen Baumwollschlüpfern.

Aber in einem Punkt hat sie recht: Ich werde meine Klamotten ab jetzt nicht mehr einfach weitertragen können. Als Philipp gegangen ist, um das Wochenende wie immer in seiner eigenen Wohnung zu verbringen, öffne ich meinen Kleiderschrank und lasse meine Hände über die Stoffe gleiten. Ich habe ziemlich viele Blazer für den Job, die kann ich noch eine ganze Weile offen tragen. Die Hosen mit hohem Bund schiebe ich jetzt schon beiseite – die sind ohnehin nicht besonders angenehm, wenn einem latent übel ist. Ein paar der Strickkleider kann ich wahrscheinlich den ganzen Winter hindurch tragen, da würde noch ein Klavier mit reinpassen. Aber auf jeden Fall muss ich bald anfangen, sonderbar geformte Umstandskleidung zu kaufen, die ich danach nie wieder tragen werde. Leider kann ich mir nichts von Sophie leihen, die hat nach ihrer letzten Schwangerschaft alles weggegeben. Und wenn es nicht von einer Freundin kommt, bin ich schwierig bei gebrauchter Kleidung.

»Mein Gott, stell dich doch nicht so an«, sagt Johanna herzlos, als ich am nächsten Tag davon erzähle. »Ich weiß schon, du kaufst nicht gerne ein und verlierst gerade deine Taille, aber ich wäre echt happy über einen Grund, mir Hosen mit elastischem Bund kaufen zu dürfen!«

»Gut, ich geb's zu, das klingt gut, aber die Zeltkleider …«

»… dienen einem höheren Zweck. Das Baby braucht halt Platz. Soll ich dir von dem anderen Luxusproblem erzählen, das heute an mich herangetragen wurde?«

»Na gut.«

»Eine unserer Reisegruppen konnte sich nicht einigen, wer im Schnellboot wo sitzen sollte. Einige wollten auf keinen Fall einen Tropfen abbekommen. Die Diskussion endete damit, dass zwei beim Kampf um den besten Platz im Wasser landeten und jetzt ihr Geld für die Tour zurückwollen.«

»Und kriegen sie es?«

»Erst mal kriegen sie eine Belehrung darüber, dass man nicht in ein offenes Schnellboot einsteigen darf, wenn man nicht nass werden will. Natürlich waren danach alle genauso nass wie die, die ins Wasser gefallen waren.«

»Und wenn sie mit einem Anwalt kommen?«

»Dann berufen wir uns auf ein Urteil, das besagt, dass in puncto Sitzplatzverteilung in Bus und Restaurant eine, ich zitiere, eigenständige Konfliktlösung durch die Reisenden erwartet werden kann.«

»Weil ein Boot irgendwie auch ein Bus ist.«

»Mit etwas gutem Willen.«

»Wie geht's eigentlich Adam? Hast du ihn schon abgeschossen?«

»Nein, er hält sich noch«, sagt sie ungerührt.

»Oh, dann musst du ihn *wirklich* mögen.«

»Kann sein.« Sie grinst. »Und natürlich brauchte ich dringend einen Personal Trainer.«

»Trainiert er dich ernsthaft, oder reden wir da von Sport in der Horizontalen?«

»Beides. Aber ich bezahle ihn nur für den Teil mit den Hanteln.«

»Toll, dann bist du bald total durchtrainiert, während ich aufgehe wie eine Dampfnudel.«

»Luxusprobleme!«, wiederholt sie und scheucht mich mit wedelnden Handbewegungen aus ihrem Büro.

Auf meinem Schreibtisch wartet eine schriftliche Kündigung auf mich. Herr Köber hat offenbar die Abmahnung und das Führungskräfteseminar nahe Bautzen als derartigen Affront betrachtet, dass er sich was Neues gesucht hat. Seine Mitarbeiter sind bestimmt untröstlich. Ich bereite eine Stellenanzeige vor und frage per Mail beide Chefs, wie sein Arbeitszeugnis ausfallen soll. Ihre Antworten liegen zwei Schulnoten auseinander, weswegen ich die nächste Stunde damit verbringe, zwischen den beiden zu vermitteln. In letzter Zeit freue ich mich immer mehr darauf, ein paar Monate nicht zur Arbeit gehen zu müssen. Nicht dass sie nerviger geworden wäre, eigentlich ist sie wie immer – ich bin mir ziemlich sicher, dass mein Hormonhaushalt gerade irgendwas trickst, das dafür sorgen soll, dass ich mein Neugeborenes nicht alleine zurücklasse, sondern mich unbedingt darum kümmern will. Das Herbstwetter und der Nestbautrieb haben sich miteinander verschworen und machen einen anderen Menschen aus mir, der dauernd Duftkerzen kaufen will, obwohl ich sie dann nicht anzünden kann, weil ich keine Gerüche ertrage. Und dann ist da noch die Sache mit den Namen.

KAPITEL 18

Wenn ich ehrlich bin, will ich jetzt sofort einen Namen festlegen und das Kinderzimmer streichen. Ich reiße mich nur zusammen, weil es dafür wirklich zu früh ist. Außerdem hasse ich streichen, aber Entscheidungen treffen liebe ich. Deshalb schreite ich momentan jeden Abend, an dem Philipp nicht auf meinem Sofa campiert, die Wäscheleine ab. Auf dem Couchtisch dampft dabei der Tee aus Frauenmantelkraut, der immer noch ekelhaft schmeckt, mir aber das Gefühl gibt, jetzt schon eine total gute Mutter zu sein.

Philipp ist dran, den nächsten Namen abzunehmen. Seit einer Woche! Wie konnte ich ein Kind mit einem so entscheidungsschwachen Mann zeugen? Mich juckt es schon in den Fingern, Arved abzunehmen. Für mich klingt das wie ein Medikament. *Kratzen im Hals? Husten, Heiserkeit? Hast du es schon mal mit Arved versucht?*

Philipp ist ein angenehmer Hausgenosse, aber wenn er weg ist, genieße ich die Zeit allein noch mehr als früher. Ab nächstem Sommer werde ich nie wieder richtig alleine sein, nie wieder Verantwortung nur für mich tragen, mich nie wieder hauptsächlich um mein eigenes Wohlergehen sorgen. Ich spüre jetzt schon, wie wichtig es mir ist, dass es meinem Kind gut geht. Und nicht nur im Moment, da ist es ja im Bauch und sicher. Der Gedanke, dass es später vielleicht in der Schule gemobbt wird, treibt mir die Tränen in die Augen. Die Vorstellung, dass es mit dem Fahrrad hinfällt, tut geradezu körperlich weh. Und wenn jemand jetzt ein Gesetz gegen Motorradfahren und Fallschirmspringen vorschlüge, würde ich das vorbehaltlos unterstützen.

Mit meiner Teetasse setze ich mich in die Küche, damit ich

nicht die ganze Zeit auf die Wäscheleine starre, und schaue zum Fenster hinaus. Es ist ganz still in der Wohnung. Draußen auf der Straße treibt der Wind ein paar Blätter im Kreis.

Vor ein paar Tagen habe ich den Fehler gemacht, in einem Babyforum herumzulesen. Folgendes habe ich daraus mitgenommen: Mit Baby schafft man es nicht mal täglich in die Dusche, manchmal mehrere Tage am Stück nicht, und sollten Freunde das irgendwann ansprechen, sind sie schlechte Freunde. Wer im ersten Jahr mehr als fünf Stunden Schlaf pro Nacht bekommt, darf sich nie beschweren, egal worüber, weil das schon der Hauptgewinn ist. Jede Mutter, die nicht stillen kann oder will, wird von einer Eso-Hebammen-Squad so lange in strafendem Tonfall belehrt, das sei das einzig Wahre für ihr Kind und sie solle sich halt mal zusammenreißen, bis sie anschließend heulend ins Babyforum schreibt, dass sie doch alles richtig machen will.

Seitdem bin ich nicht nur sehr froh darüber, mir einen Vater fürs Kind gesucht zu haben, sondern auch ein bisschen verängstigt. Bestimmt haben diese Eltern auch vorher in Babyforen gelesen und gedacht: Pfff, wie kann man nur, ich werde das alles viel besser im Griff haben. Und ein halbes Jahr später schauen sie übernächtigt an sich runter und sehen nur Kekskrümel und das Sweatshirt von vorgestern.

Andererseits kann ich mich nicht erinnern, dass Sophie jemals ungeduscht gerochen hat.

> Hey Sophie, ich hab in einem Babyforum gelesen.
> Kurze Frage: Ist es wirklich so schlimm?

> Das Einzige, was wirklich schlimm ist, sind Babyforen, Laura. Bleib da weg, das macht einen nur verrückt.

> Aber mal ehrlich, wie viel hast du geschlafen, und konntest du jeden Tag duschen?

Meistens genug, und ja. Ist dir mal aufgefallen, dass da fast ausschließlich Frauen schreiben? Und dass nie der Gedanke vorkommt, dass der Vater sich vielleicht mal für ne Stunde mit dem Baby verpissen könnte, damit die Mutter in Ruhe in die Badewanne kann?

                        Oh, du bist wütend.

Ja, aber nur stellvertretend. Wir haben drei Kinder, weil Jamal mich nicht mit dem Stress alleine gelassen hat. Sonst hätte ich nach dem ersten sofort aufgehört. Und ich verstehe die Mütter nicht, die jammern, wie anstrengend alles ist, aber mit Typen zusammen sind, die denken, sie erfüllen ihren Teil der Familienarbeit, indem sie zweimal im Jahr die Autoreifen wechseln.

                        Wechseln lassen.

Je nach Milieu. Genau.

          Das heißt, bei uns wird es nicht so schlimm?

Du wirst ja immer ein paar Tage mit dem Kind alleine sein, aber dass Philipp im Notfall kommen kann und du dann auch wieder ein paar Tage ohne Kind hast, ist Gold wert. Versteh mich nicht falsch: Es ist immer noch echt anstrengend zu zweit. Ich verstehe nicht, wie Alleinerziehende es schaffen. Man müsste die alle sofort heiligsprechen.

          Äh, du beruhigst mich gerade nicht so richtig.

Alles wird gut. Anstrengend, aber gut.
Halt dich von den Foren fern.

Na gut. Wenn ich keine Foren lesen darf, kann ich wenigstens mal wieder einen Film anschauen, den ich alleine ausgesucht habe. Wenn Philipp da ist, lesen wir abends, reden oder schauen Netflix. Der Vater meines Kindes hat eine seltsame Vorliebe für Mafiafilme und Backwettbewerbe. Letzte Woche ist er völlig ausgerastet vor Begeisterung, weil ein Vierzehnjähriger mit einem Pokémon-Kuchen eine neuseeländische Back-Show gewonnen hat. Ich schaue das alles mit an, weil ich eh nicht bis zum Ende durchhalte – nach zwanzig Minuten fallen mir meistens die Augen zu, und ich krieche ins Bett. Einen ganzen Film habe ich seit Beginn der Schwangerschaft nicht mehr durchgehalten. Neulich war ich im Büro plötzlich so müde, dass ich einen Zettel an die Tür klebte, auf dem »Bewerbungsgespräch – Nicht stören« stand, und meinen Kopf einfach auf den Schreibtisch legte. Nach zehn Minuten wachte ich von einem Geräusch auf. Dass es wahrscheinlich mein eigenes Schnarchen war, will ich mir noch nicht so ganz eingestehen.

Dafür lässt allmählich die Übelkeit nach. Manche Tage sind schon fast erträglich. Ich kann wieder Restaurants betreten und muss nicht mehr fluchtartig den Platz wechseln, wenn jemand in der U-Bahn nach Knoblauch riecht.

Als ich mich gerade vorm Fernseher zusammenrolle, ruft Philipp an.

»Ich würde morgen nach der Arbeit wieder zu dir kommen, ist dir das recht?«

»Ja, das wäre schön! Ich meine, klar. Du hast ja einen Schlüssel.«

»Ich soll schöne Grüße von meinen Eltern ausrichten, wir sollen in den nächsten Wochen anfangen, nach einem Kinderwagen zu schauen. Sie bestehen darauf, ihn uns zu schenken, und sie sind absurd früh dran, aber sie drängeln. Manche von den Dingern haben nämlich eine Lieferzeit von sechzehn Wochen.«

»Sechzehn Wochen?«
»Ja, ich weiß, man darf sich wahrscheinlich glücklich schätzen, dass man sich nicht schon vor der Schwangerschaft schriftlich darum bewerben muss.«
»Mit einem Essay, warum man ihn am meisten verdient hat.«
»Mit Empfehlungsschreiben anderer Eltern und einer Bescheinigung über ehrenamtliche Tätigkeiten.«
»Hast du auch manchmal das Gefühl, dass wir überhaupt keine Ahnung haben, was wir da tun? Ich weiß nicht, wann man einen Kinderwagen bestellen muss, ich bin nicht sicher, ob man einen Fläschchenwärmer braucht oder dieses ganze andere Zeug. Das Baby ist noch nicht mal da, und ich bin schon total überfordert.«
»Mir geht's genauso. Ich hab so viele Fragen zu Babys gegoogelt, dass ich nur noch Werbung für Schnuller und Kindersitze angezeigt bekomme. Neulich hab ich meine Eltern angerufen, um zu fragen, ob man bei der Wärmelampe überm Wickeltisch was falsch machen kann. Ich meine, diese Infrarotlampen, in die darf man ja nicht direkt reinschauen, und wie sollte ich ein Baby davon abhalten?«
»Und was haben sie gesagt?«
»Ich soll einen Heizstrahler kaufen. Und dass schon dümmere Menschen als wir Kinder bekommen und das irgendwie hingekriegt haben.«
»Da haben sie wahrscheinlich recht.«
»Wahrscheinlich kriegen so viele Paare ein zweites Kind, weil sie denken: Hey, jetzt wissen wir ja schon alles, also einfach noch mal.«
»Außerdem müssen sich ja die Anschaffungen lohnen.«
»Könntest du dir das vorstellen? Ein zweites Kind?«
»Ich? Nee. Meine beste Freundin Sophie hat ja drei, die sind toll, aber das wäre mir echt zu viel.«
»Finde ich auch. Vielleicht wenn ich jünger wäre. Aber

ich brauche auch Zeit für mich, das wäre mit zwei Kindern nicht mehr so einfach.«

»Keine Sorge, wir kriegen ein pflegeleichtes Einzelkind, das deine Gitarre stimmt und deine Steine mit einem Pinsel abstaubt, wenn ihm langweilig ist.«

»Darauf würde ich wetten. Ich muss das dann alles wegräumen, wenn wir unsere Wohnungen kindersicher machen.«

»Bei der Gitarre bin ich mir nicht ganz sicher, um wen du mehr Angst hast.«

»Ich hänge sie dann einfach an die Wand.«

»Ich habe bemerkt, dass du auf meinen Kommentar nicht eingegangen bist. Und das hat wirklich noch Zeit, das Baby krabbelt ja nicht sofort los nach der Geburt.«

»Du bist doch auch immer gern vorbereitet. Sei ehrlich, hast du schon die Steckdosen gezählt, für die du Kindersicherungen brauchst?«

»Nein. Aber es *könnte* sein, dass ich eine lange Einkaufsliste fürs Baby im Handy angelegt habe.«

»In einer Listen-App, wie ich dich kenne. Deshalb wirst du mich demnächst dort hinzufügen, und ich werde die dreihundertfünfundachtzig Einträge dann im Kaufhaus abarbeiten, während du die Füße hochlegst und Kräutertee trinkst.«

»Das ist zumindest meine allerschönste Vorstellung davon, was damit passieren könnte!«

»Das lässt sich machen.«

KAPITEL 19

Mit Philipp kommen auch die Mafiafilme zurück in meine Wohnung. Ich habe die Versuche, dabei wach zu bleiben, noch nicht ganz aufgegeben. Als mir zum dritten Mal der Kopf zur Seite sackt und ich ihn ruckartig hochreiße, legt Philipp kommentarlos ein Kissen auf seinen Brustkorb und hebt den Arm. Ich ziehe meine Füße aufs Sofa, wurschtele mich unter die verdrehte Wolldecke und lege den Kopf auf das Kissen. Bin zu schläfrig, um direkt ins Bett zu gehen. Außerdem finde ich, wenn ich schon ein Kind mit dem Mann kriege, kann er sich abends auch mal als großes Wärmekissen zur Verfügung stellen.

Bei der schmissigen Orchestermusik des Abspanns wache ich wieder auf und blinzele ins Licht des Fernsehers. Philipp hält mich im Arm und wirkt hellwach. Ich kann nur brummen.

»Ah, aufgewacht?«, fragt er freundlich. »Wie viel hast du diesmal vom Film mitbekommen?«

»Vielleicht die Hälfte? Diese Müdigkeit macht einen echt fertig.«

»Du hast ganz schön fest geschlafen. Soll ich dir irgendwas nacherzählen?«

»Öhm.« Ich erinnere mich an irgendwas mit einem Fluchtauto und Geldsäcken und wüsste nicht mal, wonach ich fragen sollte. »Nee, danke, lass mal.«

»Okay.« Philipp streicht mir übers Haar. »Dann sollten wir jetzt wohl schlafen. Also, weiterschlafen, in deinem Fall.«

»Ja.« Ich mache keinerlei Anstalten aufzustehen. Ich hab hier einen warmen Arm um mich und eine Decke über mir, warum sollte ich mich bewegen? »Ich bin zu faul«, informiere ich den Vater meines Kindes.

»Na, komm schon. Ich helfe dir.« Philipp zieht seinen Arm hinter mir hervor, steht auf und reicht mir seine Hände, damit ich es wieder in die Vertikale schaffe. Brummelnd verschwinde ich im Badezimmer.

Eine Viertelstunde später liege ich im Bett und höre auf seine Schritte im Wohnzimmer. Jetzt, wo ich schlafen könnte, bin ich wach. War ich total bekloppt, vorm Fernseher mit Philipp zu kuscheln? Wieso haben wir uns das in unserem achtzehn Seiten langen Vertrag nicht selbst verboten? Das führt nur zu Problemen. Problem Nummer eins: Ich würde gerade am liebsten zu ihm gehen und mich wieder auf dem Sofa an ihn kuscheln. Was überhaupt nicht infrage kommt. Problem Nummer zwei: Jetzt liege ich hier und frage mich, ob er auch an mich denkt. Und da sind wir bei den richtig großen Problemen noch gar nicht angekommen.

Am nächsten Morgen ist Philipp aus dem Haus, ehe ich aufstehe. Auf dem Küchentisch liegt ein Zettel: *Muss nach Franken fahren und Proben nehmen. Bin spätestens um 18 Uhr zurück. Hab einen schönen Tag!*

Nachdem ich diesen Zettel an meinem Schreibtisch fünf Minuten hin- und hergewendet habe, obwohl ich einen Stapel Bewerbungen durchgehen sollte, gehe ich zu Johanna und halte ihn ihr unter die Nase.

»Was würdest du denn aus dieser Nachricht rauslesen?«

»Ähm.« Johanna setzt ihre Lesebrille auf, liest, während ich neben ihr herumhibbele, und schaut mich dann streng über das Gestell hinweg an. »Dass der Verfasser in Franken ist, um Proben zu nehmen, und spätestens um achtzehn Uhr zurück ist. Und dass er dir einen schönen Tag wünscht. Was davon ist schwer zu verstehen?«

»Ich meine den Subtext!«

»Es geht um Philipp, richtig?«

»Ja, klar geht es um Philipp, wie viele Männer hinterlassen denn sonst Zettel auf meinem Küchentisch?«
»Und warum interessiert dich plötzlich der Subtext? Habt ihr Krach?«
»Nee. Es ist eher, also, das Gegenteil.«
»Ihr hattet Sex?!«
»Pschschscht!« Ich drehe mich zur Tür um, aber sie ist fest geschlossen. »Hatten wir nicht, ich bin doch nicht ganz verrückt! Wir haben nur vorm Fernseher gekuschelt, und das war sehr schön, und jetzt will ich nur wissen, was du von seiner Nachricht hältst.«
»Ich kann da nichts über seinen Gefühlszustand rauslesen«, sagt sie langsam. »Aber ich kann deinen daran erkennen, dass du hier mit diesem Zettel stehst und mich fragst, wie seiner aussieht.«
»Ich will ja nur nicht, dass er sich in mich verliebt«, lüge ich knallhart.
»Du hast doch gesagt, er ist noch nicht über seine Ex hinweg. Wie sollte er sich da in dich verlieben?«
O Gott, seine Ex. Das Foto in seiner Küche. Daran hatte ich gar nicht mehr gedacht. Ich täusche einen Hustenanfall vor, um Zeit zu gewinnen.
»Hast du dich erkältet«, sagt Johanna, die mir offensichtlich nicht mal den Husten abkauft.
»Nur verschluckt«, röchele ich.
»Okay, jetzt reicht's. Setz dich hin.«
Sie zeigt auf den Besucherstuhl vor ihrem Schreibtisch. Ich lasse mich sofort auf ihn sinken.
»Ich habe jedes Verständnis für alle Arten von Gefühlen, die du vielleicht gerade hast. Aber ich bin deine Freundin, und Freundinnen lügt man nicht an. Also hörst du jetzt entweder grundsätzlich auf, mir private Dinge zu erzählen, weil du nämlich so grauenvoll schlecht lügst, dass ich sehr wütend werde, wenn du damit weitermachst. Oder du

sagst, was wirklich los ist. Du kannst dir das jetzt zehn Sekunden lang überlegen, mehr Geduld habe ich dafür nicht.«
Ich brauche keine zehn Sekunden.
»Es tut mir leid«, sage ich. »Ich wollte dich nicht anlügen. Jedenfalls nicht mehr als mich selbst.«
»Bist du in Philipp verknallt?«
»Vielleicht ein bisschen.«
»Ist das eine echte Verknalltheit, oder bist du nur ein bisschen anhänglich, weil dein Hormonspiegel explodiert und es irgendwie schön wäre, mit dem Vater deines Kindes auch eine Beziehung zu haben?«
»Das mit den Hormonen weiß ich nicht, aber das andere spielt keine Rolle. Ich brauche keine heile Kleinfamilie, um unser Kind aufzuziehen.«
»Das heißt, es geht tatsächlich um ihn?«
»Ich habe einfach lange keinen Mann mehr kennengelernt, den ich so toll fand.«
»Oje.«
»Ja, genau! Was soll ich denn jetzt machen?«
»Am besten gar nichts. Wenn er mitbekommt, dass du in ihn verknallt bist, wird das Ganze echt unangenehm für euch beide. Und geh bloß nicht mit ihm ins Bett, wenn er noch seiner Ex nachhängt!«
»So was würde Philipp nie machen.«
»Ach ja? Wie lange sind die getrennt, vier Jahre? Du meinst, er hatte seit vier Jahren keinen Sex?«
»Ich will mir das nicht vorstellen! Kann sein, dass er welchen hatte. Aber dass er mit mir keinen bedeutungslosen Sex haben sollte, weiß er ja wohl.«
»Wahrscheinlich ja. Weißt du es umgekehrt auch?«
»Du bist sehr streng.«
»Für jemanden wie dich, für den Vernunft das Höchste ist, bist du gerade bemerkenswert leichtlebig.« Johanna seufzt. »Ich versteh dich doch, manchmal will man halt ku-

scheln oder Sex. Aber kannst du dir dafür nicht jemanden suchen, mit dem du keine komplizierte familiäre Beziehung hast?«

»Weil so viele Männer begeistert wären, mit einer Frau ins Bett zu gehen, die von einem anderen schwanger ist.«

»Versuch's mal über Fetisch-Seiten.«

»Bah, du bist schrecklich!«

»Ernsthaft, bitte reiß dich zusammen. Es kommt mir vor, als sähe ich einen Güterzug auf dich zurollen, bitte hör auf mich und geh da weg.«

»Okay. Okay. Du hast ja recht.«

»Halleluja.«

»Bist du noch sauer auf mich, weil ich dich angelogen habe? Ich bin nämlich schwanger, und man muss mich sehr lieb haben, weil ich sonst ganz traurig bin.«

»Ich hab dich sehr lieb, du dumme Nuss. Komm her.«

Johanna steht auf, umarmt mich und hält mich ganz lange fest.

»Alles wird gut. Das ist jetzt eine schwierige Zeit, aber in einem Jahr wirst du sehr froh sein, dass ihr einfach nur Freunde und Eltern seid.«

»Ganz bestimmt«, sage ich, obwohl mir bei der Vorstellung gerade die Tränen kommen.

In aller Freundschaft esse ich am Abend mit Philipp Risotto, danach geht er zu einer Verabredung mit einem Freund. Brav und vernünftig, wie ich jetzt bin, stelle ich die Spülmaschine an, mache ein paar Pilatesübungen und hefte Kontoauszüge ab. Dann lege ich mich mit einem Krimi ins Bett und wache erst wieder auf, als es an meine Tür klopft.

»Herein«, murmele ich.

Das Buch liegt aufgeklappt auf meinem Kinn, alle Lichter sind an. Nicht nur im Schlafzimmer, sondern auch bei Philipp: Merklich angeheitert tritt er durch meine Tür.

»Laura, du bist ja noch wach!«

»Na ja. So halb.« Ich schiebe das Buch von mir herunter. »Ist alles okay?«

»Nein!« Er fällt vor meinem Bett auf die Knie. »Es tut mir so leid, ich wollte doch keinen Alkohol trinken, solange du schwanger bist.«

»Mhm.«

»Und jetzt waren wir aber heute Abend in dieser Weinbar, und die hatten irgendwie nur Wein?«

Ich muss lachen. Es ist wirklich sehr niedlich, wie seine großen braunen Augen so schuldbewusst gucken.

»Also hast du Wein getrunken.«

»Ja, gar nicht so viel, aber es sind ja schon zweieinhalb Monate ohne Alkohol, und deshalb haut er jetzt echt ganz schön rein!«

»Na, so was.«

»Es tut mir soooo leid!« Er nimmt meine Hand, legt seine Stirn darauf und nuschelt irgendwas Unverständliches in die Bettdecke.

»Das ist total okay!« Ich fahre ihm mit der freien Hand durch die Haare. »Ehrlich, es ist doch schlimm genug, wenn einer von uns nur noch Fanta trinken darf.«

»Findest du wirklich?« Hoffnungsvoll schaut er mich an.

»Ich wäre jetzt nicht begeistert, wenn du jeden Abend angesoffen heimkommen würdest, aber einmal in zweieinhalb Monaten ist wirklich nicht schlimm.«

»Okay.« Er steht etwas ungelenk auf. »Dann erst wieder in zweieinhalb Wochen.«

»Monaten.«

»Ja, das meinte ich.«

Wie ein alternder Aufreißer zwinkert er mir zu und geht. Zurück bleiben ein leichter Geruch nach Rotwein und ich, kichernd im Bett. Wenn unser Kind so lustig und treuherzig wird wie sein Vater, hab ich den absoluten Jackpot geknackt.

KAPITEL 20

Am nächsten Morgen höre ich Philipp aus der Küche grunzen. Er wendet mir den Rücken zu, als ich eintrete, und steht seltsam verbogen da. Ein Hexenschuss? Ach nein, er presst Orangen aus.

»Guten Morgen. Ich war auch Brötchen holen«, sagt er und zeigt auf den Tisch.

»Das ist aber nett von dir.« Ich setze mich hin und greife nach einem der gefüllten Kaffeebecher.

»Es ist die Buße für gestern Abend.«

»Immer noch, weil du getrunken hast?«

»Nee, weil ich angetrunken in dein Schlafzimmer gepoltert bin und peinlich war.«

»Ich fand's ganz niedlich.«

»Niedlich, na toll. So was hören Männer immer gern.« Er stellt ein Glas Orangensaft vor mich hin.

»Was hast du heute vor?«, frage ich.

»Ich geh ins Labor und überprüfe die Verdichtungsfähigkeit der Proben von gestern.«

»Das heißt, ob ein Wohnblock seitlich wegsacken würde, wenn man ihn auf dieses Grundstück baut?«

»Ja, beziehungsweise wie viel Aufwand man betreiben muss, um das zu vermeiden. Und du?«

»Ich habe vier Bewerbungsgespräche.«

»Immer wenn du das sagst, denke ich kurz, du selbst bewirbst dich woanders.«

»Wie sollte ich? Schwangere Frauen stellt ja keiner ein!«

»Man sieht es ja noch gar nicht.«

»Findest du«, sage ich und denke kurz daran, dass meine Brüste meine BHs sprengen.

»Freust du dich drauf? Auf den Bauch?«
»Echt überhaupt nicht. Ich will natürlich, dass es dem Kind gut geht und es Platz hat und wächst und alles. Aber ich muss zugeben, ich hab schon an Ellen Ripley und *Alien* gedacht.«
»Ellen Ripley ist eine Heldin, genau wie du.«
»Heldin wofür?«
»Du gehst ein Risiko ein, um zu erreichen, was du willst.«
»Welches Risiko denn? Wir haben doch nicht zwei Stunden beim Anwalt verbracht, damit ein Risiko übrig bleibt?«
»Hm, stimmt eigentlich«, sagt Philipp. »Das einzige Risiko ist, dass du mich irgendwann nicht mehr ausstehen kannst und trotzdem mit mir ein Kind teilen musst. Und das ist ja bei einer klassischen Beziehung kein bisschen unwahrscheinlicher.«
»Hier ist es jedenfalls sehr unwahrscheinlich. Ich bin ausgesprochen zufrieden mit meiner Wahl«, verkünde ich.
»Ja? Obwohl du den anderen so gut fandest, wie hieß er noch?«
»Rafael. Den fand ich wirklich gut.«
»Dann findest du mich ja noch besser als gut!« Philipp rückt sich eine imaginäre Krawatte zurecht.
»Du hast dich schnell erholt von gestern Abend!«
»Ich bin auch sehr zufrieden mit meiner Wahl, übrigens. Nicht, dass ich eine gehabt hätte.«
»Wow. Das dürfte das schlechteste Kompliment meines Lebens gewesen sein. Wenn es überhaupt eins war.«
»War es. War blöd formuliert. Ich hatte keine anderen Kandidatinnen, aber ich hab mich trotzdem entschieden, für dich.« Er hält mir seinen Kaffeebecher zum Anstoßen hin. »Ich hoffe, wir vertragen uns immer so gut wie jetzt.«
»Ganz bestimmt.«

Beschwingt fahre ich zur Arbeit. Wir sind eindeutig zurück in der Friendzone. Heute Morgen habe ich nicht den leisesten Funken gespürt und schon gar nicht dieses gefährliche Ziehen im Bauch, das von Magen-Darm bis Verliebtheit alles sein könnte. Johanna hatte vollkommen recht: In unserer Konstellation wären romantische Gefühle eine Katastrophe. Also stürze ich mich in die Arme meiner großen Liebe: Arbeit. Beim ersten Bewerbungsgespräch des Tages sitze ich hauptsächlich stumm dabei, weil es um einen Job in der IT geht und der Abteilungsleiter ausgiebig irgendwelche Kenntnisse abfragt, die mir nicht viel sagen. Die beiden könnten genauso gut Finnisch miteinander sprechen. Nach einer halben Stunde macht der Bewerber einen Witz, den ich nicht verstehe, irgendwas mit CSS. Der Abteilungsleiter lacht, deshalb nehme ich an, das Gespräch läuft gut, und lächle solidarisch.

Bewerber Nummer zwei soll in unserem kleinen Reiseführerverlag anfangen. Er ist erst vierundzwanzig, hat aber ganz gute Referenzen und, wie man sofort merkt, ein äußerst selbstbewusstes Auftreten. Nicht die leiseste Spur von Nervosität. Der sitzt auf dem Stuhl, als gehörten der Stuhl, das Büro und das ganze Gebäude ihm. Er ist mir sofort wahnsinnig unsympathisch, deshalb überlasse ich seiner potenziellen Chefin das Reden. Wenn ich mich hier nur von Sympathien leiten ließe, würden uns ein paar wirklich gute Arbeitskräfte durch die Lappen gehen.

Wie er sich den Job denn so vorstelle, fragt die Abteilungsleiterin. Ich notiere mir die Frage als Folterinstrument für Notfälle: Mehr Fußangeln kann man kaum auswerfen, wenn man zugleich aufrichtig interessiert wirken will. Ich habe schon ein paar Fragen von dieser Sorte im Köcher, aber die Kollegin ist offenbar ein Naturtalent.

Er wolle auf jeden Fall mindestens fünfzig Prozent seiner Arbeitszeit mit Reisen verbringen, informiert uns der Bewerber. Reisen sei schon lange seine Leidenschaft. Er setzt zu einem längeren Monolog an über den Tuareg-Stamm, mit dem er sich angefreundet habe, und einen ganz besonderen Wasserfall im Yellowstone-Nationalpark, den außer ihm keiner kenne.

Weder die Kollegin noch ich können uns aufraffen, seinen Vortrag zu unterbrechen. Sie blickt gelegentlich zum Fenster raus, aber ich schaue ihm gebannt dabei zu, wie er seine Chancen auf den Job mit jedem Satz reduziert.

»Können Sie auch telefonieren?«, fragt sie irgendwann unvermittelt in eine Atempause hinein.

»Äh ja, natürlich!«

Ach, guck an. Ich dachte, diese Generation schickt nur noch Sprachnachrichten.

»Das wäre nämlich ein Großteil Ihrer Aufgabe, um die Informationen zu verifizieren, die andere aus dem Reiseland mitgebracht haben. Und Rechtschreibung? Grammatik?«

»Alles perfekt«, versichert er und lächelt zufrieden.

»Gut, denn bevor ein junger Kollege hier überhaupt etwas schreibt, redigiert er erst mal zwei Jahre lang die Texte anderer.«

Zufällig weiß ich, dass es diese Regel überhaupt nicht gibt. Aber sie ist wirklich verdammt überzeugend. Sie will ihn nicht, aber sie hat auch keine Lust, ihm abzusagen, das ist eindeutig. Warum auch immer. Also spiele ich das Spiel mit.

»Aber dafür hätten Sie zwanzig Urlaubstage im Jahr!«

Ich hätte noch lieber fünfzehn gesagt, aber zwanzig sind das gesetzliche Minimum.

Der Bewerber informiert uns mit großherzoglicher Autorität darüber, dass der Job dann wohl doch nichts für ihn sei. Wir dürften uns aber gern wieder bei ihm melden, wenn wir etwas anzubieten hätten, das besser zu ihm passe.

Artig nickend stehen wir auf, die Kollegin ringt sich tatsächlich ein »Das ist aber schade« ab. Dann verabschieden wir ihn am Aufzug. Die Türen schließen sich, und ich warte zwei Anstandssekunden, ehe ich sage: »Du willst mir das jetzt sicher erklären.«

»Das ist der Sohn meines Vermieters.« Sie nimmt mich bei den Schultern. »Danke! Das ist doch spitze gelaufen! Als hätten wir uns abgesprochen.«

»Beim nächsten Mal sprechen wir uns bitte wirklich ab!«, erwidere ich. »Ich muss so etwas vorher wissen. Wir machen hier doch kein Impro-Theater.«

»Ich sag es in Zukunft vorher, versprochen. Aber das mit dem Vermieter ist jetzt ausgestanden, er hat keine weiteren Kinder, die er hierherschicken könnte.«

»Der Bewerber ist ein Einzelkind? Wie überraschend. Die nächsten beiden sind hoffentlich ernsthafte Kandidaten?«

»Ernsthaft wäre der hier auch gewesen, nur eben absolut unausstehlich.«

»Ich kann es nicht leiden, wenn sie nicht nervös sind. Das ist immer ein schlechtes Zeichen. Ein bisschen Anspannung heißt, dass sie den Job wirklich wollen.«

»Dann hoffen wir, die nächsten beiden sind angemessen nervös.«

Wir befragen noch zwei Bewerberinnen, die einen sehr guten Eindruck machen, und entscheiden uns für die, die früher anfangen kann. Morgen sage ich ihr zu. Aber heute Abend bin ich für eine ganz andere Entscheidung verabredet, für eine viel größere.

»Komm schon, jetzt nimm halt einen ab. Ich warte seit Ewigkeiten drauf, endlich Arved in den Papierkorb werfen zu dürfen.«

»Ich finde die übrigen Namen eigentlich alle ganz gut! Aber na gut, dann fällt Luise weg.«

»Was hast du gegen Luise?«
»Nichts, ich mag die anderen Namen nur mehr.«
»Ich finde, du könntest emotional etwas involvierter sein!« Schwungvoll reiße ich Arved von der Leine. Die Wäscheklammer bleibt mit einem traurigen Fetzen weißen Papiers hängen.
»Frechheit. Wenn du es genau wissen willst: Luise ist ein Oma-Name. Aber wenn wir über jeden Namen streiten, bleibt hier nie einer übrig.«
»Das könnte stimmen. Du bist wieder dran.«
»Dann verabschiede dich von Lovis.«
»Geht in Ordnung, den habe ich eh nur aufgeschrieben, weil mir kein anderer mehr eingefallen ist.«
»Aha. Du nimmst einfach irgendeinen Namen, aber ich bin angeblich nicht involviert genug!«
»Nicht irgendeinen! Ich finde den schon schön. Irgendwie.«
Es geht so lange hin und her, bis nur noch vier Namen übrig sind. Matilda und Petra für ein Mädchen, Maximilian und Rafael für einen Jungen.
»Warum hast du Rafael aufgeschrieben? Hattest du da auch keine Idee mehr?«
»Der Name ist toll. Wirkt jetzt vielleicht ein bisschen komisch, aber er ist ja nicht mein Ex oder so.« Immerhin habe ich kein Foto von ihm in meiner Küche hängen. »Und du hast ihn ja bisher auch nicht abgenommen!«
»Ich finde ihn auch gut. Als Zweitnamen.«
»Es ist eh egal, wir kriegen sowieso ein Mädchen. Ich bin mir ganz sicher.«
»Also eine Matilda Petra?«
»Uff, ich bin immer noch nicht sicher mit Petra. Matilda Rafaela?«
»Klingt wie eine Pralinenmischung.«
»Gut, meinetwegen Matilda Petra, in Gottes Namen, das

hat meine Mutter sich verdient in all den Jahren des Wartens.«

»Hurra!« Philipp umarmt mich. »Wir haben einen Namen!«

»Zwei sogar!«

»Ja!« Er lässt mich los, aber wir treten nicht auseinander. Unsere Gesichter bleiben wenige Zentimeter voreinander stehen. Philipp schaut mir in die Augen und zögert. Dann küsst er mich.

Es zieht heftig in meinem Bauch. Aber es ist kein Magen-Darm-Virus, auch noch nicht das Baby. Es ist sein Vater, der das bewirkt. Ich lege die Arme um seinen Hals, damit er nur nicht zu bald aufhört. Sanft lösen wir uns nach einer Weile voneinander, um dann verlegen grinsend dazustehen.

»Das war sehr schön«, sagt er.

»Ja.«

»Wir sollten jetzt aber wahrscheinlich schlafen gehen, es ist schon spät.«

»Das stimmt.« Schlafen gehen, gute Idee, sehr vernünftig. Wer schläft, sündigt nicht.

KAPITEL 21

Zwei Tage reißen wir uns zusammen, dann sündigen wir natürlich doch. Wenn man es als Sünde betrachten kann, mit jemandem ins Bett zu gehen, mit dem man ein Kind bekommt. Ist das nicht so gut wie verheiratet? Oder ist das noch schlimmer als unverheiratet?

Es fühlt sich jedenfalls nicht an wie eine Sünde. Nur genau jetzt, wo ich vor Johanna treten und es ihr erzählen muss, da schleiche ich mit roten Ohren und Herzklopfen in ihr Büro wie ein Sünder.

»Und da ist er, der Güterzug!«, ruft sie, als sie mich so sieht.

»Ja, ich weiß, du hast mir abgeraten, und ich hab nicht auf dich gehört«, murmele ich.

»Ich bin Juristin. Jeder ignoriert meine Ratschläge, um Spaß zu haben. War's wenigstens gut?«

»Es ging nicht um Spaß. Na ja, nicht nur.«

»Euch beiden nicht oder nur dir nicht?«

»Wir haben da ...«

»... noch nicht drüber geredet.«

»Genau.«

»Mann, Laura. Redet, um Himmels willen. Ihr müsst sichergehen, dass ihr das Gleiche wollt, sonst geht das alles den Bach runter. Euer Kind ist arm dran, wenn ihr schon vor der Geburt euer Verhältnis an die Wand gefahren habt.«

»Sie heißt übrigens Matilda Petra. Ich glaube, es wird ein Mädchen.«

»Gut, schön, herzlichen Glückwunsch. Was sagt denn Sophie zu alldem?«

»Dass wir uns das Geld für die Insemination ja hätten sparen können.«
»Sehr hilfreich.«
»Na ja, es war nicht das Einzige, was sie zu sagen hatte.« Den freundschaftlichen Anschiss, der diesem Kommentar vorausging, behalte ich lieber für mich.
»Es ist eigentlich ganz einfach: Ihr habt das Spiel verändert, also braucht ihr neue Regeln. Und Klarheit darüber, was ihr überhaupt spielt.«
»Ja, es ist ja gut. Ich rede mit ihm …«
»… und werde das nicht unterbrechen, um mit ihm rumzumachen, ehe wir alles geklärt haben!«
»Jawohl. Werde ich nicht.«

Das stellt sich als gar nicht so leicht heraus. Aber so ist es eben, wenn man gerade erst herausgefunden hat, wie wahnsinnig gut jemand aus der Nähe riecht und sich anfühlt. Obwohl ich wild entschlossen bin, gleich ein klärendes Gespräch mit Philipp zu führen, wandern mein Blick und meine Gedanken beim Abendessen immer wieder zu seinen zwei geöffneten oberen Hemdknöpfen. Mit religiöser Ernsthaftigkeit versuche ich, mich auf meine Kürbissuppe zu konzentrieren und Kraft zu sammeln für das, was uns bevorsteht.
»Wir sollten mal reden«, eröffne ich lahm.
»Das hab ich auch schon gedacht.«
»Was wird das hier? Was machen wir da bloß?«
»Wir kriegen ein Kind und kommen uns näher, als wir dachten.«
»Ist das eine gute Idee?«
»Wie fühlt es sich denn für dich an?«
Ich streichle über seine Hand.
»Nach einer sehr guten Idee. Aber gleichzeitig bin ich konfus, weil das nicht der Plan war.«

»Der Plan war wirklich gut. Du hast ganz schön hart verhandelt darüber, bei wem unser Kind Weihnachten und Silvester verbringt. Soll das etwa alles umsonst gewesen sein?«

»Haha.«

»Aber im Ernst: Vielleicht müssen wir den Plan nicht ganz aufgeben. Wir lernen uns gerade erst kennen. Andere Paare ziehen ja auch nicht sofort zusammen.«

»Das heißt, wir würden unsere getrennten Wohnungen einfach behalten, das Kind wechselt hin und her, und wir besuchen einander?«

»Das könnte für mich funktionieren. Es funktioniert ja jetzt auch gut: Ein paar Tage bin ich hier, dann wieder bei mir zu Hause.«

»Hm. Klingt vernünftig. Außerdem würde das die offene Frage beantworten, wie du das Baby oft genug siehst, solange ich noch stille.«

»Dann haben wir einen neuen Plan?«

»Ja. Aber ich hab noch eine Frage.«

»Dann frag.«

Ich hole tief Luft. Wie formuliere ich das jetzt?

»Also. Ich möchte nur sichergehen, dass wir uns nicht falsch verstehen. Das mit uns, abgesehen von der Kleinen, ist das ernst?«

Philipp legt den Kopf schief und zieht seine Hand zurück.

»Denkst du, ich würde unser freundschaftliches Verhältnis riskieren, nur um Sex zu haben?«

»Ich weiß nicht, du hast gesagt, du bist gerade nicht beziehungsfähig, und dann ist da noch deine Ex …«

»Was hat das denn mit meiner Ex zu tun?!«

»Ihr Foto hängt immer noch in deiner Küche!«

»Und das geht dich wirklich überhaupt nichts an!«

»Ach nein? Wenn wir jetzt ein Paar werden, geht mich das durchaus was an!«

»Sie gehört zu meinem Freundeskreis, verstehst du das nicht? Dass ich mich nicht beziehungsfähig gefühlt habe, hat nichts mit ihr zu tun!«

»Du hast gesagt, die Trennung von ihr wäre so schlimm gewesen und deshalb wolltest du keine neue Beziehung.«

»Ja, aber das heißt doch nicht, dass ich sie zurückhaben will!«

»Sondern?«

Philipp schnauft. »Muss ich dir das jetzt wirklich erklären? Das ist sehr persönlich.«

»Sag mal, geht's noch? Du schläfst mit mir, da kannst du mir ja wohl was Persönliches erzählen!«

»Okay!«

Philipp redet nicht weiter, ich fuchtele mit den Händen, um ihn dazu zu bewegen, bis er endlich wieder ansetzt.

»Ria und ich haben überhaupt nicht zusammengepasst, aber wir haben das spät bemerkt. Dass sie keine Kinder wollte, war nur ein Teil davon. Wir wollten fundamental unterschiedliche Dinge vom Leben. Aber wir haben uns sehr geliebt.«

Es tut ein bisschen weh, das zu hören. Nicht gut. Gar nicht gut.

»Die Trennung war furchtbar, weil ich mir nie ein Leben ohne sie vorgestellt hatte. Nur war das Leben, das ich mir für uns beide vorgestellt hatte, eben nichts für sie. Sie wollte das alles nicht. Es war nichts Persönliches. Wir sind uns trotzdem gegenseitig an die Gurgel gegangen, weil wir so wahnsinnig enttäuscht waren voneinander. Und dann, nach der Trennung, waren wir enttäuscht von uns selbst, weil wir nicht die Größe hatten, die Wünsche des anderen einfach zu respektieren und ihn gehen zu lassen.«

Ohne es zu wollen, bin ich plötzlich traurig für die beiden.

»Was wollte sie denn?«, frage ich.

»Sie ist ein bisschen ein Partygirl.« Er lächelt. »Sie geht gern aus, trinkt mehr als ich damals und interessiert sich brennend für Designerhandtaschen. Das klingt jetzt, als wäre sie total oberflächlich, aber das ist sie wirklich nicht. Es ist nur ein Teil von ihr, und der passte nicht zu meinem Kinderwunsch und meinem sonstigen Lebensstil.«

»Wandern und Mineralien suchen im Taunus.«

»Was ja wiederum auch nur ein Teil von mir ist, aber ja. Wir hatten nicht genug Überschneidungen. Ich war irgendwie immer davon ausgegangen, dass sie ruhiger wird und das nur eine Phase ist. Aber diese Phase dauert bis heute an, was eindeutig heißt: Es ist keine. Ria ist einfach so. Und sie ist genau richtig so, nur nicht für mich.«

»Du redest sehr freundlich über sie, finde ich.«

»Äh, ja, das war nicht immer so. Unsere gemeinsamen Freunde haben uns irgendwann erklärt, dass sie es nicht einsehen, sich nach all den Jahren für eine Seite entscheiden zu müssen. Wir sollten uns gefälligst zusammenreißen und den Freundeskreis nicht sprengen. Erst danach haben wir angefangen, uns wieder auf Partys zu unterhalten. Sie ist wieder liiert, mit einem echt netten Kerl. Und es ist heilsam, mit ihr zu reden, weil sie mir in den letzten Jahren immer wieder gesagt hat, ich soll alles machen, was ich mir wünsche. Dass meine Wünsche richtig sind und es sich lohnt, dafür zu kämpfen. Das konnte sie mir nicht sagen, solange wir zusammen waren.«

»Du hast mit ihr über unser Kind gesprochen?«

»Mit allen meinen Freunden. Klar.«

»Und was war so besonders schmerzhaft an der Trennung, dass es jahrelang angehalten hat?«

»Vor allem das Gefühl, dass jemand, den ich liebe und der mich angeblich liebt, mir meinen Wunsch nach einem Kind verwehrt hat. Und dass es für mich zu spät war, weil ich zu lange gewartet hatte, ob sie sich nicht vielleicht doch umentscheidet. Ich war ja auch schon Anfang vierzig bei der Trennung, und mir war klar, dass ich mich nicht sofort in was Neues stürzen kann. Mir ist die Zeit davongelaufen. Das habe ich ihr massiv übel genommen. Ich habe mich betrogen gefühlt.«

»Du dachtest, in einer Beziehung wird dir automatisch etwas weggenommen.«

»Oder ich werde an etwas gehindert. Das trifft es eher. Dass eine Beziehung bedeutet, Anker zu werfen – das ist ja für die meisten Leute etwas Positives, für mich heißt es: Stillstand, ab hier geht es nicht weiter.«

»Aber du hast hier gerade selbst einen kleinen Anker geworfen«, sage ich und deute auf meinen Bauch. »Und der wird dich auch von Dingen abhalten, weil er viel Zeit und Aufmerksamkeit braucht.«

»Das ist okay. Das ist was anderes. Ich bin kein Egozentriker, ich bin einfach nur ein Mann mit Kinderwunsch.«

»Den erfüllst du dir ja gerade.«

»Wir erfüllen ihn uns. Vielleicht bist du deshalb die erste Frau seit Jahren, der ich näherkommen kann. Weil wir an einem Punkt sind, an dem mein Wunsch von selbst in Erfüllung geht.«

»Ein bisschen Stillstand wäre dann also okay?«

»Klar. Ein Anker ist eine gute Sache, sobald man am richtigen Ort angekommen ist.«

KAPITEL 22

Außer Sophie, Johanna und meinen Eltern habe ich noch niemandem von der Schwangerschaft erzählt. Alle anderen sollen es erst nach dem Ultraschall in der zwölften Woche erfahren. Es gibt aber eine Ausnahme: Dominik, der vier Wochen lang versuchte, sich mit mir für eine Radtour zu verabreden. Zuerst behauptete ich, erkältet zu sein, aber irgendwann musste ich ihm doch sagen, dass mir permanent schlecht und deshalb an Radfahren nicht zu denken war.

Statt einer Gratulation kam als Nächstes eine Einladung zum Essen bei ihm und Miriam. Heute Abend sind wir verabredet. Und ich finde, wenn Philipp und ich uns schon näher kennenlernen, kann er auch mit zu meinen Freunden gehen. Außerdem soll er sehen, dass ich Freundschaften mit Ex-Freunden oder Ex-Freundinnen völlig in Ordnung finde. Sonst dürfte ich Dominik ja auch nicht mehr treffen. Aber von Dominik hängt wirklich kein einziges Bild in meiner Wohnung. Außerdem kann man nicht behaupten, ich hätte lange gebraucht, um über unsere Beziehung hinwegzukommen. Sieben Monate später war ich mit dem nächsten Mann zusammen, mit dem es auch nicht lange hielt.

Philipp verkneift sich erstaunlicherweise jeden spitzen Kommentar zum Thema Ex, als wir in der S-Bahn sitzen. Stattdessen hält er meine Hand und führt mich in die Details der Baugrundverbesserung ein. Wenn die Erde nicht ausreichend verdichtet oder ausgetauscht werden kann, muss man Pfähle bis in die nächste Gesteinsschicht hinunter bohren, erfahre ich. Tatsächlich finde ich das interessanter, als ich es jemals für möglich gehalten hätte. Vielleicht liegt es an seiner Stimme.

Dominik und Miriam wohnen in einem Reihenhaus mit Garten. Wenn man nicht aufpasst, fällt man schon vor dem Eingang über Bobbycars und Bälle. Wir balancieren mit Blumenstrauß und Weinflasche darüber hinweg.

»Herzlich willkommen!« Dominik sieht ganz ungewohnt aus ohne seine Fahrradklamotten. Er trägt einen Wollpulli und eine Cordhose. Wir werden alle nicht jünger. Philipp und er schütteln sich die Hand.

Miriam steht in der Küche und wedelt gerade den heißen Dampf aus dem geöffneten Backofen weg, als wir eintreten.

»Bitte sag, dass du was mit Käse überbacken hast!«, bettele ich.

»Gilt Lasagne?«

»Du machst mich sehr glücklich.« Ich umarme sie. »Das ist Philipp. Philipp: Miriam.«

»Wir haben noch absolut überhaupt nichts von dir gehört«, sagt Miriam. »Das könnte heute Abend also anstrengend für dich werden.«

»Solange ich Lasagne essen darf, beantworte ich alle Fragen.«

»Sehr gut.«

Miriam drückt uns Besteck in die Hand und schickt uns ins Esszimmer, wo Dominik gerade die Kinderstühle gegen richtige Stühle für uns austauscht.

»Habt ihr die Kinder schon ins Bett gesteckt?«, frage ich.

»Ja, aber wahrscheinlich kommt Elli noch dreimal runter und fragt, warum die Eiskönigin nicht friert oder warum Arielle keine Kiemen hat.«

»Das zeugt doch von einem kritischen Geist!«

»Oder davon, dass wir sie zu viele Disney-Filme gucken lassen.«

»Darauf könnt ihr euch schon mal freuen, wenn euer Kind da ist«, sagt Miriam, die gerade mit zwei gefüllten Tellern zur Tür reinkommt. Als sie unsere verlegenen Gesichter sieht, erschrickt sie. »Darf ich das noch nicht wissen? Ist alles okay?«

Ich nehme ihr die Teller ab.

»Es ist alles okay, nur noch zu früh, um sicher zu sein. Ich wusste nicht, ob Dominik verstanden hat, was los ist, als ich ihm das mit der Übelkeit gesagt habe.«

»Zuerst dachte ich, du suchst nur ne Ausrede, weil es so kalt geworden ist«, sagt er.

»Das hätte ich nie …«

»… so wie letzten Winter.«

»Pscht«, mache ich und werfe Philipp einen Blick zu. »Also, ja, Kind ist unterwegs, aber wir haben erst nächsten Mittwoch die drei heiklen Monate hinter uns und gehen zum Ultraschall.«

»Oh, ich verstehe!«, sagt Miriam. »Ich habe mich auch nie getraut, mich vor der zwölften Woche zu freuen.«

»Ach, das mit der Freude klappt eigentlich schon ganz gut«, sagt Philipp.

»Das ist ja schön! Und ihr, also, Dominik!«, ruft sie in den Flur. »Darf ich auch nicht wissen, dass sie zusammen sind?«

»Du wärst auch ne gute Geheimagentin geworden«, sagt er, als er im nächsten Moment mit zwei weiteren Tellern um die Ecke biegt.

»Woher weißt *du* das überhaupt?«, frage ich ihn.

»Ich habe nur geraten. Wenn du Philipp zum Essen mitbringst, ist er wahrscheinlich mehr als dein Geschäftspartner.«

»Das stimmt.« Außerdem stehen Philipp und ich gerade schon wieder so nah nebeneinander, dass wahrscheinlich ziemlich offensichtlich ist, was zwischen uns läuft. »Da sind wir allerdings auch noch nicht über die heiklen drei Monate hinweg.«

»Aber ebenfalls guter Hoffnung«, sagt Philipp.

»Das freut mich für euch!«

»Miriam, die Lasagne ist der Hammer.«

»Danke schön. Und wie macht ihr das jetzt, sucht ihr euch eine gemeinsame Wohnung?«

»Nein«, sagt Philipp.

Miriam schaut fragend zu mir herüber, während Dominik ein Gesicht macht wie ein Vater im Beschützermodus.

»Wir haben beschlossen, dass erst mal jeder seine Wohnung behält«, erkläre ich. »Dass wir aber mehr Zeit beieinander verbringen. Das wird uns auch flexibler machen mit dem Baby.«

»Na, das ist doch ganz praktisch«, sagt Dominik.

Sein Gesichtsausdruck lässt keinen Zweifel daran zu, dass er es für bekloppt hält. Aber ich habe mich ja nicht vor etlichen Jahren von ihm getrennt, um jetzt seine Launen zu antizipieren. Also ignoriere ich ihn und verwickle Miriam und Philipp in ein Gespräch über Gartengestaltung.

Müde und ruhig sitzen wir später in der S-Bahn nach Hause. Ich muss immer noch über etwas nachdenken, das Philipp gesagt hat: dass er mir näherkommen konnte, weil er jetzt Vater wird und sich damit seinen größten Wunsch erfüllt. Ich fand das anfangs romantisch, bis mir auffiel, dass es nicht besonders schmeichelhaft für mich klingt. Ist Philipp nur mit mir zusammen, weil ich sein Kind ausbrüte? Bin ich die nächstbeste Frau in dem Moment, in dem er wieder eine Beziehung eingehen will? Oder geht es ihm wirklich um mich?

Leider weiß ich nicht so ganz, wie ich ihn das fragen soll. Aber ich muss es mir überlegen, denn ich weiß genau, wie es irgendwann doch zur Sprache kommt: indem ich es in einem emotionalen Moment rausschieße, möglichst verletzend formuliert und auf jeden Fall so, dass wir dann sofort streiten.

»Das war ein netter Abend«, sagt Philipp und legt den

Arm um mich. »Wie lange ist das her, dass du mit Dominik zusammen warst?«

»Etwa zwölf Jahre. Wieso?«

»Ich kann mir heute gar nicht vorstellen, wie ihr zusammenpassen konntet.«

»Ich mir auch nicht mehr. Er ist viel konservativer als ich geworden, das war damals noch anders. Wahrscheinlich hat jeder von uns das Familienmodell gefunden, das am besten zu ihm passt.«

»Wenn du ganz klassisch jemanden kennengelernt hättest, würdest du heute auch in einem Haus im Vorort wohnen?«

»Nein. Es ist nichts falsch daran, aber für mich ist das nichts. Und du?«

»Eher nicht, nein. Früher vielleicht. Heute nicht mehr.«

Am nächsten Morgen fährt Philipp mit Rucksack und Hammer in den Odenwald, und ich bleibe alleine mit meinen Gedanken zurück. Ich packe meine Schwimmsachen und fahre ins Hallenbad – eine Idee, die offenbar alle Familien der Stadt just heute Morgen auch hatten. Es ist ein einziges Chaos in bunten Badehöschen; das Gekreische wird von den gelb gekachelten Wänden zurückgeworfen.

Ich flüchte mich in die Schwimmerspur, wo allerdings ich selbst der Störfaktor bin, weil ich im Gegensatz zu den anderen nicht rasant durchs Wasser pflügen, sondern einfach nur schwimmen und dabei nachdenken möchte. Nachdem ich zum fünften Mal innerhalb kürzester Zeit überholt wurde, mache ich doch Tempo und verschiebe alles andere auf später. Deshalb geht man ja eigentlich auch zum Sport: um den Kopf frei zu bekommen.

Am liebsten würde ich in die Sauna gehen, aber das traue ich mich nicht. Mein Körper hat sich gerade erst einigermaßen an die Hormonumstellung gewöhnt, und ich habe nicht das Gefühl, mich auf meinen Kreislauf voll verlassen zu können. Stattdessen gehe ich in mein Handtuch gewickelt in die ruhigste Ecke des Wellnessbereichs, mache mir ein warmes Fußbad, lehne mich zurück und genieße den typischen Duft nach Holz und ätherischen Ölen, der aus den Saunen und Dampfbädern herauswabert. Genau solche Momente solle ich sammeln, hat mir Sophie geraten – damit ich daran zurückdenken kann, wenn das Baby die ganze Nacht schreit und ich kurz davor bin, den Verstand zu verlieren.

Obwohl ich eigentlich an gar nichts denken möchte, sehe ich immer wieder Philipps Gesicht vor meinem inneren Auge. Ich habe mich bestmöglich zusammengerissen, weil wir uns ja vorgenommen hatten, ganz langsam zu machen, aber mittlerweile bin ich bodenlos, haltlos, erschütternd verliebt. Wenn er abends im Bett die Decke über mich zieht und mich in den Arm nimmt, klopft mein Herz so, dass ich lange nicht einschlafen kann. Manchmal schaue ich ihm dann beim Schlafen zu und wundere mich, wie dieser tolle Mensch in meinem Bett gelandet ist und wie es sein kann, dass er sich dort so zu Hause fühlt.

Trotzdem werde ich den einen hässlichen Gedanken nicht ganz los: Geht es ihm wirklich um mich, oder passen nur das Timing und die Umstände gerade? Und andererseits – könnte er sich nicht genau das Gleiche fragen? Ich hätte mich zwar nicht als beziehungsunfähig bezeichnet, ehe wir uns trafen, aber Single war ich trotzdem, und zwar schon eine ganze Weile.

Als mein Fußbad kalt wird, habe ich immer noch nicht den richtigen Satz gefunden. Aber die richtige Haltung: Ich werde Philipp Gelegenheit geben zu zeigen, dass es ihm um mich geht. Bis jetzt hat er nichts getan, was auf das Gegenteil hingedeutet hätte. Also presche ich ausnahmsweise mal nicht vorwärts, sondern warte ab. Zumindest bis nach dem Ultraschall.

KAPITEL 23

Zum zweiten Mal mit Philipp zu meiner Frauenärztin zu gehen fühlt sich schon sehr etabliert an. Ich war überhaupt noch nie mit einem Mann dort, geschweige denn zwei Mal. Die Ärztin verteilt das Glibberzeug mit dem Ultraschallgerät auf meinem Bauch und schaut auf den Monitor. Und schaut. Und schaut. Dazwischen verändert sie immer wieder die Perspektive. Ich sehe nur komische Formen, die ich nicht recht zuordnen kann. War das gerade ein Arm? Oder ein Kopf? Und was ist dann das da?

»Tja, herzlichen Glückwunsch!«, sagt sie plötzlich. »Sie bekommen Zwillinge.«

»Was?« Ruckartig setze ich mich auf und schaue Philipp an, dem das nackte Entsetzen im Gesicht steht.

»Zwei. Zwei Jungs, um genau zu sein.«

»Aber, aber …«, stammele ich.

»Und das sieht man erst jetzt?!«, fragt Philipp.

»Ja, das ist nicht ungewöhnlich bei eineiigen Zwillingen. Zweieiige sieht man früher, aber in diesem Fall …«

»… und Sie sind sicher mit den Jungs?«, unterbreche ich sie.

»Absolut sicher. Der eine liegt so, dass man es deutlich sieht, und bei eineiigen Zwillingen gibt es für den anderen ja nicht viele Möglichkeiten.«

»Aber die Herztöne!«, sagt Philipp. »Wir haben letztes Mal nur Herztöne von einem Baby gehört.«

»Das kann vorkommen, wenn die Herzen für eine Weile im gleichen Takt schlagen. Letztes Mal haben wir die Herztöne ja nicht sehr lange angehört.«

»Weil ich losgeheult habe«, flüstere ich.

»Ja.« Munter markiert die Ärztin Punkte auf dem Ultraschallbild und verbindet sie. »Es geht den beiden sehr gut, beide sind etwa fünf Zentimeter groß.«

»Können wir sie noch mal hören?«, frage ich.

Wenige Sekunden später erfüllt ein doppelter Herzschlag den Raum, klar und deutlich. Es klingt ganz anders als beim letzten Mal. Wie Hufgetrappel beim Pferderennen.

»Okay, dann brauchen wir wohl zwei Bettchen«, sage ich und frage mich gleichzeitig, wie die inklusive Wickelkommode, dem gelegentlichen Wäscheständer und vielleicht ein bisschen Platz zum Spielen in mein winziges Arbeitszimmer passen sollen. Ich gucke Hilfe suchend zu Philipp, aber der ist völlig verstummt und starrt unverwandt auf den Monitor.

Die Ärztin hält uns noch einen kleinen Vortrag über die Spezifika einer Zwillingsschwangerschaft, den wir beide schweigend über uns ergehen lassen. Ich mache mir ein paar Notizen, Philipp ist völlig weggetreten.

Als wir die Praxis verlassen, bin ich schlagartig müde.

»Was willst du jetzt machen? Ich will eigentlich nur schlafen«, sage ich.

»Äh, ja. Dann geh doch schlafen, und ich fahre nach Hause, also, zu mir«, antwortet Philipp.

Wir verabschieden uns mit einem flüchtigen Kuss und streben in unterschiedliche Richtungen. Zu Hause stelle ich mich vor die Wäscheleine und nehme Matilda und Petra schweren Herzens ab. Es bleiben Maximilian und Rafael. Sieht so aus, als bliebe kein Zweitname übrig. Ich rolle mich auf dem Sofa zusammen und bin sofort weg.

Draußen ist es stockdunkel, als ich aufwache. Nur ein paar Großstadtlichter erhellen meine Wohnung. Benommen richte ich mich auf und tapse zu meiner Handtasche im Flur. 22:30 Uhr, meldet mein Handy. Ich habe fünf Stunden geschlafen. Das wird eine unruhige Nacht. Keine Nachricht von Philipp. Ich verziehe mich mit einer Flasche Wasser und dem Handy wieder aufs Sofa und rufe Sophie an. Nach einer längeren Entschuldigung wegen der Uhrzeit erzähle ich ihr alles. Sie lacht.

»Zwillingsjungs, herzlichen Glückwunsch! Dir wird nie wieder langweilig sein!«

»Das fürchte ich auch. Musste das sein? Ich meine, wie hoch sind die Chancen?«

»Keine Ahnung, nicht sehr hoch. Findest du es wirklich schlimm? Ich will dir kein schlechtes Gewissen einreden, aber man könnte zwei gesunde Kinder statt einem als Geschenk betrachten.«

»Ich weiß, es ist total undankbar, und ich fühle mich schon schrecklich deswegen, aber wir wollten wirklich nur eins! Ich habe keine Ahnung, was wir jetzt machen sollen. Wahrscheinlich brauchen wir schon wieder einen neuen Plan.«

»Wartet doch erst mal ab. Es ist noch genug Zeit. Diese neue Information muss bei euch beiden erst mal richtig ankommen. Ihr habt noch Monate, um euch zu überlegen, wie ihr das mit Zwillingen am besten hinkriegt.«

»Ja. Und du hast natürlich recht, es ist ein Geschenk. Aber wir sind eben überhaupt nicht darauf vorbereitet. Ich werde versuchen, etwas froher zu sein darüber, dass irgendeine höhere Macht findet, es sei eine gute Idee, uns gleich zwei Kinder anzuvertrauen.«

»Ich halte das auch für eine gute Idee. Ihr braucht nur ein bisschen Zeit. Wenn wir es mit drei Kindern schaffen, kriegt ihr das mit zweien auch hin.«

Weil ich eh die halbe Nacht wach liege, verbringe ich die Zeit damit, meine Freunde und Eltern zu informieren. Die Reaktionen sind, nun ja, gemischt.

Was? Um Himmels willen. Ich meine, herzlichen Glückwunsch und so, aber o Gott. (Johanna)

Laura, das ist ja fantastisch! Gleich zwei Enkel zum Verwöhnen! 😍 (Mama)

Das ist mal eine Überraschung. Dann könnt ihr ja einen davon Joachim nennen! (Papa)

Ist doch gut, Einzelkinder sind eh doof! Herzlichen Glückwunsch! (Dominik)

Ich bin ein Einzelkind!, schreibe ich ihm zurück.

Na siehste!

Nur Philipp hat sich immer noch nicht gemeldet.

Wie geht's dir?, schreibe ich am Vormittag und warte eine halbe Stunde auf die Antwort.

Es geht so. Es fühlt sich alles komisch an.

Wir müssen uns wohl erst mal an den Gedanken gewöhnen.

Ja.

Ich weiß nichts mehr darauf zu sagen, und Philipp geht wieder auf Tauchstation. Wenn das seine Art ist, mit Problemen umzugehen, hoffe ich, dass wir nicht mehr allzu viele davon kriegen. Oder dass ich ihm das irgendwie austreiben kann.

Halbherzig plane ich mit einem Mitarbeiter sein Sabbatical und nehme eine Beschwerde über einen Kollegen entgegen, der angeblich heimlich in der Tiefgarage raucht. Gleich ist mein wöchentliches kurzes Meeting mit beiden Chefs, und wenn ich so rasant zunehme, wie das bei Zwillingen zu erwarten ist, sollte ich ihnen meinen Mutterschutz besser früher als später ankündigen. Ich passe schon jetzt nicht mehr in meine Hosen und trage nur noch Kleider und Röcke. Letztere wandern allmählich von meiner Hüfte hoch in die Taille.

Also raffe ich mich auf und verkünde am Ende des Termins meine Schwangerschaft. Die Begeisterung ist etwa so gemischt wie bei meinen Freunden. Der Oberchef gratuliert mir begeistert, bis ihm auffällt, dass ich monatelang weg sein werde.

»Aber wer macht denn dann Ihre Arbeit? Bei Ihnen gibt es doch sonst nur zwei Teilzeitkräfte!«

Der Chef wünscht mir deutlich verhaltener alles Gute, ist aber immerhin so gut erzogen, mir diese Frage nicht zu stellen.

»Ich habe darüber nachgedacht und würde mit Ihrem Einverständnis die Kolleginnen fragen, ob sie für diese Zeit aufstocken wollen. Die größeren Entscheidungen müsste allerdings einer von Ihnen übernehmen.«

Wir schauen beide den Chef an. Der eine, weil er selbst keinen Bock darauf hat, und ich, weil ich weiß, dass ich meine Abteilung von ihm im bestmöglichen Zustand zurückbekomme.

»Ja gut, dann mache ich das«, sagt er nüchtern und nickt mir zu. »Haben Sie schon genauere Pläne? Bekommt man bei Zwillingen mehr Elternzeit?«

»Bekommt man tatsächlich, die doppelte Zeit. Ich habe eigentlich nicht vor, die zu nutzen. Ich will mir allerdings erst mal anschauen, wie es läuft mit den Kindern. Und ein Krippenplatz für zwei findet sich wahrscheinlich auch nicht so leicht.«

»Geben Sie dann einfach Bescheid.«

Fünf Abrufe in Abwesenheit habe ich danach auf dem Handy. Alle von meiner Mutter. Auf dem Heimweg rufe ich sie zurück. Sie zirpt förmlich ins Telefon vor Begeisterung.

»Zwei kleine Jungs! Da kommt Leben ins Haus.«

»Das kann man wohl sagen.« Unbehaglich denke ich an meine schöne Ordnung.

»Freut Philipp sich auch?«

»Puh. Der steht noch unter Schock, würde ich sagen.«

»Na klar, das ist verständlich. Was stricke ich denn jetzt für Babydecken? Es können ja nicht beide die gleiche blaue bekommen.«

»Du weißt natürlich, dass Jungs nicht automatisch blaue Babydecken kriegen müssen, weil sie Jungs sind?«

»Das ist einfach eine schöne Farbe! Was wäre dir denn lieber?«

»Rosa.« Ich hasse Rosa, und meine Mutter weiß das auch, aber jetzt gerade geht es eben ums Prinzip.

Sie macht ein verächtliches Geräusch. »Du stehst wohl auch noch ein bisschen unter Schock. Am besten suchst du die Wolle selbst aus, wenn du dich beruhigt hast.«

»Okay. Danke, Mama, das ist sehr lieb von dir.« Ein leiser Anflug von Reue inspiriert mich zu einer besonders herzlichen Verabschiedung.

Zu Hause falle ich über eine halbe Tafel Zartbitterschokolade her. Ich muss ja jetzt für drei essen. Dass das laut meiner Schwangerschafts-App aktuell derzeit etwa einen halben Apfel pro Tag ausmacht, halte ich für Humbug. Seit die Übelkeit weg ist, habe ich eigentlich immer Hunger. Früher hätte ich das als Fluch betrachtet, seit den Wochen des flauen Magens weiß ich: Es ist ein Segen.

Ich lege mich aufs Bett und versuche, mit meinem Bauch Zwiesprache zu halten.

»Hallo, Jungs.«

Stille. Was sonst.

»Ich hatte jemand anderen erwartet, ehrlich gesagt, und auch nur ein Kind. Aber es ist schön, dass ihr da seid.«

Stille.

»Nur dass ihr es wisst: Ihr müsst immer eure Zimmer aufräumen, aber mit Süßigkeiten sind euer Papa und ich ziemlich entspannt. Außerdem kriegt ihr ein paar echt nette Tanten und Onkel. Ihr heißt dann übrigens Maximilian und Rafael, das gefällt euch hoffentlich. Wahrscheinlich nennt ihr euch eh Max und Rafi.«

Mit beiden Händen fahre ich über meinen Bauch. Wir stehen zwar vor einer ganzen Reihe von Hürden, mit denen wir nicht gerechnet hatten und auf die ich mich kein bisschen freue. Aber dafür wird es schon Lösungen geben. Und unsere Jungs sind nicht schuld daran, dass sie zu zweit kommen und wir darauf nicht eingestellt sind.

Ich heule ein bisschen vor Erleichterung, Sorge und Glück. Als ich aufhöre, schluchzt mein Bauch weiter. Er zuckt und zuckt alle paar Sekunden. Ich greife zum Handy und rufe Philipp an.

»Philipp, mein Bauch zuckt.«

»Wenn Babys Fruchtwasser trinken, kriegen sie Schluckauf.«

»Die trinken Fruchtwasser? Wozu stelle ich denn diese super Nabelschnur zur Verfügung?«

»Trinken muss man auch üben. Wäre ganz gut, wenn sie das schon können, wenn sie auf die Welt kommen.«

»Na gut. Geht's dir besser?«

»So ganz allmählich. Und dir?«

»Ja. Ich denke, wir sollten uns Zeit lassen und in Ruhe überlegen, was das ändert und was nicht.«

»Okay. Wie machen wir das? Jeder denkt alleine nach, und dann schmeißen wir unsere Überlegungen zusammen?«

»Fände ich gut. Bis dahin gibt es nur eine Sache, die wir unbedingt tun müssen.«

»Na, was denn?«

»Uns langweilen. Sophie sagt, das können wir für die nächsten zehn Jahre vergessen.«

»Alles klar. Wie machen wir das am besten?«

»Wir könnten alle Teile von *Herr der Ringe* anschauen.«

»Das sind ganz tolle Filme! Und die Bücher erst!«

»O nee.«

»Aber der *Hobbit* ist wirklich sehr langweilig«, gibt er zu. »Lass uns den anschauen. Ich bringe morgen Chips mit. Ungarisch?«

»Salz und Pfeffer. Du bist der Tollste!«

KAPITEL 24

Wir schauen zusammen fern und krümeln mit Chips, aber Philipp wirkt abwesend. Erst nach vier Tagen fällt mir auf, was anders ist: Er lacht nicht mehr. Er macht mir morgens Kaffee und streichelt abends im Bett über meinen Bauch, aber Freude sehe ich nicht bei ihm. Nicht über unsere Jungs, nicht über mich und das, was zwischen uns entsteht.

»Wer könnte es ihm verübeln?«, fragt Johanna, der ich davon erzähle.

»Ich! Ich kann es ihm verübeln. Ich bekomme schließlich auch überraschend Zwillinge, und ich muss sie auch noch im Bauch mit mir rumtragen. Meine Schwangerschaftsstreifen werden so breit sein wie der Rhein! Und dann wollen zwei Babys gleichzeitig gestillt werden!«

»Ich glaube, man stillt Zwillinge nacheinander«, sagt sie. »Willst du damit sagen, dass du dich trotzdem freust?«

»Ja!« Erst als ich es gesagt habe, merke ich, wie wahr es ist. »Ich freue mich. Schon ein Kind wäre ein Segen gewesen, und jetzt sind es zwei, das ist doch der Wahnsinn!«

»Schon. Wahnsinnig viel Arbeit auch. Vor allem, wenn man mit den Kindern alleine ist, während der andere im Odenwald Steine klopft.«

»Das macht mir auch ein bisschen Sorgen, ich geb's ja zu. Ich kann mir eigentlich nicht vorstellen, tagelang mit zwei Babys alleine zu sein.«

»Dann muss Philipp eben bei dir einziehen. Es kann ja wohl kein Mensch erwarten, dass du es alleine machst. Ich kann mir auch nicht vorstellen, dass du die Kinder nach ein paar Monaten bei ihm ablädst und drei Tage frei hast, so wie ihr das ursprünglich geplant hattet. Es ist nicht alleine zu schaffen.«

»Wir müssen noch darüber reden, wie es gehen könnte.«

»Dann macht das mal. Bald.«

»Okay. Und wie läuft es mit deiner Halb-privat-halb-Geschäfts-Beziehung?«

»Falls du von Adam sprichst: sehr gut. Ich schaffe schon fünfzehn Liegestützen hintereinander, und er hat genauso wenig Interesse daran wie ich, jeden Abend miteinander zu verbringen.«

»Wie oft seht ihr euch denn dann?«

»Einmal die Woche privat, einmal zum Training. Das reicht mir auch.«

»Würdest du sagen, ihr seid zusammen?«

»Weiß nicht. Ist mir auch egal.«

»Hey, wieso muss ich mit Philipp immer alles klären, während du mit Adam irgendwo im luftleeren Raum rumhängen darfst?«

»Weil wir kein Kind zusammen kriegen, Laura! Geschweige denn zwei.«

»Aber seid ihr exklusiv, oder trefft ihr euch auch mit anderen?«

»Adam sagt, er hat gerade kein Interesse, andere Frauen kennenzulernen, und mir geht's mit Männern auch so.«

»Oh, eine ganz neue Situation für dich.«

»Du bist so ein Lästermaul. Red lieber mit Philipp!«

Auf meinem Heimweg hebt ein hässlicher Gedanke den Kopf: Was, wenn Philipps plötzliche Zurückhaltung gar nicht so viel mit den Babys zu tun hat? Vielleicht hat er einfach festgestellt, dass er doch nicht genug für mich empfindet. Ein Besuch beim Gynäkologen ist nicht gerade sexy, und besonders geistreich, lustig oder sonstwie attraktiv fühle ich mich im Moment auch nicht.

Dagegen spricht nur, dass wir immer noch miteinander schlafen. Und Sex gehört zu den wenigen Gelegenheiten, bei denen sich Philipp nicht hinter einer Milchglasscheibe vor mir verbirgt. Es ist sogar aufregender geworden in den letzten Tagen. Leidenschaftlicher. Das kann allerdings auch an mir liegen: Beim Sex kann ich mich so sehr an ihn klammern, wie ich es auch sonst gerade gern täte. Außerhalb des Bettes versuche ich, ihm Zeit zu geben, aber das fällt mir verdammt schwer.

Zu Hause hole ich meinen Zollstock und fange an, das künftige Kinderzimmer auszumessen. Wenn ich die Wickelkommode rechts neben die Tür und ein Bettchen vors Fenster stelle, könnte es gehen. Allerdings komme ich dann nicht mehr zwischen den Betten durch. Oder ich schiebe sie zusammen wie ein L, da muss ich dann aber immer artistische Darbietungen liefern, um ein Baby ins hintere Bett zu legen. Und wo stelle ich eigentlich so einen riesigen Zwillingskinderwagen hin? Im Treppenhaus ist es zu eng, der muss mit hoch, und dann? Muss er auch hier rein. Ich weiß nur nicht, wie.

    Wie geht's dir, was machst du gerade?, schreibt Sophie.

    Ganz gut. Ich messe das Kinderzimmer aus.

Ich fürchte, die Größe des Kinderzimmers wird dein geringstes Problem sein.

    Jaha, ich weiß schon. Wie geht's euch denn?

Die Kinder haben Hand-Fuß-Mund-Krankheit, ich hoffe, Jamal und ich bleiben gesund.

    Was ist DAS denn? Klingt schrecklich.

So was wie Maul- und Klauenseuche, nur bei Menschen. Ausschlag und Fieber, das volle Programm.

Hätte ich doch nicht gefragt ...

Ich verspreche, du stumpfst rechtzeitig ab, ehe deine Jungs das kriegen. Wollte nur sagen, dass wir uns leider erst wieder treffen können, wenn meine Familie die Seuche überstanden hat. Du darfst das jetzt echt nicht kriegen.

Nee, besser nicht. Schade, ich vermisse dich.

Ich dich auch!

Etwas melancholisch stelle ich mich an den Herd und setze Nudelwasser auf. Mein Körper bläht sich auf, meine beste Freundin kann ich nicht treffen, der Vater meiner Kinder durchläuft ein Stimmungstief, und mein eigener Vater hat bei unseren beiden Telefonaten der letzten Tage Joachim noch mal ernsthaft als Namensvorschlag ins Spiel gebracht. Fände er auch schöner als Rafael, erklärte er ungerührt. Meine Mutter lässt mir unterdessen fast täglich Informationen zu Prominenten mit Zwillingen zukommen, die das laut *Gala* »spielend leicht gewuppt kriegen«.

Obwohl ich weiß, dass Mariah Carey und ihr Mann sich zwanzig Kindermädchen leisten können und wahrscheinlich nicht jede Windel selbst gewechselt haben, ärgert mich das ein bisschen. Ich wuppe im Moment gar nichts spielend leicht. In der größten Umbruchphase meines Lebens habe ich das Recht, permanent überfordert zu sein.

Philipps Schlüssel dreht sich erst in der Tür, als ich schon im Dunkeln im Bett liege. Ich schließe die Augen und stelle mich schlafend. Ich will nicht reden. Ich will nur für ein paar Minuten das Gefühl haben, dass alles wieder in Ordnung ist.

Ein paar Tage schleichen wir so umeinander herum. Dann bitte ich Philipp um ein Gespräch. Ich bin mir jetzt sicher, was ich will. Wir sitzen einander am Esstisch gegenüber, Philipp hat für uns beide Wasser, Papier und Stifte bereitgestellt. Wie bei einer Koalitionsverhandlung. Ist es ja irgendwie auch.

»Ich könnte anfangen«, sage ich.

»Ja, gut.«

»Also.« Ich atme tief durch. »Ich habe sehr lange darüber nachgedacht, was die Zwillinge an unserem Plan ändern. Ich sehe da zwei große Probleme. Erstens traue ich mir nicht zu, tagelang mit zwei schreienden Babys alleine zu bleiben, ohne den Verstand zu verlieren.«

»Ich würde natürlich vorbeikommen und füttern und Windeln wechseln«, sagt Philipp.

»Aber das ist nur das eine Problem. Das andere ist, dass ich umziehen muss. Ich sehe überhaupt keine Möglichkeit, zwei Kinder und einen Zwillingskinderwagen und all das andere Zeug hier unterzubringen.«

»Hmmm.«

»Dein Arbeitszimmer ist kaum größer als meins, und auch wenn die Babys erst mal hier wohnen, brauchen sie doch bald ein Kinderzimmer bei dir. Dann wirst du dasselbe Problem haben.«

»Das stimmt.«

»Gleichzeitig habe ich natürlich bemerkt, dass du mir gegenüber etwas, na ja, abgekühlt bist. Ich habe das in meine Überlegungen miteinbezogen und wollte dir sagen: Wenn du nicht willst, müssen wir nicht zusammen sein, um gemeinsam Eltern zu sein. Das war ja nie der Plan. Du musst es nur sagen. Ich wäre nicht sauer.« Ich wäre am Boden zerstört, aber diese Information hat hier nichts zu suchen.

»Laura, das habe ich nie …«

»Du hast es nie gesagt, deshalb bitte ich dich, es zu tun, falls es so ist. Aber ich bin noch nicht fertig.«

»Okay.«

»All das zusammengenommen, möchte ich, dass wir zusammenziehen. Irgendwas mit einem kleinen Garten im Hinterhof wäre gut. Wenn wir kein Paar mehr sind, braucht die Wohnung eben zwei Bäder und zwei Eingänge, das können wir uns von unseren addierten Mieten leisten. Das ist deine Entscheidung. Aber wir müssen uns gemeinsam um die Kinder kümmern, und zwar tagsüber und nachts, und ich sehe keine andere Möglichkeit, wie wir das hinkriegen sollen. Wenn sie älter sind, können wir alles wieder auseinanderdividieren.«

Philipp ist verstummt.

»Das war's, ich bin fertig«, sage ich.

»Ich kann das nicht.«

»Was kannst du nicht?«

»Das alles. Ich weiß, das kommt jetzt unvermittelt, aber ich will wieder alles halbe-halbe organisieren.«

»Aha.« Es fühlt sich an, als hätte jemand einen Baseballschläger gegen meinen Hinterkopf gedonnert. »Wie stellst du dir das vor – du nimmst ein Kind und ich das andere, wie beim doppelten Lottchen?!«

»Nein. Ich weiß noch nicht, wie genau. Aber ich kann nicht mit dir zusammenziehen. Es hat nichts mit dir zu tun ...«

»... weißt du, das glaube ich auch!« Allmählich werde ich laut. »Nichts davon hatte mit mir zu tun! Du warst nur mit mir zusammen, weil es so praktisch war, während ich dein Kind ausbrüte, und sobald es nicht mehr praktisch für dich ist, sondern irgendwie stressig wird, rennst du weg!«

»Laura, das ist unfair, und es stimmt nicht! Es geht mir nur alles zu schnell!«

»Aber du wolltest doch unbedingt Vater werden!«

»Ja, aber versteh doch bitte: Ich wollte ein halbes Kind. Jetzt sieht es so aus, als hätte ich bald eine ganze Familie mit Frau und zwei Kindern und Haus mit Garten, darauf bin ich einfach nicht vorbereitet!«

»Ich bin darauf auch nicht vorbereitet! Aber ich kann nicht einfach davonlaufen, weil diese Kinder nämlich in meinem Bauch sind!«

»Ich weiß! Du bist bestimmt auch überfordert, das tut mir leid. Trotzdem bin ich noch nicht so weit!«

»Weißt du«, zische ich, »ich hätte Rafael nehmen sollen als Vater. Der war nämlich kein Feigling. Und kein unreifes Bürschchen, das kneift, wenn es plötzlich zwei Kinder kriegt.«

»Das ist gemein von dir.« Philipp ist genauso sauer wie ich, was mich noch wütender macht, denn ich habe verdammt noch mal *mehr* Anrecht auf Wut.

»Du traust dich was, mir Gemeinheit vorzuwerfen, wo du mich gerade mit zwei Babys im Stich lässt.«

»Ich kneife ja nicht, ich will nur zu unserem Vertrag zurück!«

»Das ist doch dasselbe!« Ich stehe auf und warte darauf, dass er es auch tut. »Du gehst jetzt nach Hause. Ich will dich nicht mehr hier sehen. Du kannst dich in einem halben Jahr wieder melden, wenn du deine Söhne kennenlernen willst.«

Philipp schaut mich an, dann lässt er den Kopf hängen und geht in den Flur, um seine Jacke anzuziehen. Kurz steht er noch da, aber ich mache keine Anstalten, ihn zum Abschied zu umarmen, sondern halte ihm die Wohnungstür auf. Keiner von uns sagt Auf Wiedersehen.

KAPITEL 25

Ich bin eine starke Frau. Ich schaffe das ohne Philipp. Ich habe Freunde, ich habe Eltern. Mein Leben ist nicht ruiniert, im Gegenteil! Alles wird gut.

Das sage ich mir inzwischen etwa alle halbe Stunde. Das ist ein Fortschritt, denn in den Tagen nach der Trennung von Philipp waren es noch alle fünf Minuten, und ich musste es mir laut vorlesen, weil ich es mir nicht merken konnte. Sophie hat mir diese Sätze zum Nachsprechen geschickt, damit ich nicht durchdrehe. Ich kann bisher nicht beurteilen, ob das geklappt hat.

Zwei Tage nach unserem Streit kam ich nach Hause und fand Philipps Schlüssel auf dem Küchentisch. Daneben lag ein Brief, in dem stand, dass er alle Vereinbarungen aus unserem Vertrag unbedingt aufrechterhalten wolle. Ich war so neben der Spur, dass ich noch mal nachlesen musste, was wir da vor fünf Monaten ausgehandelt hatten. Regelmäßige Updates über die Schwangerschaft gehörten dazu, las ich stöhnend, außerdem gegenseitige Hilfe, wann immer es nötig und machbar sei.

Ich will keine Hilfe von Philipp. Ich will ihn. Das wird mir jeden Tag klarer, an dem ich ihn nicht sehe. Und ich kann absolut nichts tun, denn die Gründe dafür, dass er mich verlassen hat, wachsen in meinem Bauch.

Es geht ihnen immerhin prächtig, ich muss alle zwei Wochen zur Vorsorge und werde immer für meinen schönen Blutdruck gelobt. Mit schön meinen sie: nicht zu hoch und nicht zu niedrig. Wer mal für seine Mittelmäßigkeit gelobt werden will, muss einfach nur zu meiner Frauenärztin gehen.

Meine Freunde geben sich alle Mühe, mich aufzuheitern. Sophie erholt sich gerade noch von der Hand-Fuß-Mund-Seuche, schreibt mir aber jeden Tag. Außerdem hat sie mir Oscar auf den Hals gehetzt, damit ich »mal rauskomme«: Unsere gemeinsamen Abende sehen so aus, dass ich mich mit meinem Babybauch auf einen Barhocker hieve, eine Stunde lang traurige Sachen sage und dann vor Müdigkeit fast vom Stuhl falle. Oscar hat selbst gerade Liebeskummer, es trifft sich also nicht so schlecht: Wir finden gemeinsam Männer im Allgemeinen scheiße. Und Dominik, mit dem ich seit Jahren kaum über was anderes als Fahrräder und Kinofilme gesprochen habe, hat mir zusammen mit Miriam ein kleines Paket voller Schokolade und Schnuller geschickt. »Die Schnuller sind für die Babys«, hat er dazugeschrieben, »aber wenn du damit auch besser einschläfst, wollen wir das nicht verurteilen.«

Johanna hat sich heldenhaft das »Ich hab dich gewarnt« verkniffen, das ihr auf der Zunge lag. Sie musste es aber auch nicht aussprechen, es stand ihr ins Gesicht geschrieben. Dann lud sie mich auf Frühlingsrollen und Süßkartoffelpommes bei einem obskuren Asiaten ein und stellte mir so lange Suggestivfragen, bis ich fast davon überzeugt war, dass die Lage gar nicht so schlecht ist. Es stimmt ja, ich wollte lieber ein kollegiales Verhältnis zu meinem Co-Parent als eine miese Beziehung. Und jetzt haben wir immerhin noch gut fünf Monate Zeit, dieses kollegiale Verhältnis wiederzufinden. Vorausgesetzt, ich schaffe es, die Jungs bis zum geplanten Geburtstermin im Bauch zu behalten, was ich kaum glaube, denn ich platze wahrscheinlich vorher. Es wird also wirklich alles gut, meine Freunde haben recht.

Wenn es nur nicht so wehtun würde.

Mein Vater ruft mich alle paar Tage an, um mit mir Blutdruckmessdaten auszutauschen. Seine werden allmählich auch besser, außerdem zwingt Hilde ihn jetzt jeden Tag für zehn Minuten auf den Hometrainer. Dass eines der Kinder Joachim heißen soll, hat er mit keinem Wort mehr erwähnt.

Meiner Mutter hatte ich nie erzählt, dass Philipp und ich uns verliebt haben. Ich weiß gar nicht, warum, ich wollte einfach noch warten. Im Nachhinein fällt es mir schwer, darin keine tiefere Bedeutung zu sehen. Vielleicht habe ich ja doch von Anfang an gespürt, dass Philipp nicht voll dabei ist. Sie weiß nur, dass Philipp wieder ausgezogen ist, weil meine Übelkeit verflogen ist. Deshalb ahne ich nichts Böses, als sie mich anruft und mir eine »tolle Idee« ankündigt.

»Ich ziehe bei dir ein!«, sagt sie.

»Was, wieso denn?«

»Weil du Zwillinge kriegst, da solltest du nachts nicht alleine sein. Stell dir mal vor, es gibt Komplikationen!«

»Danke, Mama. Genau das versuche ich mir seit Wochen *nicht* vorzustellen!«

»Es kann aber passieren! Ich habe viel im Internet darüber gelesen.«

»Mama, man darf nie, nie, nie die Worte Schwangerschaft und Komplikationen googlen. Bitte erzähl mir nichts davon, sonst kann ich bis zur Geburt nicht mehr schlafen.«

Kann ich jetzt zwar auch nicht, weil der Nachwuchs auf meine Blase drückt und der Liebeskummer auf meinen Brustkorb. Aber es geht ums Prinzip.

»Du solltest nicht alleine sein«, wiederholt sie. »Ich gehe doch in einem Monat in Rente …«

»… was, schon? Hast du nicht noch ein Jahr?«

»Nein, ich hätte noch vier Monate, aber ich habe in der Kanzlei so viele Urlaubstage und Überstunden übrig, dass wir vereinbart haben: Im Januar ist Schluss.«

»Das ist ja schön, Mama. Ich weiß gar nicht, was ich sagen soll. Was hast du denn mit all der freien Zeit vor?«

Direkt nachdem ich es ausgesprochen habe, dämmert es mir schon.

»Mich um dich und meine Enkel kümmern, Laura! Anfang Februar ziehe ich bei dir ein. Ich kann auf dem Sofa im Wohnzimmer schlafen, aber vielleicht kannst du mir ein bisschen Platz in deinem Kleiderschrank freiräumen?«

In meinem Kleiderschrank klafft eine offene Wunde, seit Philipp seine Hemden und Hosen wieder mitgenommen hat. Der Gedanke, meine Mutter könnte ihre flotten Blusen dort hinhängen, wo seine Sachen waren, ist schrecklich.

»Mama, bitte nimm es mir nicht übel, aber ich möchte alleine sein. Ich habe immer mein Handy neben mir und kann sofort Hilfe rufen, falls etwas ist. Aber vor allem brauche ich ganz viel Ruhe, und die habe ich nicht, wenn du hier übernachtest.«

»Philipp hat dich nicht gestört!«

»Nein, weil ...« Öhm.

»Ich weiß schon, warum«, sagt sie.

»Äh ... ja?«

»Weil er der Vater ist, und ich bin nur die Oma!«

Uff.

»Was heißt denn hier *nur die Oma*?«, stänkere ich zurück. »Andere Omas ziehen auch nicht direkt bei ihren Töchtern ein!«

»Andere Töchter haben auch einen Mann im Haus!«

»Nee, Mama. Das hör ich mir nicht von dir an. Du hast seit fast zwanzig Jahren keinen Mann mehr im Haus, ohne Not, soweit ich das beurteilen kann, und wenn du dich damit defizitär fühlst, ist das nicht mein Problem. Ich brauche keinen Mann im Haus. Und keine Oma!«

Klack-klack. Meine Mutter hat aufgelegt.

»Das ist genau der Grund, warum ich sie nicht in meiner Wohnung haben will«, sage ich am Abend zu Oscar, mit dem ich fürs Kino verabredet bin. »Wir streiten einfach zu viel!«

»Ich weiß genau, was du meinst. Meine Mutter ist immer ganz freundlich zu meinen Lovern und fragt dann beim nächsten Telefonat zuckersüß, wann ich denn mal eine nette Frau mit nach Hause bringe.«

»Grundgütiger! Versteht sie nicht so richtig, was Schwulsein bedeutet?«

Oscar lacht. »Die versteht das ganz genau. Es passt ihr nur nicht!«

Wir schnappen uns unsere Getränke und die Familienportion Popcorn, süß-salzig gemischt. Dann machen wir uns an den Aufstieg. Der Kinosaal ist nur im ersten Stock, aber ich bin dermaßen kurzatmig, seit zwei kleine Aliens meine lebenswichtigen Organe platt drücken, dass ich auf halber Höhe der Treppe pausieren muss.

»Du brauchst einfach einen Mann, der dich die Treppen hochträgt«, sagt Oscar, der lässig mit seinem Bier und dem Popcorn neben mir steht.

»Wer denn, Hulk Hogan? Alle anderen haben keine Chance, mich auch nur hochzuheben.«

»Mich bald auch nicht mehr, wenn ich weiterhin jeden Abend Bier trinke und Junkfood esse.«

»Findest du nicht, du solltest wieder anfangen zu daten?«

»Nächstes Jahr wieder! Ich will Weihnachten und Silvester in Frieden verbringen, ohne mich fragen zu müssen, warum der Typ vom Vorabend nicht anruft.«

»Das verstehe ich, aber«, ich erreiche den oberen Treppenabsatz und bleibe keuchend stehen, »willst du nicht mal wieder Sex haben?«

Oscar schaut mich sonderbar an. War das zu persönlich?

»Ich mein ja nur, ich würde es verstehen, wenn dir das fehlen würde. Wenn ich nicht schwanger wäre, würde ich nach ein paar Monaten nervös werden.«

»Laura, ich habe natürlich Sex«, sagt Oscar.

»Echt? Mit wem denn?«

»Mit zwei von den drei Typen, mit denen ich seit Jahren Sex habe, wenn keiner von uns in einer Beziehung ist.«

»Ach so. Und das sind ... Freunde von dir? O Gott, ich klinge wie meine Mutter!«

»Freunde, na ja. Außerhalb treffen wir uns jetzt nicht direkt«, sagt Oscar grinsend.

»Wow.« Ich hake mich bei ihm unter, als wir auf den Kinosaal zugehen. »Ich kann so viel von dir lernen.«

KAPITEL 26

Das Wichtigste ist, dass sie nicht nervt«, sagt Sophie, nimmt mir die Spieluhr aus der Hand und hängt sie wieder an den Haken.
»Aber die spielt *Guten Abend, gut Nacht!*«, protestiere ich.
»Und zwar sehr laut. Nimm eine leisere Spieluhr. Die liegt direkt neben den Babys, du brauchst sie nicht bis in den Flur zu hören.«
»Na gut.«
Ich entscheide mich für einen kleinen Elefanten, der tatsächlich deutlich leiser ist. Seit Sophie wieder gesund ist, versuchen wir, mein Leben auf die Babys vorzubereiten. Ich habe angefangen, eine Wohnung zu suchen. Und heute kaufen wir alles, was ein Haushalt mit Zwillingen in den ersten Monaten braucht. Es tut noch ein bisschen weh, dass ich das nicht mit Philipp mache. Er hat mir nur bei einem unserer regelmäßigen und höflich-verkrampften Telefonate gesagt, er wolle die halbe Rechnung bezahlen, wie es vereinbart war. Meinetwegen. Wenn ich schon alles ohne ihn schaffen muss, will ich es dabei wenigstens bequem haben.
Hier bekomme ich auch meine Frage nach dem Stillen von Zwillingen beantwortet. Nämlich von einer resoluten Verkäuferin bei den Stillkissen, die glänzende Augen bekommt, als ich ihr von unserem Doppelpack erzähle, und begeistert ausruft: »Da habe ich genau das Richtige für Sie!«
Sie verschwindet kurz im Lager und kommt dann mit einem riesigen Polster in Form eines abgeflachten Donuts zurück.

»Das legen Sie sich um und verschließen es mit den Klettbändern!« Sie macht es an sich selbst vor, weil es um meinen Bauch nicht mehr passen würde. Es sieht absurd aus. Wie ein riesiger medizinischer Schwimmring.
»Äh ja, und wozu? Warum kann ich nicht einfach ein normales Stillkissen nehmen?«
»Weil Sie so beide auf einmal stillen können!« Sie greift nach zwei Babypuppen und legt sie rechts und links von sich auf den Ring. Die Köpfe liegen vor ihrem Bauch. »Wenn Sie sich damit hinsetzen, haben Sie beide Babys auf perfekter Höhe!«
»Aber das geht ja komplett rundum, damit kann man sich gar nicht anlehnen!«
»Du kriegst Zwillinge, du wirst dich eh nie anlehnen können«, sagt Sophie.
»Das ist wichtig für die Stabilität«, erklärt die Verkäuferin und dreht sich mit dem Riesending hin und her.
»Aha. Hm. Das ist interessant, ich muss mir das überlegen. Ich weiß noch nicht, ob ich beide gleichzeitig stillen will, und ein einfaches Stillkissen habe ich schon zu Hause zum Schlafen.«
»Ja, überlegen Sie!« Schwungvoll reißt sie die Klettverschlüsse auf. »Ich bin bis Ladenschluss hier!«
Wir ziehen uns langsam zurück.
»Ich packe das nicht«, sage ich zu Sophie. »Selbst wenn ich diesen Ring irgendwie erträglich fände, wie soll das denn gehen? Soll ich ihn mir umschnallen und dann versuchen, beide Babys nacheinander aus ihren Bettchen zu heben? Das ist ne Zirkusnummer. Kein Mensch kriegt das hin, ohne dass jemand die Babys anreicht, während man sitzt.«
»Nee. Für dich hab ich eine viel bessere Idee. Das hab ich im Internet gefunden, als ich im Bett lag.«
Sie zieht mich in die Technik-Abteilung und deutet auf

ein Gerät, das aussieht wie eine Mischung aus Wassersprudler und Espressomaschine.

»Was kann das denn?«

»Es macht auf Knopfdruck perfekt temperierte Fläschchen.«

»Nicht dein Ernst!«

»Doch. Das hier muss der Wassertank sein. Du stellst das Fläschchen mit Pulver drin drunter, wählst die Menge aus, und dann dauert es knapp zwei Minuten, bis es fertig ist.«

»So was gibt es? Das ist fantastisch, ich kaufe zwanzig davon!«

»Eins wird wohl reichen.« Sophie lacht und umarmt mich. »Ich würde dir so gern mehr helfen mit den Babys, aber ich muss mich ja um unsere eigenen Kinder kümmern. Dieses Ding hier wird mich vertreten.«

»Ich nenne es Sophie. Dann ist es, als wärst du da und würdest im Akkord Fläschchen zubereiten.«

»Sehr gut. Hast du eigentlich eine Hebamme gefunden? Ist sie halbwegs vernünftig?«

»Sie hat mir ausführlich erklärt, warum Muttermilch das Beste für Babys ist, und ist dann innerlich zerbrochen, als ich ihr erklärt habe, dass ich es mir nicht zutraue, zwei Babys voll zu stillen. Schon zeitlich nicht. Und nervlich auch nicht, schon gar nicht ohne Hilfe. Seitdem haben wir Waffenstillstand.«

»Klingt gut. Wir nehmen das Ding hier«, sagt Sophie zu einer Verkäuferin. »Liefern Sie das auch nach Hause?«

»Natürlich. Kann ich Ihnen noch etwas anderes zeigen?«

»Danke, das war's von hier«, sage ich. »Ich will jetzt endlich winzige Strampelanzüge angucken.«

Wir gehen weiter zur Babykleidung. Ich kaufe alles im Zweierpack: Strampler mit Faultieren drauf, bunte Ringelsöckchen, kleine Pullover zum Zuknöpfen. Die Jungs kommen im Frühling auf die Welt, deshalb sind die winzigen Schneeanzüge leider noch nichts für uns. Die kaufe ich dann nächstes Jahr.

»Kauf bloß nicht zu viel, du wirst dich vor Babyklamotten kaum retten können nach der Geburt. Alle schenken einem Strampler und Söckchen. Deine Mutter hat wahrscheinlich schon eine ganze Batterie daheim aufgereiht und präsentiert sie dir an Weihnachten.«

»Hmm, vielleicht eher nicht. Meine Mutter ist immer noch sauer, weil sie nicht bei mir einziehen darf.«

»Immer noch? Das geht nicht, du musst mit ihr reden. Hast du das schon versucht?«

»Wir reden ja, aber immer nur um den heißen Brei, wie es mit der Schwangerschaft ist und so.«

»Sonst bist du doch die Erste, die den Elefanten im Raum anspricht!«

»Ja. Aber jetzt bin ich selbst der Elefant!«

Sophie lacht und zieht mich zur Kasse.

»Na komm, du Elefantenkuh. Wir sind in zwanzig Minuten mit Oscar verabredet.«

Sophie und Oscar trinken Prosecco, während ich an einer Apfelschorle nuckele. Dieses Schwangersein hat echt seine Nachteile. Außerdem guckt Oscar mich die ganze Zeit ein bisschen komisch an.

»Wie geht's dir denn inzwischen so mit Philipp?«, fragt er.

»Ich … ich versuche, mich aufs Wesentliche zu konzentrieren. Das klappt immer besser. Es tut noch weh, aber es sollte offenbar nicht sein.«

»Das ist gut. Ich muss dir nämlich was sagen.«

»Oje, was?«

Ich schaue Hilfe suchend zu Sophie, aber die sieht genauso überrascht aus wie ich.

»Also, pass auf. Der Kollege, der Philipp deine Annonce gezeigt hat, ist jetzt mit meinem Freund Kai zusammen.«

»Ich dachte immer, es wäre ein Vorurteil, dass alle Schwulen sich untereinander kennen.«

»Oh, wir kennen uns alle, wir erinnern uns nur nicht immer aneinander.« Er fuchtelt gewollt affektiert mit der Hand. »Jedenfalls hat er Kai erzählt, dass Philipp in letzter Zeit öfter mit seiner Ex-Freundin essen gegangen ist.«

»Was?« Mir wird eiskalt. »Mit der Ex, die keine Familie wollte? Das scheint ja jetzt prächtig zu passen, wo es ihm offenbar genauso geht.«

»Ja, mit genau der Ex. Tut mir leid, Laura. Ich fand, du solltest das wissen.«

»Finde ich auch. Danke.«

Sophie nimmt meine Hand und hält sie fest.

»Das muss natürlich überhaupt nichts heißen«, sagt sie.

»Klar.« Ich starre auf den Tisch. »Können wir bitte über was anderes reden?«

Im Bistro halte ich mich noch ganz gut, aber zu Hause erfüllt mich plötzlich gleißende Wut. Was denkt Philipp sich dabei? Wie will er sich denn zur Hälfte um unsere Jungs kümmern, wenn er mit einer Frau zusammen ist, die keine Kinder will? Dürfen sie dann nicht bei ihm übernachten? Und was ist mit Urlaub, fährt er dann mit ihr nach Borneo statt mit den Jungs an die Nordsee? Ausgerechnet die Frau, von der er mir so ausgiebig versichert hat, dass er sie nicht zurückhaben will. Da hat er seine Meinung ja schnell geändert.

Um mich abzulenken, suche ich online nach Wohnungsanzeigen. Ein paar Besichtigungstermine habe ich noch vor Weihnachten, morgen ist der erste. Eigentlich muss die Wohnung gar nicht so viel größer sein als meine jetzige, nur anders geschnitten. Mein Wohnzimmer ist zu groß, die anderen Zimmer sind zu klein. Es wird sich schon etwas finden. Und dann muss ich es irgendwie hinkriegen, mit dickem Bauch umzuziehen.

Das Telefon klingelt. Meine Mutter.

»Ich wollte dich daran erinnern, die Wolle für die Babydecken auszusuchen!«

»Ach ja. Entschuldige, das hab ich noch nicht geschafft.«

Wir schweigen beide kurz, dann gebe ich mir einen Ruck.

»Mama, ist alles okay zwischen uns? Es fühlt sich komisch an, seit wir uns gestritten haben.«

»Es ist einfach hart, von seiner eigenen Tochter abgewiesen zu werden, Laura.«

»Ich fühle mich schrecklich, wenn du das sagst.«

»Du kannst mir kaum übel nehmen, dass ich mich um dich sorge und dir beistehen will.«

»Das tu ich doch nicht! Ich bin einfach nur erwachsen und finde, ich muss ohne meine Mama klarkommen. Es würde sich anfühlen, als wäre ich im Studium ungeplant schwanger geworden und wieder zu Hause eingezogen, weil ich es alleine nicht packe.«

»Packst du es denn alleine?«

»Ich weiß es nicht, Mama. Aber ich will es versuchen.«

Meine Mutter seufzt.

»Und wenn ich es nicht schaffe, rufe ich dich an, und dann darfst du sagen, dass du es gleich gewusst und jetzt aber keine Zeit hast, weil du mit deinen Freundinnen zum Champagnerfrühstück verabredet bist!«

»Ach, schön wär's.«

»Wieso nicht? Du bist dann in Rente, du kannst es dir gut gehen lassen.«

»Ja. Das sagt sich so leicht. Aber als du gesagt hast, du willst meine Hilfe nicht, ist mir aufgefallen, dass ich keine Ahnung habe, was ich sonst den ganzen Tag tun soll.«

»Oh.«

»Ich hatte nie viel Zeit für Hobbys, meine Freunde sind

alle sehr beschäftigt, und ich kann doch nicht jeden Tag zu Hause sitzen!«

»Ich dachte, du suchst dir dann Hobbys!« Ich versuche mich an einem aufmunternden Ton. »Wie wäre es mit Radtouren? Oder Wandern?«

»Ganz allein?«

»Das wäre sicher auch schön, aber es gibt bestimmt Wandergruppen. Tritt doch in einen Sportverein ein! Oder vielleicht ein Lesekreis? Oder ein Chor?«

»Der Kirchenchor hier ist so gut, die nehmen mich nie!« Meine Mutter lacht.

»Ein Sprachkurs, um Leute kennenzulernen?«

»Ich wollte immer mein Französisch verbessern.«

»Siehst du. Wenn du nur mit der Hälfte meiner Vorschläge was anfangen kannst, bekomm ich dich kaum noch zu Gesicht!«

»Das würde dir so passen.«

»Nein, das würde mir gar nicht passen. Ich zähle doch auf dich. Ich bin so froh, dass du dich auf die Jungs freust und mir hilfst. Ich brauche dich.«

»Das ist aber schön, dass du das sagst.« Sie schnieft ein bisschen. »Weißt du, ich habe mir das einfach anders vorgestellt mit dem Alter. Früher dachte ich, dass ich meine Rente mit Joachim verbringe, und als er weg war, war ich so beschäftigt, dass ich keine neuen Pläne gemacht habe.«

»Ach, Mama, das tut mir so leid.« Mein Vater hat seit der Trennung wieder geheiratet, sich scheiden lassen und wieder neu geheiratet, und meine Mutter kommt immer noch nicht ganz damit klar, und das nach fast zwanzig Jahren. Es ist furchtbar ungerecht.

»Danke, Liebes. Ich wollte dir noch was erzählen, was ich neulich gelesen habe: Es gibt eine Familie, die innerhalb eines Jahres zwei Mal Zwillinge gekriegt hat. Erst Jungs, dann Mädchen.«

»Was? Wie schaffen die das?«
»Das weiß ich nicht, aber sie haben ein Buch darüber geschrieben, das hab ich dir jetzt bestellt.«
»Sie hatten auch noch Zeit, ein Buch zu schreiben? Haben sie Superkräfte?«
»Wahrscheinlich schon. Ich dachte, wenn du liest, wie es mit vier Kindern ist, kommt es dir mit zwei Kindern leichter vor.«
»Als würde ich auf einen Ironman trainieren, um dann entspannt einen Triathlon zu laufen.«
Wir besprechen noch das Menü für Heiligabend und dass ich – doch, wirklich! – danach nach Hause fahre, um in meinem eigenen Bett zu schlafen. Als ich schlafen gehe, bin ich relativ ruhig. Morgen schaue ich eine Wohnung an. Ohne Philipp, aber mit meinen zwei Jungs im Bauch.

KAPITEL 27

Die Wohnung ist toll, aber ich bekomme sie nicht. Auch nicht die zweite, auch nicht die dritte. Die Makler schauen mich seltsam an, wenn ich nur meinen eigenen Namen auf das Formular schreibe, und wirken nicht begeistert bei dem Gedanken, dass hier bald zwei kleine Jungs das Parkett verkratzen könnten.

Heiligabend verbringe ich mit meiner Mutter, die mir aufgeregt erzählt, dass sie für den Kirchenchor vorsingen wird und sich für einen Sprachkurs angemeldet hat. Am ersten Weihnachtsfeiertag fahre ich zu meinem Vater, der Hilde und mich vernichtend im Rommé schlägt. Am zweiten Weihnachtsfeiertag rolle ich mich auf dem Sofa zusammen, schiebe ächzend das Stillkissen unter meinen Bauch und schaue Edgar-Wallace-Filme. Ich hatte schon schlechtere Feiertage.

Vor Silvester erwacht in mir plötzlich ein heftiger Drang, meinen Kleiderschrank auszumisten. Und meine Küchenschränke. Und meine Bücher. Brauche ich diese kurze Hose wirklich noch, die ich nie richtig mochte? Warum hat mir meine Mutter vor Jahren braune Dessertteller geschenkt, welches Dessert soll darauf denn appetitlich aussehen? Ist es sinnvoll, meine Ausgabe von *Nathan der Weise* mein ganzes Leben lang mit mir rumzuschleppen? Ich fürchte den Umzug eh schon genug ohne diesen ganzen überflüssigen Ballast. Zwei blaue Säcke und drei Kartons holt Dominik schließlich bei mir ab, um sie zum Sozialkaufhaus und zum Wertstoffhof zu fahren.

»Du musst keine Angst haben vorm Umzug, wir helfen dir doch!«, sagt er.

»Das ist wirklich lieb von euch. Erst mal muss ich überhaupt eine Wohnung finden, das wird ja auch nicht leichter, je dicker ich werde.«
»Stimmt, du passt bald nicht mehr durch jede Tür.«
»Du bist ein Monster. Hat Miriam dir nicht beigebracht, schwangere Frauen nicht zu verärgern?«
»Sie hat mir eigentlich nur beigebracht, *sie* nicht zu verärgern, schwanger oder nicht.«
»Deine Frau macht einfach alles richtig.«

An Neujahr ruft Philipp an. Ich habe mich gerade aus dem Bett gekämpft und mir einen Tee gemacht, als ich seine Nummer auf meinem Display sehe. Seufzend gehe ich ran.
»Hallo, Philipp.«
»Frohes neues Jahr, Laura!«
»Danke, dir auch. Wieso bist du schon wach?«
»Es ist zehn Uhr, wieso sollte ich schlafen?«
»Weil man an Silvester nicht um Mitternacht nüchtern im Bett liegt? Außer man ist schwanger, natürlich.«
»Ich war nicht um Mitternacht im Bett, aber ich trinke doch keinen Alkohol bis zur Geburt, genau wie du.«
»Ehrlich, immer noch nicht? Obwohl wir nicht mehr …«
»Erstens will ich solidarisch sein, und zweitens will ich immer Auto fahren können, falls du anrufst und mich brauchst.«
»Hm.« Ich weiß nicht, was ich sagen soll. »Dann plane ich dich und dein Auto auch schon mal für den Umzug ein, wenn ich jemals eine Wohnung finde.«
»Ist es schwierig? Gibt es keine Wohnungen mit Aufzug?«
»Das ist nicht das Problem, ich hab schon ein paar angeschaut, die mir gefallen würden. Aber niemand will einer Single-Mutter mit Zwillingen eine Wohnung vermieten.«
»O Mann. Das tut mir leid. Soll ich vielleicht mal mit-

kommen? Damit sie sehen, dass du nicht allein bist mit den Zwillingen?«

Bin ich doch, will ich schon sagen und beiße mir dann auf die Zunge. Bin ich ja nicht, nicht ganz.

»Willst du das wirklich?«, frage ich.

»Wir haben versprochen, einander zu unterstützen. Ich finde, das ist so ein Fall.«

Eigentlich will ich Philipps Hilfe nicht. Aber die Wohnung, die ich mir als Nächstes anschauen will, sieht auf den Fotos wirklich super aus, und bezahlbar ist sie auch noch …

»Okay. Dann am Samstag um dreizehn Uhr bei mir.«

Wir verabschieden uns schnell voneinander und legen auf.

Am Samstag stehe ich sehr lange vor meinem ausgedünnten Kleiderschrank. Ich fühle mich wie ein Fass. Alles, was mir passt, lässt mich kugelförmig aussehen. Andere Schwangere haben dann wenigstens hübsche schlanke Beine darunter. Ich hatte erstens noch nie sonderlich schlanke Beine, und zweitens sind Wassereinlagerungen wirklich kein Spaß.

Ein schlichtes schwarzes Kleid ist das Einzige, in dem ich mich heute wohlfühle. Dazu trage ich Perlenohrringe und meine edelste Handtasche, damit die Vermieter mich für eine wohlsituierte Spießerin halten. Die Mappe mit meinen Unterlagen stecke ich ein. Dann übe ich vorm Spiegel lächeln. Da bin ich wohl etwas aus der Übung.

Mittendrin klingelt Philipp an der Tür. Viel zu früh, das Lächeln sitzt noch nicht. Es ist seltsam, ihn jetzt nach all den Wochen wiederzusehen. Als sein blonder Haarschopf im Hausflur auftaucht, ziehe ich scharf die Luft ein. Dann steht er auch schon vor mir.

»Wow«, sagt er. »Laura, du … du leuchtest ja. Du siehst toll aus.«

»Ich seh aus wie ein Flugzeugträger, aber danke«, sage ich, um einen lockeren Ton bemüht.

»Nein«, sagt er. »Wunderschön. Darf ich noch kurz reinkommen?«

Etwas unbehaglich trete ich beiseite und lasse ihn eintreten. Er bewegt sich anders durch meine Wohnung als früher. Ich schenke ihm einen Becher Tee ein und zeige ihm die Ausrüstung für die Jungs, die ich mit Sophie ausgesucht habe. Den Fläschchenzubereiter guckt er derart begeistert an, als handele es sich um einen seltenen Sportwagen. Ich lasse die Spieluhr für ihn dudeln. Dann streichelt er sanft über die Strampelanzüge, die ich schon gewaschen und in einer Schublade gestapelt habe.

»Den Doppelkinderwagen, den du ausgesucht hast, haben meine Eltern jetzt übrigens bestellt«, sagt er. »Hoffentlich kommt er nicht vorm Umzug.«

»Wieso, das wäre doch praktisch. Da drin können wir meinen halben Hausrat transportieren!«

Er lächelt. »Du machst das übrigens alles ganz toll. Sobald ich was tun kann, bin ich da und helfe.«

»Machst du ja heute schon«, sage ich.

»Ja. Komm, lass uns einen Immobilienmakler bezirzen.«

Die Wohnung liegt im gleichen Viertel wie die von Philipp, das ist ein klarer Pluspunkt. Zur Straße hinaus gehen eine gemütliche Küche und ein Wohnzimmer, nach hinten raus ein mittelgroßes Zimmer, das die Jungs sich teilen könnten, und ein kleines, in das mein Bett und mein Kleiderschrank komfortabel passen. Es ist alles nicht riesig, aber für uns drei wird es reichen.

Philipp erzählt dem Makler unterdessen eine längere Story darüber, dass er »aufgrund beruflicher Verpflichtungen« nicht so viel zu Hause bei seiner Verlobten und Kindern sein wird, wie er das gerne hätte, dass er aber kleinere Reparaturen im Haus gern selbst macht. Keine Ahnung, was er damit meint. Aber mit der Verlobten meint er mich, und auch wenn das gelogen ist, muss ich leise Quietschgeräusche unterdrücken.

»Reicht Ihnen denn der Platz hier, so zu viert?«, fragt der Makler.

»Ach, sicher. Wir leben eher minimalistisch«, sagt Philipp.

Ich muss an seine umfangreiche Steinsammlung denken und tarne mein Kichern mit einem Hustenanfall. Der Makler bietet mir einen Hocker an, der als einziges Möbelstück verloren in der Küche herumsteht, und nimmt meine Mappe entgegen. Ich bin ganz positiv gestimmt. Bis ich den Stapel an Mappen auf dem Fensterbrett sehe, auf den er meine auch legt.

»Das war doch ganz gut!«, sagt Philipp unten auf der Straße.

»Schon. Aber wundert der sich nicht, wenn es in der Mappe nur um mich geht?«

»Nee, ich hab ihm erzählt, ich müsse für die Arbeit einen zweiten Wohnsitz in Stuttgart unterhalten und die Wohnung laufe deshalb nur auf dich.«

»Ich bin ein bisschen schockiert, wie routiniert du lügst.«

Philipp schaut mich ernst an. »Das mache ich für dich. Für dich und für die Jungs. Damit es euch gut geht. Der Vermieter bekommt ja sein Geld, ob von dir allein oder von uns zusammen. Außerdem lügen die auch: Die Küche hat nie und nimmer fünfzehn Quadratmeter.«

»Das stimmt. Wenn es funktioniert, soll es mir recht sein. Ich kann mir momentan keine moralische Überlegenheit leisten.«

»Was hast du jetzt noch vor?«

»Ich habe meiner Mutter versprochen, Wolle für die Babydecken auszusuchen. Hier ist ein Laden ganz in der Nähe.«

»Oh, schön!«
»Willst du vielleicht mitkommen?«
»Klar!«
Philipp strahlt, als hätte ich ihn auf die Malediven eingeladen. Dabei geht es nur in »Gabi's Wollparadies«.
Eine ältere Dame (womöglich die echte Gabi?) berät uns freundlich und ausdauernd zur Waschbarkeit unterschiedlicher Qualitätstypen, hält einen kleinen Vortrag über Allergien im Kindesalter und lässt uns die Flauschigkeit der verschiedenen Knäuel durch Streicheln testen. Aber bei den Farben kann sie uns nicht helfen. Dass ich zwei unterschiedliche Farben will, habe ich schon entschieden. Aber welche, das will ich mit Philipp zusammen entscheiden.
»Einfach zwei Blautöne?«, schlage ich vor.
»Oder Blau und Grün?«
»Oder Orange und Rot? Die Farben sind alle schön.«
»Orange wäre total praktisch, da sieht man Karottenbrei nicht drauf«, sagt Philipp.
»Das spricht sehr gegen dieses elegante Beige.«
»Auf keinen Fall Beige. Das können sie noch tragen, wenn sie als Rentner auf Safari gehen.«
»Haha, als gäb's dann noch Tiere.«
Philipp schüttelt den Kopf. »Mehr positive Gedanken, die Babys spüren das!«
»Es war nur ein Scherz. Ich finde Blau und Grün gut. Wenn vielleicht die grüne Decke einen blauen Streifen bekommt und umgekehrt?«
»Sehr gut.«
Es dämmert, als wir auf die Straße treten.
»Hier ums Eck ist ein Spanier, hast du vielleicht Hunger? Darf ich dich zum Essen einladen?«
Ich überlege kurz. Einerseits wäre es wahrscheinlich gut, Distanz zu wahren. Andererseits habe ich wirklich dauernd Hunger, seit die Übelkeit vergangen ist. Als ich Ja sage, spü-

re ich das Flattern im Bauch, das mir die Frauenärztin als Vorstufe für die kräftigen Tritte angekündigt hat. Okay, die Jungs freuen sich also auch schon aufs Essen. Sind eben eindeutig meine Kinder.

Und eindeutig Philipps Kinder. Der bestellt nämlich erst mal zwölf verschiedene Tapas für uns.

»Bist du sicher mit der Menge?«, frage ich.

»Wir können ja nachbestellen.«

»Das meinte ich nicht ... Aber wir schaffen das schon.«

»Das Essen?«

»Das auch, ja.«

Die Kellnerin bringt bunte Schälchen und Teller voller Essen und muss die Kerze vom Tisch räumen, weil für die wirklich kein Platz mehr ist. Wir stürzen uns auf das Essen.

»Ich vermisse dich«, sagt Philipp zwischen zwei Bissen ganz nebenbei.

»Aha. Lass das nicht deine Freundin hören«, antworte ich ebenso leichthin.

»Meine Freundin? Ich hab doch keine Freundin!«

»Also, ich habe gehört, du bist wieder mit deiner Ex zusammen. Herzlichen Glückwunsch übrigens.« Das ist jetzt vielleicht ein bisschen hoch gepokert, aber es tut mir irgendwie gut. Ich nehme mir noch eine Speckdattel, auf dass ich selbst eine Speckdattel werden möge. Dabei lächle ich freundlich, aber Philipp schaut mich an wie versteinert.

»Das stimmt nicht. Seit wann denkst du das denn?«

»Seit ein paar Wochen. Ihr wart oft zusammen essen!«

»Laura, falls du dir da Candle-Light-Dinner vorstellst: Wir waren dreimal zum Mittagessen in einem Bistro. Zweimal waren gemeinsame Freunde dabei. Und beim dritten Mal hat sie mich zusammengeschissen, weil ich dich im Stich gelassen habe. Moment mal, woher weißt du das überhaupt?«

»Egal. Sie hat dich zusammengeschissen?«, frage ich interessiert.

»Ja. Und sie hatte recht, und ich wollte dir das sagen, aber ich wollte dir nicht sagen, dass ich meine Ex gebraucht habe, um das zu kapieren.«

»Finde ich auch ganz schön peinlich.«

»Ich weiß. Du kannst ruhig auf mir rumhacken, ich hab's verdient.«

»Ja. Hast du echt.«

»Es tut mir leid, dass ich die Nerven verloren habe. Ich habe die letzten Wochen gebraucht, um wieder runterzukommen.«

»Schon okay. Dass ein Mann von Ende vierzig, der nie verheiratet war, ganz leichte Probleme mit festen Bindungen haben könnte, hätte ich mir denken müssen.«

Philipp stöhnt. »Ich kann das jetzt leider nicht widerlegen. Aber es fühlt sich falsch an!«

»Weißt du, was sich noch falsch anfühlt?«

»Na?«

»Wenn man als erwachsene Frau nur noch Schuhe zum Reinschlüpfen tragen kann, weil es unmöglich ist, sich zu bücken.«

»Oh. Ist der Bauch so im Weg?«

»Das ist das geringere Problem. Ich hab Sorge, nicht mehr hochzukommen.«

»Es tut mir wirklich leid. Ich weiß, dass ich da sein und dir jeden Morgen die Schuhe zubinden sollte.«

»Zu spät, ich hab schon zwei Paar neue Stiefel gekauft.«

»Kommst du denn sonst zurecht? Du erzählst mir ja immer nur die großen Sachen und nie die kleinen.«

»Es geht schon. Die Spülmaschine räume ich jetzt im Sitzen aus, und es dauert doppelt so lange wie früher.«

»Schläfst du gut?«

»Mit Unterbrechungen. Wenn ich mich im Schlaf umdrehen will, hält mich immer der Bauch zurück. Dann wache ich kurz auf und wundere mich, bis mir wieder einfällt, dass ich schwanger bin.«

Wir futtern das ganze Essen auf. Danach habe ich ein leichtes Völlegefühl, aber es ist auch warm und wohlig. Philipp besteht darauf, mir ein Taxi nach Hause zu spendieren, und ich halte ihn nicht davon ab.

Wir umarmen uns kurz, bevor ich einsteige. Nachdenklich lasse ich mich in die Polster sinken und erkläre dem Fahrer den Weg. Ich bin mir nicht ganz sicher, aber wenn ich es richtig gehört habe, hat Philipp uns gerade hinterhergerufen: »Ich ruf dich an!«

KAPITEL 28

Er ruft tatsächlich an. Jeden Tag. Ich weiß manchmal gar nicht, was ich ihm erzählen soll. Heute habe ich vier Stufen ohne Pause geschafft? Mein Bauch hat jetzt so viele rote Dehnungsstreifen, dass er aussieht wie Polizei-Absperrband? Meine Hormone sind so außer Kontrolle, dass ich eine halbe Stunde geweint habe, weil ein verlassener Hundewelpe im Fernsehen zu sehen war?

Wenn mir nichts mehr einfällt, erzählt Philipp. Über Bergkristall und warum ich unbedingt mal mit ihm in die Edelsteinmine in Idar-Oberstein muss. Über Musik, die er gehört hat und die mir gefallen könnte. Über seine Eltern, die gerade ihr Gästezimmer zum Kinderzimmer umrüsten.

»Ich hab sie gefragt, wo ich dann schlafen soll, und sie haben mich ganz erstaunt angeschaut: Im Keller wäre doch auch noch ein ausklappbares Sofa. Ins Erdgeschoss kommen also zwei hübsche Kinderbettchen mit Gartenblick, und ich werde in den Keller verbannt.«

»Wir Frauen wissen ja um das Risiko, irgendwann durch ein oder zwei Jüngere ersetzt zu werden, aber dich als Mann muss das unerwartet treffen.«

»Haha. Sie haben auch schon gefragt, ab wann sie die Kinder denn mal in den Urlaub mitnehmen dürfen. Ich hab ihnen gesagt, dass das sicher früher der Fall sein wird, wenn sie mich auch mitnehmen, aber auf den Gedanken waren sie offenbar noch gar nicht gekommen.«

»Ach komm, willst du echt mit deinen Eltern Urlaub machen?«

»Klingt machbarer als allein mit Zwillingen, oder?«

»Du könntest ja auch mit mir und den Kindern Urlaub machen. Wir buchen zwei Doppelzimmer, und jeder nimmt ein Kind.«
»Du würdest mit mir und den Kindern in Urlaub fahren?«
»Wir haben doch von Anfang an darüber gesprochen, dass das eine Möglichkeit sein könnte.«
»Ja, aber ich dachte, du willst das nicht mehr, nachdem ich …«
»… durchgedreht bin.«
»Ja. Ich kann es total verstehen, wenn du nicht mehr Zeit als unbedingt notwendig mit mir verbringen willst.«
»Gerade telefoniere ich mit dir, obwohl ich das nicht müsste, und es gefällt mir eigentlich ganz gut.«

Der Makler der Wohnung meldet sich leider nicht zurück. Nach einer Woche rufe ich ihn an und erfahre, dass ein anderer die Zusage bekommen hat. Schweren Herzens suche ich weiter. Die Zeit rennt mir davon. Nicht nur bei der Wohnung, sondern auch in der Arbeit: Meine Frauenärztin hat mich beschworen, meinen Jahresurlaub vor den Beginn des Mutterschutzes zu legen und damit anderthalb Monate früher zu Hause zu bleiben. Ich fühle mich zwar gut, aber sie will die Geburt vor dem errechneten Termin einleiten, um Komplikationen zu vermeiden. Nachdem ich ein paar Studien zum Thema gegoogelt habe, stelle ich mich darauf ein, schon einen knappen Monat früher als erwartet Mutter zu werden. Meine Chefs haben das zähneknirschend, aber wohlwollend zur Kenntnis genommen.

»Und jetzt muss ich es irgendwie Philipp beibringen«, erkläre ich Johanna.
»Befürchtest du, er kriegt wieder einen Anfall?«
»Anfall beschreibt die Sache unzureichend, aber ja.«
»Och.« Johanna zuckt mit den Schultern und fängt an,

sich auf ihrem Bürostuhl im Kreis zu drehen. »Was soll er denn groß machen? Ihr seid ja nicht mehr zusammen, also kann er sich kein zweites Mal von dir trennen. Wenn er wieder Panik kriegt, soll er das in seiner Wohnung mit sich selbst ausmachen.«

»Ja, stimmt schon. Wir haben gerade wieder ziemlich viel Kontakt und verstehen uns gut. Ich hoffe einfach, das bleibt so.«

»Das trifft sich ja gut, dann nimmst du also ihn mit zum Geburtsvorbereitungskurs?«

»Was? Du hast mir versprochen, dass du mich begleitest! Und hör auf, dich zu drehen, ich werde schon vom Zugucken seekrank.«

Mit einem schnellen Griff an ihre Schreibtischkante stoppt sie den Schwung abrupt. »Ehrlich, Laura, ich hätte das ja gemacht, damit du nicht alleine hinmusst. Aber es ist doch Quatsch! Philipp muss genau so dringend wie du lernen, wie man Babys trägt und wickelt und füttert und was bei der Geburt alles passieren kann. Wo soll er es denn erfahren, wenn nicht da?«

»Er liest Bücher dazu.«

»Das ist nicht dasselbe.«

»Ich weiß doch!« Genervt lehne ich mich zurück und lasse meinen Kopf in den Nacken sinken. »Du meinst, ich muss ihm das jetzt beides verkaufen, den Geburtstermin und den Kurs?«, frage ich die Decke.

»Ich meine, indem er mit dir diesen Vertrag eingegangen ist, hat er geradezu darum gebettelt, bald Vater zu werden und mit dir solche Kurse zu machen«, sagt Johanna scharf. »Es ist ja nicht so, dass du ihm die Kinder angehängt hättest!«

»Gut.« Ruckartig stehe ich auf und steuere zur Tür. »Dann rufe ich ihn jetzt an.«

Dazu kommt es aber vorerst nicht, denn auf dem Flur

stellt mich der Oberchef mit diesem Lächeln, bei dem ich sofort weiß: Er hat wieder einen seiner Einfälle.

»Meine Enkelinnen hatten eine tolle Idee für unser nächstes Teambuilding!«

»Oh, was denn? Lego bauen? Ponyreiten?«

Beides wäre mir total egal, weil ich vorhabe, beim nächsten Teambuilding mit zwei Babys zu Hause zu sein. Lego bauen und Ponyreiten könnte ich jetzt schon nicht mehr mit dem Medizinball, den ich vor mir hertrage.

»Karaoke!«

»Äh, *wie* alt sind Ihre Enkelinnen noch mal?«

»Wieso?«

»Dass sie schon in Karaokebars gehen?«

»Ach so, haha, die haben das zu Hause auf so einer App am Fernseher!«

Ich nehme an, er meint eine Spielkonsole, und lächle höflich. Die Vorstellung, dass er all die Kollegen zum Karaoke zwingt, die schon keine Lust auf den Escape Room hatten, ist auf jeden Fall interessant. Und was würde er selbst wohl singen? Elvis? Ich muss Johanna bitten, Videos für mich zu machen.

»Gut. Soll ich das schon mal terminieren und buchen, damit Sie das im Sommer mit den Kollegen machen können?«

»Was, wieso im Sommer?«

»Ist Ihnen Herbst lieber?«

»Sind Sie da denn schon zurück?«

»Unwahrscheinlich.«

»Dann machen wir es doch jetzt, bevor Sie gehen! Sie sollten schon dabei sein!«

»Äh, ich weiß nicht, ob das so kurzfristig klappt, aber …«

»Das machen Sie schon möglich!«

»Ich versuche es«, sage ich resigniert. »Stellen Sie sich da was Öffentliches vor oder einen Raum zum Mieten?«

»Man kann Karaoke-Räume mieten?«

»So machen es die Japaner.«

»Hervorragend! Nehmen Sie einen großen Raum, und dann laden Sie entsprechend Leute ein. Die Stellvertreter könnten wir diesmal auch berücksichtigen!«

»Geht klar«, murmele ich und verziehe mich in mein Büro.

Philipp lacht sich kaputt, als ich ihm am Telefon davon erzähle.

»Kannst du überhaupt singen?«

»Geht so, aber nicht mit zwei Kindern im Bauch, ich bin doch total kurzatmig!«

»Das wird sensationell. Davon wird man sich bei euch in der Firma noch lange erzählen. Vorausgesetzt, jemand überlebt den Abend.«

»Ich habe fest vor, ihn zu überleben.«

»Gibt es Studien, ob es Wehen auslösen kann, wenn jemand so richtig falsch singt? Nicht, dass die Jungs zu früh kommen.« Er kichert schon wieder.

»Ah, darüber wollte ich tatsächlich mit dir reden, es ist nämlich so … Die Jungs kommen früher.«

»Wie früher, wann denn?«

»Die Ärztin empfiehlt, in der 37. Woche die Wehen einzuleiten. Das würde bedeuten, du bist im April schon Vater.«

»Das ist ja großartig!«, ruft er so laut, dass ich den Hörer ein bisschen vom Ohr weghalten muss.

»Ach so? Findest du?«

»Ja, natürlich! Endlich geht es auch für mich richtig los! Ich weiß, du bist schon mittendrin, aber bei mir ist das ja ein bisschen anders. Sind die Kinder dann denn schon richtig fertig, oder ist das gefährlich?«

»Fertig genug offenbar. Es muss natürlich trotzdem alles gut gehen, und sie werden eher klein sein.«

»Zwei kleine Jungs.«

»Ganz klein.«

Philipp seufzt zufrieden.

»Es gibt da noch was anderes, worüber ich mit dir reden wollte. Nächstes Wochenende ist so ein spezieller Geburtsvorbereitungskurs für Eltern von Zwillingen, und ich dachte, wir könnten da zusammen …«

»Ja, natürlich! Unbedingt! Ich hab uns da übrigens auch was rausgesucht, Erste Hilfe für Babys und Kleinkinder, der Kurs ist im März. Da lernt man zum Beispiel, was man machen muss, falls sie was in den falschen Hals bekommen.«

Die Vorstellung macht mich sofort unruhig. Aber dass Philipp an so etwas denkt, rührt mich. Ich habe mir den richtigen Vater für meine Kinder ausgesucht.

»Das machen wir auf jeden Fall. Ach, und ich muss dich noch warnen wegen der Geburtsvorbereitung. Das macht die ehemalige Hebamme von Sophie, mit der Sophie seit der Entbindung von Mimi nicht mehr redet, weil …«

»… weil?«

»Weil sie das Baby aus ihr raustrommeln wollte.«

»Sie hat auf ihren Bauch getrommelt?«

»Nein, um Gottes willen, auf ein Tamburin. Dazu hat sie irgendwas auf Sanskrit gesungen.«

»Sophie war bestimmt total begeistert.«

»Sie hat ihr gesagt, sie soll rausgehen und erst wiederkommen, wenn sie ihr Tamburin verbrannt hat. Die Hebamme war ansonsten ganz nett, aber danach wollten beide die Zusammenarbeit beenden.«

»Müssen wir eigene Tamburine mitbringen, oder werden die von der Kursleitung gestellt?«, fragt Philipp todernst.

»Ich kann ja noch mal fragen.«

Direkt nachdem ich aufgelegt habe, steht der Oberchef in meinem Büro.

»Haben Sie schon einen Raum gebucht?«

»Noch nicht, ich …«
»Wir machen es so: Sie suchen dreißig Lieder raus, die jeder kennt, und schreiben Lose. Dann muss jeder aus einem Hut sein Lied und aus einem zweiten Hut seinen Duettpartner ziehen.«
»Oh. Haben Sie sich das gut überlegt, ich meine …«
»… so machen wir das! Und bald!« Er nickt mir zu und marschiert beschwingt aus meinem Büro.

KAPITEL 29

Zum Geburtsvorbereitungskurs gehe ich in Jogginghosen. Man hat mir angekündigt, wir müssten uns »schon ein bisschen bewegen«. Philipp trägt Jeans und einen grünen Pullover, ich bin also schon mal nicht dramatisch underdressed. Wir umarmen uns an meiner Wohnungstür.

Ich bin unendlich froh, dass ich mit ihm zu diesem Kurs gehen kann. Endlich machen wir mal etwas so wie alle anderen werdenden Eltern. Von außen könnte man meinen, wir seien ein Paar. Es fühlt sich alles sehr normal an.

In der halb leeren S-Bahn diskutieren wir über Lieder fürs Karaoke, die jeder kennt. Ich hatte als Erstes *I Will Survive* und *Hotel California* auf die Liste geschrieben, was Philipp zur Frage veranlasst, ob wir auch Mitarbeiter unter vierzig hätten.

»*Ich* bin unter vierzig, du Arsch.«

»Noch ein Jahr, einen Monat und drei Tage.«

»Wow. Du weißt, wann ich Geburtstag habe.«

»Du weißt doch auch, wann ich Geburtstag habe.«

»Am fünften Juni. Das ist leicht zu merken, da haben wir unseren Vertrag geschlossen.«

»Genau. Die Jungs sind quasi meine Geburtstagsgeschenke. Mit ein bisschen Verspätung ausgeliefert.«

»Und dann musst du sie auch noch selbst von der Packstation abholen.«

»Das macht nichts. Ich seh die Packstation immer gern.«

Philipp lächelt mich an. In diesem Moment tritt einer der Jungs so heftig in meinem Bauch, dass ich das Gefühl habe, sein Fuß müsste herausragen.

»Hast du das gesehen?«
»Gesehen? Was denn?«
»Die Jungs treten!«
»Wie soll ich das denn sehen, du hast 'ne Daunenjacke an!«
»Dann komm mal her!«
Philipp setzt sich neben mich. Ich lege seine Hand auf meinen Bauch und lasse meine darauf liegen. Den nächsten Tritt spürt man deutlich durch die Jacke hindurch.
»Nicht die Mama treten«, sagt Philipp besänftigend.
»Und nicht den Bruder!«
»Die machen das schon unter sich aus. Zwillinge erziehen sich gegenseitig, oder wie war das?«
»Ich glaube, sie bringen sich nur die schlimmsten Dinge bei.«
»Das wäre auch okay. Dann müssen wir das schon mal nicht mehr machen.«
»Was haben dir deine Geschwister beigebracht?«
»Mein Bruder: Wie man beim Monopoly unsere Schwester übers Ohr haut. Und meine Schwester hat mir Zöpfeflechten beigebracht.«
»Es hätte mir sehr gefallen, wenn du Matilda Zöpfe geflochten hättest.«
»Vielleicht will einer der Jungs ja lange Haare. Ich könnte deine Haare flechten!«
»O ja, ich kaufe doch so einen Still-Donut und stille beide gleichzeitig, während du meine Haare frisierst. Das wäre supereffizient!«
»Wir kriegen das schon irgendwie hin«, sagt er. »Vielleicht nicht immer supereffizient, aber mit zwei Babys im Haus muss man ja nicht noch Perfektion üben.«
»Ich weiß, auch wenn es mir schwerfällt. Um zu beweisen, wie lässig und entspannt ich bin, trage ich heute ja zum Beispiel Jogginghosen!«

»Hm, hm. Moment mal, sind die etwa gebügelt?«
»Die sind, na ja. Es sieht eben schöner aus, wenn sie gebügelt sind.«
»Einfach toll, wie lässig du bist.«
Philipp grinst und legt den Arm um mich.

Der Kursraum riecht nach Füßen und Kürbis. Der Kürbis kommt von diversen Duftkerzen, aber wo kommt bloß der Fußgeruch her? Wer kriegt denn mitten im Winter Käsefüße, wenn es draußen eiskalt ist? Unwillkürlich greife ich nach Philipps Hand, nachdem wir weisungsgemäß unsere Schuhe ausgezogen haben. Seine Füße riechen nicht. Außerdem hat er sehr schöne dunkelgrüne Socken an.

Die Kursleiterin Nele bittet alle Paare, einen Kreis zu bilden. Endlich sehe ich mal andere Zwillingsbäuche. Andere Schwangere fragen mich immer, ob ich nicht schon eine Woche überfällig sei. Hier ist es normal, dass der Bauch riesig und trotzdem noch kein Ende in Sicht ist.

Nele begrüßt uns freundlich und lässt uns reihum unsere Namen und Schwangerschaftswochen aufsagen. Zwei Paare haben noch vier ganze Monate vor sich, während ein anderes ziemlich kurz vor der Geburt steht. Die Frau wirkt, als würde sie nicht mehr so gern lange stehen. Aber damit ist es jetzt sowieso vorbei: Jeder bekommt eine Matte, dann dürfen wir uns erst mal hinlegen. Links von uns liegt ein Paar, das komplett in Beige und Marineblau gewandet ist und aussieht wie frisch vom Friseur. Rechts erspähe ich über Philipp hinweg die Hochschwangere mit ihrem Mann, der einen weitgehend unbeteiligten Eindruck macht.

»Schließt die Augen«, sagt Nele. »Atmet durch die Nase ein, so tief es geht, und durch den Mund wieder aus.«

Sie raschelt mit irgendwas, dann höre ich einen dumpfen Schlag.

»Ich trommle jetzt die Herzschläge eurer Bauchwunder«, sagt sie.

Ich ächze leise und höre, wie Philipp neben mir ein Kichern unterdrückt. Seine Finger tasten nach meiner Hand und verschlingen sich mit meinen. Wir halten uns aneinander fest, während Nele auf die Trommel haut wie beim Ruderbootrennen. Wenn sie noch einmal Bauchwunder sagt, muss ich nachher eine Currywurst essen und einen Horrorfilm gucken, um wieder in die Spur zu kommen.

Trotzdem entspannt mich das Trommeln ein bisschen. Ich bin kurz davor einzuschlafen, als Nele das Trommeln mit einem kleinen Wirbel beendet.

»Das war die Geburt«, sagt sie.

Ich schaue mich um, ob gerade Kursteilnehmerinnen spontan geboren haben, aber es war wohl eher metaphorisch gemeint.

»Jetzt setzen sich die Papis auf die Matte und die Mamis davor, damit sie sich schön an die Brust anlehnen können, und dann reden wir über eure Hoffnungen und Ängste für die Geburt.«

Philipp setzt sich hin und lässt zwischen seinen Beinen Platz für mich. Ich weiß nicht so recht. Die anderen Paare nehmen sofort die gleiche Position ein, aber als ich mich zuletzt zwischen Philipps Beinen aufgehalten habe, waren wir irgendwie noch vertrauter.

Nele schaut mich aufmunternd an. Langsam schiebe ich mich vor Philipp. Aber anlehnen werde ich mich nicht, das wär ja noch schöner. Beige und Blau neben uns zischen sich irgendwas Ungehaltenes zu. Offenbar hat Beige sich mit zu viel Gewicht auf Blaus Oberschenkel gestützt.

»Du darfst dich schon anlehnen«, brummt Philipp in mein Ohr. Ich rühre mich nicht.

»Wer will seine Gedanken mit uns teilen?«, fragt Nele. Eine Frau meldet sich.

»Ich mach mal den Anfang«, sagt sie. »Meine Schwägerin hat ihr Kind bei der Geburt selbst aufgefangen, und da wollte ich fragen, ob das wohl auch bei Zwillingen geht?«

Ich drehe langsam den Kopf zu Philipp, aber der hat seinen Blick entrückt in die Ferne gerichtet. Wie ehrgeizig kann man sein? Ich bin schon froh, wenn ich die Geburt halbwegs heil überstehe.

Nele hingegen nimmt die Frage lächelnd entgegen und schlägt eine Wassergeburt vor, bei der dann das Wasser die Babys gefühlt auffange. Das würde sie bei Zwillingen eher empfehlen.

Die nächste Frau hat die gleiche Frage, die ich auch gestellt hätte: »Welche Positionen sind denn gut bei der Geburt? Auf dem Rücken zu liegen wie in den Filmen kommt mir seltsam vor ...«

»Ganz genau!«, sagt Nele und holt tief Luft, um uns über Dopsbälle und von der Decke hängende Seile zu informieren. Den Vierfüßlerstand macht sie engagiert vor. »Letztlich ist alles richtig, was sich richtig anfühlt«, sagt sie.

Interessanter Hinweis. Denn hier ohne Rückenlehne auf der Matte zu sitzen fühlt sich für mich immer weniger richtig an. Mein unterer Rücken zieht unangenehm. Ich lasse mich wenige Zentimeter nach hinten sinken, um herauszufinden, wie nah Philipp ist, aber da ist immer noch nur Luft. Mit meinen wenigen verbliebenen Bauchmuskeln kämpfe ich mich wieder nach vorne und denke an mein Mantra: Ich bin eine starke Frau. Ich schaffe das ohne Philipp.

Schließlich meldet sich ein Vater und sagt: »Ich habe gehört, dass Geburten sehr lange dauern können, manchmal den ganzen Tag. Jetzt mache ich mir Sorgen, dass es bei der Geburt nur um meine Frau geht und ich zu kurz komme.«

Jeder Muskel meines Körpers erschlafft in Sekundenbruchteilen. Ich sinke gegen Philipp wie ein warmes Stück Butter. An meinem Rücken spüre ich sein Zwerchfell zucken.

Die Frau des Mannes verdreht die Augen so heftig, dass alle es sehen können bis auf ihren Mann. Nele lässt sich nichts anmerken.

»Das verstehe ich«, sagt sie. »Du bist hier ganz bestimmt nicht der Einzige, der fürchtet, dass er sich nicht richtig um seine Frau kümmern kann, und dann hilflos danebensteht!«

»Das hat er nicht gesagt«, wendet Blau neben uns ein und bekommt dafür den Ellbogen von Beige in die Rippen.

»Es ist ganz wichtig, dass ihr euch vorbereitet und gut kommuniziert!«, fährt Nele unbeirrt fort. »In eure Geburtskoffer gehören auch für die Väter Proviant und etwas, womit ihr euch beschäftigen könnt. Vielleicht ein Buch oder eine Handarbeit. Kannst du stricken oder häkeln?«

»Äh, nein«, sagt der Vater, als er kapiert, dass die Frage an ihn ging und nicht an seine Frau.

»Das macht nichts, das kannst du ja noch lernen«, sagt Nele sanft. Ich beginne sie zu mögen. »Eure Frauen werden euch sagen, wie ihr ihnen am besten helfen könnt. Oft reicht es schon, dass ihr da seid und ihre Hand haltet.« Sie nickt dem Fragesteller zu, dessen Frau jetzt ziemlich zufrieden wirkt, und widmet sich dem nächsten Kursteilnehmer, der fragt, ob Stoffwindeln wirklich nachhaltiger sind, obwohl die Waschmaschine ja auch Energie verbraucht.

Die Antwort bekomme ich nicht mit, weil Philipp mir ins Ohr flüstert: »Sag mal? Darf ich eigentlich dabei sein bei der Geburt?«

Wir haben darüber nie geredet. Erst fand ich eindeutig, dass das nicht infrage kommt, dann war irgendwie klar, dass er dabei sein würde. Nach der Trennung hätte ich die Kinder lieber alleine auf einem galoppierenden Pferd zur Welt gebracht als in Philipps Anwesenheit. Und jetzt schwanke ich wieder und denke an Neles Satz von vorhin: Letztlich ist alles richtig, was sich richtig anfühlt.

»Ja, darfst du«, wispere ich zurück und spüre an meinem Hinterkopf, wie sein Herzschlag Tempo aufnimmt.

»Ich bring auch meine eigene Playstation mit und beschwer mich nicht, dass ich nicht genug entertaint werde«, antwortet er leise.

»Auf dich kann man sich einfach verlassen.«

»Jetzt ja.«

Nach der Fragerunde lernen wir, wie man sich ein Baby mit einem Tragetuch vor den Bauch oder auf den Rücken bindet. Momentan könnte ein Baby einfach ganz bequem auf meinem Bauch draufliegen, aber ich übe trotzdem brav mit dem rosa Batiktuch, das Nele mir zugeteilt hat.

»Als Nächstes empfinden wir die Geburt nach«, ruft sie froh. »Ihr seht hier in der Ecke ganz viele Decken und Polster, daraus bauen wir jetzt einen Tunnel.«

Ich will mich eigentlich schon wieder an Philipps Hand festhalten und keinen Tunnel bauen. Aber der Gruppendruck geht auch an uns nicht spurlos vorbei: Klaglos zerren wir Decken aus der Ecke und legen sie über die Polster, bis tatsächlich so etwas wie ein Tunnel mit durchscheinender Decke entstanden ist. Zuletzt habe ich das als Kind gemacht, um mich darin zu verstecken, wenn ich in der Küche helfen sollte.

»Jetzt stellt ihr euch alle dahinter auf und krabbelt durch den Tunnel«, jauchzt Nele.

Ich stöhne leise. Wofür soll das gut sein? Außerdem bin ich nicht sicher, ob ich da durchpasse, ohne die ganze Konstruktion zum Einsturz zu bringen. Aber die Ersten lassen sich bereits folgsam auf alle viere nieder und kriechen kichernd in den Tunnel.

Philipp und ich sind die Letzten. Er gewährt mir den Vortritt. Während ich krabble, denke ich daran, dass er die ganze Zeit meinen Hintern im Gesicht hat. Etwas derangiert und übellaunig komme ich auf der anderen Seite heraus. Als Philipp den Tunnel auch bewältigt hat, stehen wir alle rum und schauen ein bisschen ratlos zu Nele.

»Wer von euch hat davor gedacht, dass ihr da niemals durchpasst?«, fragt sie.

Fast alle Frauen und ein paar beleibtere Männer heben die Hand.

»Genauso wird es euch unter der Geburt auch gehen. *Die Babys passen da niemals durch!* Das denken viele werdende Mütter. Jetzt habt ihr gesehen: Man täuscht sich da leicht.«

»Schau, Schatz, wie beim Einparken«, höre ich Blau sagen, woraufhin Beige ihn anfaucht, es gehe jetzt ausnahmsweise mal nicht um Autos. Er murmelt etwas zurück, das nicht sonderlich freundlich klingt. Zum Glück kündigt Nele die Kaffeepause an: Es gibt koffeinfreien Kaffee und Butterkuchen vom Blech, über den ich irrsinnig froh bin. Zwei Frauen packen ihren eigenen Kuchen aus. Die eine will sofort ein verschwörerisches Gespräch über die Freuden der veganen Ernährung beginnen, aber die andere hat nur eine Nussallergie und erklärt, sie sei aus Thüringen und esse wirklich sehr gern Wurst. Die Veganerin wendet sich ab.

»Können wir uns auf dem Heimweg unterhalten? Die Gespräche sind so spannend, ich möchte zuhören«, flüstere ich Philipp ins Ohr.

»Klar. Ich lerne hier auch viel.« Wahrscheinlich meint er die Diskussion am anderen Tischende darüber, wie vielfältig man die Plazenta nach der Geburt weiterverwenden kann. Die Worte *Gesichtscreme* und *aufessen* sind bereits gefallen. Die Frauen führen das Wort, die meisten Männer sitzen stoisch dazwischen und essen ihren Butterkuchen.

Nach dem Essen wickeln wir steife Babypuppen aus Plastik. Philipp stellt sich gut an, mir ist der Bauch im Weg. Neben uns hebt Blau die Puppe am Kopf hoch, um sie sich zurechtzulegen.

»Spinnst du?!«, sagt Beige. »Du kannst doch ein Baby nicht am Kopf hochheben!«

»Das ist ja auch kein Baby, das ist eine Puppe!«, sagt er, nimmt das Ding wieder am Kopf hoch und wedelt damit vor ihrem Gesicht herum.

»Wenn du das jetzt nicht richtig übst, kannst du es mit den echten Babys auch nicht!«

»Meinetwegen!« Grob wickelt er die Windel um die Puppe. »So schwer ist das ja auch wieder nicht, warum üben wir das überhaupt?«

Beige bemerkt, dass Philipp und ich einfach nur vor unserer gewickelten Puppe sitzen und ihnen fasziniert zugucken.

»Das ist ja jetzt auch egal!«, sagt sie und wirft uns einen giftigen Blick zu.

Für den Abend hat Nele sich offenbar ihr Lieblingsthema aufgespart: Stillen. Ich war nach Sophies Erzählungen darauf gefasst, dass Nele ausgiebige Loblieder auf die Muttermilch singen würde – und sie enttäuscht mich nicht. Je länger wir stillten, desto besser, sagt sie immer wieder, mindestens zwei Jahre, besser länger!, und ich sehe meinen Söhnen schon im Schulgebäude vor den Abiturprüfungen die Brust geben. Ich würde gern sagen, dass die Weltgesundheitsorganisation mit diesem *mindestens zwei Jahre stillen* Babys in Entwicklungsländern meint und nicht uns mit unserem pieksauberen Leitungswasser und unseren strengen Lebensmittelkontrollen, aber ich sitze wieder angenehm an Philipp gelehnt und möchte einfach nur so bleiben. Meine einzige Sorge ist gerade, der Vater von vorhin könnte sich melden und sich beklagen, dass er zu wenig von den Brüsten seiner Frau hat, wenn sie Zwillinge stillt.

Nele geht vom Thema Stillen nahtlos zum Familienbett über: Wie toll es für die Bindung sei, wenn das Baby und später das Kind bei den Eltern im Bett schlafe, erfahren wir. Das Kind sage schon irgendwann, wenn es alleine schlafen wolle, bis dahin solle man ihm die Geborgenheit gewähren. Ich höre nur noch mit halbem Ohr zu, weil ich mir meine Meinung dazu bereits gebildet habe: Zwei Kinder im Bett ist genauso gut wie gar kein Schlaf. Bei einem ginge mir das wahrscheinlich auch schon so, aber bei zweien brauche ich nicht mal eine Sekunde darüber nachzudenken. Die Babys bekommen einen Balkon an mein Bett geschraubt und fertig.

Philipp hebt die Hand, als Nele empfiehlt, später aus Paletten ein riesiges Bett zu bauen, damit die Familie mindestens bis ins Grundschulalter gemeinsam schlafen kann.

»Es gibt eine amerikanische Studie, nach der Kinderärzte herausgefunden haben, dass plötzlicher Kindstod im Elternbett häufiger vorkommt«, sagt er. »Kannst du zu den Sicherheitsmaßnahmen dagegen etwas sagen?«

Nele guckt ein bisschen sauer. Das Baby dürfe eben nicht auf einer weichen Matratze auf dem Bauch schlafen, sagt sie, und die Eltern müssten ihre Kissen und Decken von ihm fernhalten, damit es nicht ersticke. Aber das sei ja wohl kein Problem.

»Es sollte auch nicht an die Wand gedrückt werden im Schlaf. Und natürlich nicht aus dem Bett fallen. Also am besten zwischen den Eltern schlafen. Nur eben weit weg von Kissen und Decken«, ergänzt Philipp freundlich.

Ein paar Eltern wechseln beunruhigte Blicke. Wahrscheinlich fällt ihnen gerade auf, dass ihre Betten gar nicht drei Meter breit sind.

Nele wechselt schnell das Thema und erzählt uns alles

über Milchschorf. Ich rutsche herunter, bis mein Hinterkopf auf Philipps Oberschenkel liegt, und schaue ihn ab und zu heimlich von unten an. Manchmal bemerkt er es und schaut zu mir runter. Dann lächeln wir uns an.

Ich fürchte, ich bin sein größter Fan.

KAPITEL 30

Ich weiß auch nicht, warum ich zugestimmt habe, mit Philipp ins Mineralogische Museum zu gehen. Vielleicht weil er so enthusiastisch davon erzählt hat. Vielleicht auch, weil ich gerührt war von dem riesigen Blumenstrauß, den er mir nach dem Geburtsvorbereitungskurs geschickt hat. Jedenfalls lasse ich mich und meinen Leibesumfang von ihm ins Auto packen und nach Marburg fahren, und ich bereue es nicht mal. Als ich in einem dunklen Raum voller fluoreszierender Steine stehe, fange ich an zu begreifen, was ihn daran begeistert. Es ist wirklich ziemlich abgefahren. Philipps Gesicht leuchtet auch im Dunkeln fast vor Freude.

Dass ich mich alle fünf Minuten hinsetzen muss, um mein schmerzendes Kreuz zu entlasten, stört kaum. Philipp hat einen von diesen Klapphockern für ältere Besucher vom Eingang mitgenommen und trägt ihn jetzt für mich umher. Wenn ich mich hinsetze, stellt er sich hinter mich, damit ich mich anlehnen kann. Ich schließe meine Augen im Halbdunkel. Was wird das hier eigentlich? Technisch gesehen, mache ich einen Wochenendausflug mit meinem Ex, der manchmal meine Hand hält. War das jemals eine gute Idee? Andererseits: Könnte es eine schlechte Idee sein, es noch mal zu versuchen mit einem Mann, mit dem ich gerade Kinder kriege – und, viel wichtiger, in dessen Nähe ich mich so wohlfühle wie mit niemand anderem?

Ich greife nach Philipps Hand und drehe mich zu ihm um, damit er mich vom Hocker hochziehen kann. Ich will ihn umarmen, aber das geht nur noch seitlich, weil der Bauch im Weg ist. Philipp legt einen Arm um mich und küsst mich auf die Wange. Dann nimmt er den Hocker wieder.

»Komm, wir müssen das Marsgestein anschauen!«

»Das was? Wie kommt das denn hierher?«

»Es ist ein Meteorit«, erklärt Philipp, während er mich in den nächsten Raum führt. »Ein anderer Meteorit hat beim Einschlag auf dem Mars Gesteinsbrocken gelöst, und einige von denen sind Richtung Erde getrudelt und 2011 in Marokko gelandet. Mehrere Kilo Marsgestein. Das hier ist nur ein Teil davon.«

»Passiert so was öfter?«

»Man weiß von etwa zweihundert Marsmeteoriten auf der Erde. Also nicht sehr oft, nein.«

Wir bleiben vor einem schwarz glänzenden Klumpen stehen.

»Warum sieht der aus wie lackiert?«, frage ich.

»Das passiert beim Eintritt in die Erdatmosphäre.«

»Ah, wegen der Hitze.«

»Genau.«

Ich vergesse meine müden Füße. Dieser Klumpen sieht gleichzeitig total unspektakulär und vollkommen fremdartig aus. Am liebsten würde ich ihn anfassen.

»Warum hast du eigentlich Geologie studiert?«, frage ich beim Weitergehen.

»Das klingt jetzt vielleicht bescheuert, aber ich fand es toll, dass Steine so unvorstellbar alt sind.«

»Dann wirst du mich also auch toll finden, wenn ich irgendwann unvorstellbar alt bin?«

»Dich finde ich jetzt schon toll.«

Auf dem Heimweg mache ich die Augen zu und versuche zu schlafen. Draußen ist es schon dunkel, und Philipp lässt leise das Autoradio dudeln. Aber meine Gedanken lassen mich nicht schlafen. Ich sehe genau, worauf das hier hinausläuft, und ich weiß nicht, ob ich das will. Philipp hat mich

verlassen, als ich ihn gebraucht habe. Daran ist nicht zu rütteln. Er hat unsere Verabredungen eingehalten, das schon, aber von Liebe war plötzlich keine Rede mehr. Ich hatte mich auf ihn verlassen. Jetzt fühlt es sich an, als wäre ich kurz davor, den gleichen Fehler noch mal zu begehen. Ich mache die Augen auf.
»Woher weiß ich, dass du nicht wieder gehst?«, frage ich.
Philipp fährt zusammen und verreißt mit einem winzigen Schlenker das Lenkrad.
»Laura, erschreck mich doch nicht so!«
»Entschuldigung!« Ich lege die Hand auf seinen Oberschenkel und streichle ihn beruhigend. »Alles okay?«
»Puh. Es geht schon. Ich dachte, du schläfst.«
»Nee, ich grüble.«
»Hello darkness, my old friend.«
»O ja, *Sound of Silence!* Muss auf die Liste der Lieder, die jeder kennt.«
»Langweilig wird es mit dir auch nicht. Wie war die Frage eben noch mal?«
»Woher weiß ich, dass du nicht wieder gehst, wenn die Jungs geboren sind und du feststellst, dass es noch stressiger ist, als du dir vorgestellt hast?«
»Ich kann nicht gehen, wir haben einen Vertrag. Und ich will auch gar nicht gehen.«
»In unserem Vertrag steht nichts über gemeinsame Museumsbesuche und Händchenhalten.«
»Das meinst du also.«
»Ja.«
Philipp schweigt.
»Können wir dieses Gespräch irgendwie so führen, dass ich mir dabei nicht total blöd vorkomme?«, frage ich.
»Es wäre ein bisschen leichter, wenn ich dabei nicht Auto fahren müsste. Jetzt fängt es auch noch an zu schneien, schau mal«, sagt Philipp.

Winzige Schneekristalle landen auf der Windschutzscheibe und schmelzen sofort zu kleinen Wasserpünktchen.

»Willst du lieber später reden?«

»Ich brauche nur länger zum Antworten, wenn das okay ist.«

»Ist okay.«

»Gut.«

Immer dickere Schneeflocken landen auf unserer Scheibe. Auf der Fahrbahn bleiben sie zum Glück noch nicht liegen. Philipp setzt den Blinker und fährt auf die rechte Spur.

»Unsere Trennung hatte nichts damit zu tun, was ich für dich empfinde«, sagt er. »Ich war einfach überwältigt und überfordert und konnte nicht so weitermachen.«

»Es ging mir wahnsinnig scheiße«, erwidere ich.

»Das tut mir so leid.«

»Dir wenigstens auch?«

»Ich hab zwei Wochen fast nicht geschlafen. Dann ist mir klar geworden, dass das nicht die Panik ist, sondern die Sehnsucht, aber ich habe mich so geschämt. Sonst hätte ich angerufen und es dir gesagt. Ich dachte, du lachst mich wahrscheinlich aus.«

»Nee«, sage ich. »Ich hätte dich angebrüllt.«

»Hm.«

Mittlerweile schleichen wir mit Tempo achtzig über die dunkle Autobahn.

»Du schämst dich immer noch«, stelle ich fest.

»Ja! Natürlich schäme ich mich noch. Ich hab meine Freundin und meine Kinder allein gelassen.«

Seine Freundin. Damit meint er mich. Na ja, mich vor ein paar Monaten.

»Die Kinder sind ja noch nicht mal geboren«, besänftige ich ihn.

»Trotzdem hätte ich da sein müssen.«

»Ja.« Was soll ich auch sonst sagen? Er hätte da sein müs-

sen. Und ich weiß nicht, ob er das jetzt nachholen kann oder ob ich mich lieber ganz auf den einzigen Menschen verlasse, der mich garantiert nicht verlässt: mich selbst.
Vor uns tauchen die Hochhäuser von Frankfurt auf. Schweigend passieren wir die Stadtgrenze. Philipp setzt mich zu Hause ab und umarmt mich lange.

»Und dann?«, fragt Sophie.
»Bin ich hoch in meine Wohnung, ich musste dringend aufs Klo. Er ist heimgefahren.«
»Ach, Mann, ich hatte gehofft, ihr küsst euch wenigstens!«
»Hey, auf wessen Seite stehst du eigentlich? Solltest du mich nicht warnen, dem Typen nicht zu vertrauen, der mich im Stich gelassen hat?«
»Sorry. Ich mag den Typen, der dich im Stich gelassen hat.«
»Du kennst ihn nicht mal persönlich.«
»Weil meine beste Freundin mich ihm nicht vorgestellt hat. Wahrscheinlich hatte sie Angst, ich würde mit ihm durchbrennen. Das wäre eine interessante Patchworkfamilie geworden.«
»Kannst du vielleicht mal ernst bleiben? Ich weiß nicht, was ich machen soll. Morgen gehen wir zusammen ins Kino.«
»Ein Kinobesuch ist doch kein Heiratsantrag. Was sollst du da schon machen? Setz dich hin und iss Popcorn. War es dein oder sein Vorschlag?«
»So halb und halb.«
»Weißt du noch, letztes Mal, als wir dir gesagt haben, du sollst es langsam angehen lassen?«
»Ja?«
»Vielleicht hältst du dich diesmal dran.«
»Langsam angehen lassen heißt dann wohl …«

»... nicht knutschen.«

»Kann ich vielleicht mit ihm knutschen und ihm trotzdem weiterhin nicht vertrauen?«

»Wenn du nicht in ein paar Wochen seine Kinder kriegen würdest, würde ich sagen: Kannst du ja mal versuchen. Aber so: Bitte keine Experimente. Ihr könnt beide froh sein, dass ihr euch überhaupt wieder so gut versteht.«

Natürlich hat Sophie recht. Das ist mir schon klar. Deshalb sitze ich im Kino wie auf glühenden Kohlen, um nicht meinem Gefühl zu folgen, das mir befiehlt: Jetzt einfach nach rechts fallen lassen und auf Philipps Schulter ausruhen.

Nichts da. Hier lässt sich niemand fallen.

Auch Philipp macht heute überhaupt keine Anstalten, auch nur meine Hand zu nehmen. Wir halten den ganzen Film durch, ohne uns zu berühren. Danach haben wir beide fantastische Laune und gehen noch was trinken – ich werde in nächster Zeit nicht allzu viele Bars von innen sehen, da muss man jede Gelegenheit nutzen. Nach zwei alkoholfreien Cocktails, bei denen Philipp mir verspricht, mich auch zur nächsten Wohnungsbesichtigung zu begleiten, als Freunde natürlich, na klar, gehen wir gemeinsam zur Haltestelle. Meine Straßenbahn kommt zuerst. Ich drehe mich zu Philipp, um ihn zu umarmen.

Zehn Sekunden später sitze ich in der Straßenbahn. Ich frage mich, wo jetzt dieser sonderbar routinierte Kuss auf den Mund herkam.

KAPITEL 31

Das einzig Lustige an der neuesten Schnapsidee meines Oberchefs sind die Antworten auf meine Outlook-Einladungen zum Karaoke-Abend. Zwei halten es für einen Witz, fragen aber sicherheitshalber noch mal nach. Ich teile ihnen mit, dass es dem Oberchef sehr ernst ist damit. Einer schreibt mir, er kenne alle Songs von Elton John auswendig, suche aber noch eine Duettpartnerin für *Don't Go Breaking My Heart,* ob ich da auch firm wäre? Ich will gerade abwehrend antworten, als Johanna in mein Büro stürmt.

»War das deine Idee?«

»Gemeinsames Singen ist gut für den Zusammenhalt in einer Gruppe und auch gesundheitlich …«

»Nicht im Ernst.«

»Nein, es war natürlich seine Idee!« Ich zeige in die ungefähre Richtung seines Büros, Johanna muss doch wissen, wen ich meine.

»Ach so. Hätte ich mir ja denken können«, knurrt sie.

»Heißt das, du freust dich nicht?«, frage ich betont fröhlich. »Guck mal, ich habe hier die Liste für die Liedertombola, du könntest ein Lied hinzufügen, das du magst, vielleicht ziehst du es ja dann!«

»Das ist keine Tombola. Bei einer Tombola gibt es was zu gewinnen, hier verlieren wir alle.«

»Ist alles in Ordnung mit dir?«

»Nein.« Johanna fällt auf meinem Besucherstuhl in sich zusammen.

»Du siehst ganz unglücklich aus. Was ist passiert?«

»Adam.«

»Oh nein.«

»Es war doch alles perfekt!«, schluchzt sie los. So habe ich sie noch nie gesehen. Jedenfalls nicht wegen eines Mannes.

»Und dann? Wollte er dich öfter sehen?« Das ist immerhin ihr üblicher Trennungsgrund.

»Nein, für ihn war auch alles perfekt, sagt er. Aber er hat nebenbei mit einer anderen geschlafen. Das fand er total okay, er hat sich nicht mal was dabei gedacht, deshalb hat er es gestern so nebenbei erwähnt. Wir hätten ja nie vereinbart, dass wir exklusiv sind!«

»Hat er nicht gesagt, er habe gerade kein Interesse, andere Frauen kennenzulernen?«

»Doch! Wenn das nicht heißt, dass wir exklusiv sind, was denn dann? Jetzt behauptet er, diese Frau gelte nicht, weil er sie schon seit Jahren kennt.«

»Örks.« Ich reiße eine Packung Gummibärchen aus meiner Schublade auf und lege sie ihr hin.

»Ich kann keine Gummibärchen essen, ich hab gerade meinen Personal Trainer gefeuert«, schluchzt Johanna.

»Umso besser, dann kritisiert keiner dein Gewicht. Hier, komm. Tu was für deinen Körperfettanteil.«

»Na gut.« Sie nimmt zwei, ich stopfe mir eine ganze Handvoll in den Mund.

»Du hast also mit ihm Schluss gemacht.«

»Klar. Was ist denn so schwer daran zu verstehen, dass ich einfach eine richtige Beziehung will, bei der man sich nicht dauernd auf der Pelle hockt, aber trotzdem nicht andere vögelt?«

»Ich will nicht klingen wie meine Mutter, aber: Du hast den Richtigen dafür eben einfach noch nicht gefunden. Du hattest einige, die es enger haben wollten, und jetzt einen, der es lockerer wollte als du. Du musst den finden, der sich das Gleiche vorstellt wie du.«

»Aber wo denn?«

»Weiß ich auch nicht. Sonst bleibt dir nur, dich auf eine Beziehung einzulassen, die dir eigentlich zu locker oder zu eng ist, und zu hoffen, dass du dich daran gewöhnst.«

»Daran kann ich mich nicht gewöhnen.« Sie schüttelt heftig den Kopf, dann fängt sie wieder an zu weinen. »Aber ich *mochte* Adam!«

»Das ist noch untertrieben, so wie du gerade aussiehst«, sage ich, ziehe noch mal meine Schublade auf und lege eine Packung Taschentücher neben die Gummibärchen. »Heult er wenigstens auch?«

»Weiß nicht. Er war schon ziemlich erschrocken und traurig.«

»Finde ich angemessen.«

»Ich auch.«

»Ich bin ein bisschen überrascht, dass du nicht sagst: Okay, das war dann wohl ein Missverständnis, aber wenn wir ab jetzt exklusiv sind, vergessen wir das einfach.«

Lachheulen bei Johanna. »Ich bin doch nicht doof, Laura. Das war kein richtiges Missverständnis. Er hat sich das so zurechtgelegt, als die Gelegenheit kam, mit der anderen was anzufangen.«

»Du hast sicher recht. Ich meine: Es ist gut, dass du das so klar siehst.«

»Danke. Und jetzt soll ich mit meinen Kollegen singen, ich werde den ganzen Abend an Adam denken, der die schönste Stimme der Welt hat, während ihr das Lebenswerk von Lionel Ritchie und Madonna zerstört.«

»Vielleicht ist das kein toller Trost, aber niemand von uns singt gut genug, um dich auch nur entfernt an Adam zu erinnern.«

»Na gut.« Sie putzt sich die Nase. »Ich würde dann wohl *Ironic* von Alanis Morissette in den Lostopf werfen.«

»Ist notiert.«

Ich schicke die Songliste und alle bestätigten Teilnehmer

an die Chefsekretärin, in Kopie an den Oberchef, damit er aufhört nachzufragen. Morgen kann ich mich endlich wieder mit Arbeitsverträgen beschäftigen, statt diesen Kindergeburtstag zu planen. Und bald ist bei uns ein echter Kindergeburtstag. Noch zwei Wochen arbeiten.

Ich wollte längst umgezogen sein, so kurz vor dem Mutterschutz. Das kann ich mir abschminken. Ich suche nicht weiter nach einer neuen Wohnung. Dann muss ich eben den Kinderwagen ins Wohnzimmer neben das Sofa stellen und die Babybadewanne unten in meinen Kleiderschrank stopfen. Auch wenn das nicht besonders schön ist. Philipp hat zusammen mit meinem Vater immerhin schon meinen Schreibtisch ins Sozialkaufhaus gebracht, es ist also genug Platz für Wickelkommode und Bettchen. Der Rest ergibt sich dann irgendwie. Sophie hatte schon recht, unflexibel darf man mit Kindern nicht sein: Ich habe mich bereits von Plan A, Plan B und Plan C verabschiedet, dabei sind die Jungs noch nicht mal auf der Welt.

Mein Handy dudelt.

Ich bin zurück von der Baustelle, schreibt Philipp. **Darf ich dich zum Essen einladen?**

Wenn das Essen zwischen zwei Brötchenhälften daherkommt, sehr gerne.

Gut! Dann Burger. Ich reserviere.

Gedankenverloren schaue ich auf die Nachricht. Es ist alles so unkompliziert mit Philipp, seit er sich von seinem Schock erholt hat. Er meldet sich dauernd, ohne zu nerven. Er ergreift die Initiative, er ist zuverlässig, er kommuniziert, er ist für mich da, aber lässt mich auch in Ruhe, wenn ich es brauche. Ich wünschte nur, ich könnte ihm wieder vertrauen. Stattdessen bin ich jedes Mal ein bisschen erstaunt, wenn er sich meldet oder etwas für mich tut. Weil ich mich eben sehr daran gewöhnt habe, mich nicht auf ihn zu verlassen.

Wenn es nach meinem Vater ginge, wären Philipp und ich schon vorgestern auf dem Standesamt gewesen und hätten einfach mal geheiratet. »Wenn man Kinder zusammen hat, ist das das Einfachste«, sagte er neulich. Aber so pragmatisch bin ich nicht. Und ich kann niemanden heiraten, zu dem ich kein Vertrauen habe. Außerdem bin ich mir nicht ganz sicher, ob mein Vater diesen Rat nicht in einem emotionalen Überschwang geäußert hat – als wir ihm sagten, dass Rafael tatsächlich Joachim als Zweitname bekommen soll, ist er fast ausgerastet vor Freude. Anschließend bedauerte er lautstark Maximilian, der mit zweitem Namen nach Philipps Vater Josef heißen soll. Das sei ja nun wirklich kein schöner Name, erklärte er, aber es sei klar, dass wir den anderen Großvater nicht ausschließen könnten.

Lächeln und nicken. Einfach mal nicht widersprechen, wenn es nichts zur Sache tut. Auch so eine Technik, die man in Familien früher oder später lernt.

»Ich möchte eigentlich nur einen kleinen Salat«, sage ich.

Philipp lässt die Speisekarte sinken und schaut mich fassungslos an.

»War nur ein Scherz! Ich will vier Teller Coleslaw, drei Burger mit Gorgonzola und fünfzig Chicken Nuggets mit Salsa.«

»Du darfst keinen Gorgonzola essen. Wegen Listerien.«

»Hysterien. Verdammt, du passt wirklich gut auf.«

»Yep. Aber du liebst doch Avocado, das gibt's auch.«

Wir bestellen weniger, als ich Hunger habe, aber wahrscheinlich mehr, als in meinen Magen passt.

»Übrigens, dein Freund Adam …« Ich erzähle ihm die ganze Geschichte. Philipp verzieht mitleidig das Gesicht.

»Das ist tragisch«, sagt er. »Er wirkte eigentlich ziemlich verknallt in Johanna.«

»Willst du damit sagen, du hältst es für ein Missverständnis?«

»Haha, nee. Ich mag Adam echt, aber er ist schon manchmal ein bisschen dreist und guckt gerne, wie weit er gehen kann.«

»Sein Pech. Johanna kennt kein Zurück, wenn sie mal die Reißleine zieht.«

»Tja. Morgen haben wir Bandprobe, sollte ich so tun, als wüsste ich von nichts?«

»Och. Es ist wahrscheinlich kein Geheimnis. Falls du glaubst, er braucht Trost …«

»Ich glaube, er braucht einen Anschiss.«

»Auch gut. So wie du damals?«

»Genau. Du siehst, Anschisse bringen was. Sonst würden wir jetzt nicht zusammen Burger essen.«

Und auch nicht unter dem Tisch unsere Beine aneinanderlegen, denke ich, sage aber nichts.

»Ich wollte dir übrigens unbedingt was zeigen.«

Philipp nestelt sein Handy aus der Tasche, entsperrt es und reicht es mir herüber. Auf dem Display ist eine Anzeige von Immoscout zu sehen.

»Oh, das ist nett, dass du mitsuchst«, sage ich. »Aber ich hab die Suche jetzt erst mal aufgegeben, ich halte es schon noch ein bisschen mit den Babys in meiner Wohnung aus. Wenn es zu zweit geht, geht es auch zu dritt.«

»Das wäre für vier«, sagt Philipp.

Ich scrolle herunter. Tatsächlich. Vier Zimmer. Fast doppelt so groß wie meine Wohnung. Ich lasse das Handy sinken und schaue ihn fragend an.

»Ich möchte, dass wir zusammenziehen«, sagt Philipp.

Sofort öffne ich den Mund, um vehement zu widersprechen, aber er weiß schon, was kommt.

»Warte! Bitte, nur einen Moment. Ich will es dir erklären.«

Ich hebe eine Augenbraue und gebe ihm sein Handy zurück, weil die Kellnerin gerade mit unserem Essen kommt.

»Du kannst reden. Ich esse«, sage ich und beiße in meinen riesigen Burger.

Philipp wirft seinem Teller einen wehmütigen Blick zu und klaut mir einen Chicken Nugget. Kein guter Anfang, Junge.

»Es ist so: Natürlich weiß ich, dass zuletzt du mir das gesagt hast mit dem Zusammenziehen und dass ich dann geflohen bin. Es kommt dir wahrscheinlich wie ein schlechter Scherz vor, dass ich das jetzt sage.«

Ich kaue und nicke.

»Du hattest damals vollkommen recht. Außerdem will ich für dich und die Jungs da sein, unbedingt. Der Gedanke, dass du dich fast allein um zwei kleine Babys kümmern musst, weil ich nicht jede Nacht auf deinem Sofa schlafen kann, tut mir weh.«

»Ich sag dazu später was. Aber du darfst ruhig zwischendurch von deinem Burger abbeißen«, werfe ich ein.

»Danke.« Philipp lächelt mich erleichtert an und nimmt einen Bissen. »Mit dem Sofa ist es nämlich so: Erstens ist die Wohnung ein bisschen zu klein, zweitens kann ich dir vom Sofa aus nachts nicht mit den Babys im Schlafzimmer helfen, und drittens …«

Fragend lege ich die Stirn in Falten.

»Ich sag's einfach, ich möchte wieder in dein Bett.«

Ich muss ein bisschen lachen, was gerade nicht so gut passt, weil ich sehr viel rote Zwiebeln und Avocado im Mund habe.

»Aha«, bekomme ich schließlich heraus.

»Es hat nichts mit Sex zu tun«, sagt Philipp.

»Was!«, sage ich beleidigt.

»Ja, okay, es hat vielleicht ein bisschen mit Sex zu tun, aber nicht konkret, also, du bist körperlich ja gerade nicht ...«

»Vorsicht!«

Philipp grinst. »Laura, ich merke das, wenn du Witze machst, um vom eigentlichen Thema abzulenken.«

»Ach ja.« Ich seufze. Manchmal ist es gar nicht so spaßig, Zeit mit Menschen zu verbringen, die einen gut kennen. »Was war noch mal das Thema?«

»Alles gut mit deinem Burger?«, fragt die Bedienung im Vorbeigehen und schaut besorgt auf Philipps Teller.

»Ja, danke, alles gut.«

»Falls du noch nicht fertig bist mit deiner Rede, wenn ich meinen Burger aufgegessen habe, esse ich deinen als Nächstes«, kündige ich an.

»Gut, dann beeile ich mich. Schau mal, wir halten nicht Händchen, weil wir so gute Kumpels sind. Wir haben uns auch nicht neulich geküsst, weil wir Eltern werden. Ich will mit dir zusammen sein, immer noch.«

»Wieder«, korrigiere ich.

»Ja, gut. Wieder. Aber dafür wirklich sehr.«

Ich wische meine Hände an der Serviette ab und schaue auf meinen leeren Teller.

»Das ist ja alles ganz schön. Ich wüsste nur gerne, *warum* du mit mir zusammen sein willst. Davon hast du nämlich noch kein Wort gesagt.«

Misstrauisch schaut er mich an.

»Willst du wirklich Details oder willst du meinen Burger?«

»Jetzt lenkst *du* ab, weil du nicht über Gefühle reden willst.«

»Kann sein.« Philipp greift über den Tisch und nimmt meine Hand. »Aber es ist ganz einfach. Ich liebe dich.«

»Ah. Und warum?«

»Weil ich liebe, wie eigenständig, klug, witzig und großherzig du bist.«

Ich werde ein bisschen verlegen und versuche, mit der freien Hand seinen Teller zu mir rüberzuziehen. Aber Philipp hält ihn fest.

»Du bist jetzt dran mit Reden und ich mit Essen«, sagt er.

»Na gut.« Missmutig schaue ich zu, wie er sich über seinen Burger hermacht. »Ich weiß nicht, was ich sagen soll, und ich bin ein bisschen sauer.«

»Weil?«

»Weil du mir wochenlangen Liebeskummer erspart hättest, wenn dir etwas früher eingefallen wäre, dass du mit mir zusammen sein willst. Ja, die Trennung hatte nichts mit mir zu tun. Ich weiß schon.« Ich winke ab, ehe er mich unterbrechen kann. »Aber deshalb hat es kein bisschen weniger wehgetan.«

Philipp nuschelt etwas an seinem Burger vorbei.

»Ich weiß, dass es dir leidtut, und das kann es auch ruhig, gerne noch eine ganze Weile, es war nämlich richtig scheiße.«

»Hm.«

»Mehr kann ich dir dazu eigentlich gerade nicht sagen. Meine Gefühle für dich haben sich geändert. Ich will theoretisch auch in dein Bett und in deine Arme, aber ich traue dem Frieden noch nicht. Ich traue dir nicht. Deshalb kann ich auf keinen Fall mit dir Vierzimmerwohnungen anschauen.«

»Autsch.«

»Ja, autsch.«

»Was brauchst du, um mir wieder zu vertrauen?«

»Dass du zuverlässig bist und verbindlich. Und ich brauche Zeit. Ich weiß nicht, was am Ende dieser Zeit steht. Vielleicht bleiben wir auch einfach nur Freunde.«

»Ich verstehe.«

»Kein Knutschen«, sage ich.

»Okay. Darf ich dich umarmen und manchmal deine Hand halten?«

»Ja.«

Ich will sogar oft sehr, sehr dringend seine Hand halten und weiß nicht, ob das an ihm liegt oder an diesen Schwangerschaftshormonen, die mich zu einer kuscheligen Angorakatze machen.

»Isst du das noch?«, frage ich und zeige auf seine übrigen Pommes.

»Nein.« Er schiebt mir den Teller rüber. »Kann ich dir mit deiner Wohnung helfen? Du brauchst ja noch ein paar Möbel ...«

»Puh, ja. Jetzt rächt es sich, dass ich dachte, ich zieh vor der Geburt noch um. Ich kann mir nicht mal vorstellen, einen Vorhang aufzuhängen mit dem Bauch.«

»Sollst du auch nicht. Bitte versprich mir, dass du nicht auf Stühle steigst!«

»Versprochen. Sag mal, wenn du in der Wohnung was tun willst ...«

»... ja?«

»Willst du dann vielleicht deinen Schlüssel wiederhaben?«

»Ich dachte, du fragst nie!«

KAPITEL 32

Das Sofa in meinem Büro ist klein, aber wenn ich mich zusammenrolle, geht es gerade so. Die Tür habe ich abgeschlossen, es sind sowieso fast alle gerade in der Mittagspause. Nach dem Mittagessen und am Abend trifft mich die Müdigkeit jeden Tag wie ein Hammer. Wenn ich jetzt nicht eine Stunde schlafe, packe ich den Rest des Arbeitstages auf keinen Fall. Schon gar nicht den täglichen Termin, bei dem ich dem Chef alle Angelegenheiten erkläre, mit denen er sich in den nächsten Monaten stellvertretend auskennen muss. Er will alles sehr genau wissen. Zuletzt musste ich ihm die Details des Elterngeldes Plus mitsamt Entstehungsgeschichte und allen bisherigen Fällen in der Firma darlegen.

Dadurch komme ich momentan nicht gerade früh nach Hause. Heute habe ich es auch nicht besonders eilig, denn Philipp hat angekündigt, sich um das Kinderzimmer zu kümmern, und ich dürfe nicht helfen, er habe sich Hilfe organisiert. Danebenstehen ist nicht so mein Ding, und wenn ich schon seine Freunde kennenlerne, dann vielleicht nicht völlig erschöpft direkt nach der Arbeit. Also trödle ich am Nachmittag noch ein bisschen und stehe erst um halb acht abends vor meiner Wohnungstür. Hier stehen neben Philipps Schuhen ein paar nasse Winterstiefel, die mir irgendwie bekannt vorkommen.

»Hallo!« Philipp steht gerade mit einer Flasche Wasser im Flur, als ich reinkomme. »Schau mal, wer da ist!«

Mein Vater kommt aus dem Kinderzimmer. Er trägt tatsächlich einen Blaumann.

»Was macht ihr denn hier zusammen?«, frage ich.

»Wir streichen«, sagt mein Vater. Ich umarme ihn zur Begrüßung.
»Echt?« Ich zerre meine Stiefel von den Füßen und laufe ins Kinderzimmer. Die Hälfte erstrahlt in einem hübschen zarten Gelb, die andere Hälfte ist bereits fein säuberlich abgeklebt. »Das wird wunderschön! Woher wusstet ihr, welche Farbe ich wollte?«
»Stand auf einer deiner Listen«, sagt Philipp. »Wir haben übrigens gerade Pizza bestellt.«
»Wie toll!« Ich würde vor Freude hüpfen, wenn ich könnte. »Kann ich was helfen?«
»Auf jeden Fall«, sagt Philipp. »Guck mal, ich hab dir schon den Sessel aus dem Wohnzimmer hier in die fertige Ecke gestellt. Da setzt du dich jetzt hin und legst die Füße hoch, das wäre eine sehr große Hilfe.«
»Großartig.« Erleichtert lasse ich mich fallen. »Wir brauchen eine Lampe. Und Vorhänge. Und einen Teppich.«
»Eins nach dem anderen.«
Philipp führt die Farbrolle langsam über die Wand, während mein Vater über der Fußbodenleiste mit dem Pinsel die Feinheiten macht. Die gelben Wände erwärmen das eigentlich kaltweiße Licht der nüchternen Deckenlampe. In meinem Kopf ist das Zimmer schon so lange fertig, dass es sich jetzt überhaupt nicht wie eine Veränderung anfühlt.
»Wickelkommode und Betten kommen morgen, ich bau sie dann direkt zusammen«, berichtet Philipp. »Genau wie das extragroße Beistellbettchen.«
»Du bist morgen Abend wieder hier? Da bin ich nämlich beim Teambuilding-Karaoke.«
»Ja, und übermorgen Abend. Da habe ich wieder Hilfe, aber das wird eine Überraschung.«

Nach der Pizza hängen die beiden noch den neuen Lampenschirm mit bunten Dinosauriern drauf an die Decke.

Danach verabschiedet sich mein Vater. Er wirkt hochzufrieden. Philipp räumt die Schutzfolie und das Klebeband zusammen, wäscht Pinsel und Farbrolle aus und verstaut alles ordentlich in einem mitgebrachten Umzugskarton. Dann steht er etwas verloren in der Küche.
»Willst du auf dem Sofa schlafen?«, frage ich.
»Nein. Danke. Ich muss nach Hause, ich habe keine Klamotten zum Wechseln dabei.«
»Okay. Wenn du willst, kannst du morgen ein paar mitbringen und in die neue Wickelkommode legen. So viel ist da ja erst mal nicht drin.«
»Das mache ich.«
Philipp streckt die Arme nach mir aus. Ich gehe auf ihn zu, drehe mich ein bisschen zur Seite, damit der Bauch aus dem Weg ist, und lege meine Wange an sein Schlüsselbein.
»Der Bauch stört mittlerweile bei allem«, murmele ich.
»Es dauert ja nicht mehr lang.«
Dafür wird diese Umarmung sehr lang. Keiner von uns macht Anstalten, einen Schritt zurückzutreten. Ich werde gerade angenehm schläfrig, als Philipp doch langsam wieder den Kopf hebt und sich von mir löst.
»Gute Nacht, Laura.«

Den ganzen Tag lang läuft der Oberchef aufgekratzt im Gang auf und ab und scherzt mit allen Leuten, die ihm begegnen. Er versucht es auch beim Chef, der seine Vorfreude auf den Abend nicht teilt und ihn kühl fragt, ob er nicht gerade etwas Dringendes zu tun habe. Unterdessen teilt mir die Chefsekretärin mit, sie habe auf Wunsch des Oberchefs die Liste mit den Liedern für die Lostrommel noch etwas aufgefüllt und kategorisiert. Mir schwant Schreckliches, aber da ich nur noch ein paar Tage hier arbeite, kann ich dem Abend gefasst entgegensehen. Gefasster als Johanna zum Beispiel, die gerade in mein Büro kommt, nachdem sie sich am Oberchef vorbeilaviert hat.

»Er hat mich gefragt, ob ich Luftgitarre spielen kann«, sagt sie.

»Und, kannst du?«

»Sicher nicht.«

»Geht's dir besser?«

»Ja.« Sie zuckt die Achseln. »Manchmal verletzt man andere Menschen, und manchmal wird man verletzt. So ist es eben.«

»Das heißt, ich muss Philipp nicht bitten, Adam zu verprügeln.«

»Nichts gegen Philipp, aber er sieht jetzt nicht gerade aus wie ein Boxer.«

»Das stimmt. Er sieht viel lieber aus«, sinniere ich.

»Urgh. Du bist so friedlich und gut gelaunt, seit er wieder hinter dir her ist, ich halte es kaum aus.«

»Ich bin vor allem friedlich und gut gelaunt, weil er gleich anfängt, in meiner Wohnung Kinderzimmermöbel zusammenzuschrauben, während ich ausgehe. Wahrscheinlich zum letzten Mal für längere Zeit.«

»Das tut mir leid. Wenn Karaoke mit deinen Chefs deine letzte Erinnerung an wildes Nachtleben ist, vermisst du es aber vielleicht wenigstens nicht.«

In unserem gemieteten Raum riecht es leicht nach kaltem Zigarettenrauch. Dafür sind die Wände mit goldener Tapete beklebt, die aussieht wie Geschenkpapier. Wir sind erst zu viert, der Oberchef, seine Sekretärin, Johanna und ich. Eine freundliche junge Frau überreicht uns Ordner mit Zehntausenden Liedern darin und zieht sorgfältig kleine Hygienehütchen über die Mikrofone.

»Wir können uns ja schon mal warmsingen!«, sagt der Oberchef frohgemut und stimmt *New York, New York* an.

Nicht schön, aber laut. Zum Glück sind seine Augen so auf den Monitor geheftet, dass ich mir unbemerkt das Handy schnappen und Philipp schreiben kann.

> Ich freu mich so auf die Elternzeit.

Ach, komm schon, antwortet er. Ist es so schlimm?

> Ziemlich schlimm, wenn man bedenkt, dass es noch nicht mal angefangen hat.

Denk dran, andere mit deinem Job müssen immer nur Zeugnisse schreiben und Verträge prüfen.

> Ich weiß ja. Im Wochenbett werde ich mich bestimmt sehnsüchtig daran zurückerinnern.

Dann leg jetzt das Handy weg und genieß den Abend! Die Kommode steht schon.

Nach und nach trudeln die Kollegen ein. Die Chefsekretärin holt verschiedene kleine Tüten heraus und lässt einige aus der ersten Lose ziehen. Meinen Namen zieht Pamela aus dem Marketing, das ist okay, es hätte mich deutlich schwerer treffen können. Johanna zieht Karl, der Chef den Oberchef. Mit beiden würde ich nicht tauschen wollen. »Können sich die Paare bitte bei mir melden?«, ruft die Chefsekretärin über das koreanische Gedudel, das automatisch angelaufen ist, weil keiner ein Lied ausgewählt hat. Alle sind noch damit beschäftigt zu trinken und sich ein bisschen zu schämen. Drei verschiedene Tüten mit Liedern werden uns schließlich präsentiert: rein männliche, rein weibliche und gemischte Duette. Ich bin ein bisschen beeindruckt, dass sie so viele gefunden hat. Auf meiner Liste standen nicht sehr viele.

Ich darf für Pamela und mich ziehen und bekomme *When You Believe* von Whitney Houston und Mariah Carey.

»Ist das euer Ernst?«, fragt Pamela. »Das können wir doch nicht singen. Viel zu schwer.«

· »Der Mensch wächst an seinen Herausforderungen!«, dröhnt der Oberchef. Aber das vergeht ihm schnell, als er erfährt, dass er *Something's Gotten Hold of My Heart* mit dem Chef singen muss. Ob das seine Sekretärin auf die Liste geschrieben habe oder ich, will er wissen. Wir ignorieren ihn beide.

Johanna und Karl erwischen *Time of My Life*. Karl stöhnt, Johanna scheint alles gar nicht so genau mitzukriegen. Sie hängt die meiste Zeit an ihrem Handy. Ich hieve mich von der Bank, gehe zu ihr und setze mich dicht neben sie.

»Na, wem schreibst du?«

»Och«, sagt Johanna wie eine Teenagertochter, die genervt ist von Mamas Fragen.

»Wer ist Och?«

»O Mann. Stefan schreibe ich!«

»Wer ist denn Stefan?«

»Stulle.«

»Was?!« Ich schaue auf ihr Handy, was ich vorher unter Aufbietung größter Selbstbeherrschung unterlassen habe. Stulles Gesicht lächelt mir von seinem Profilfoto entgegen.

»Wie kommt das denn jetzt?«

»Er hat sich eben immer wieder gemeldet, als mit Adam Schluss war.«

»Das ist ja nett, aber du erinnerst dich schon noch an sein Nickelback-T-Shirt?«

»Er sagt, das war ein ironisches Statement.«

»Ich weiß nicht, ob mich das beruhigt.«

Das erste Duo tritt auf und zerlegt *Im Wagen vor mir* umstandslos zu Kleinholz. Wir applaudieren alle frenetisch, schließlich sind wir auch bald dran. Pamela und ich liefern eine Version unseres Liedes, die mit dem Original fast nur den Text gemeinsam hat. Die Chefs schlagen sich dagegen überraschend gut. Offenbar kann man fehlendes Talent durch sehr viel Ehrgeiz ausgleichen. Als ich mein Handy hochhebe, um das Schauspiel zu filmen, wirft der Chef mir allerdings einen derart vernichtenden Todesblick zu, dass ich es schnell wieder sinken lasse.

Die Überraschung des Abends ist Karl, der mit einem volltönenden Bariton einsetzt. Johanna scheint auch mehr Spaß zu haben, als sie erwartet hat – sie macht heute Abend zumindest nicht den Eindruck, als würde sie viel an Adam denken.

Nach den Duetten ziept es allmählich in meinem Rücken, und ich möchte gern die Füße hochlegen. Ich verabschiede mich von allen, indem ich winke, auf meinen Bauch zeige und meinen Mantel anziehe, der wie ein Zirkuszelt um mich herum absteht. Die letzten Monate vor der Geburt in den Sommer zu legen wäre echt eine gute Idee gewesen, aber ich konnte mich ja mal wieder nicht gedulden. Meine Kollegen legen gerade *Happy* auf, als ich die Tür hinter mir schließe.

Vor meinem Haus steige ich aus dem Taxi und schaue sofort hoch zu den Fenstern. Da ist Licht. Philipp ist noch da!

»Nur nicht rennen«, sage ich leise vor mich hin, während ich viel zu eilig die Haustür aufschließe und zum Aufzug gehe. Oben angekommen, atme ich noch mal tief durch, setze die Mütze ab und wuschele meine Haare ein bisschen durch. Dann trete ich in den Flur.

Die Wohnung riecht noch ein bisschen nach Farbe von gestern. Aus dem Kinderzimmer höre ich meinen Akkuschrauber schnarren. Philipp kniet vor dem zweiten Kinderbett und dreht gerade die letzte Schraube in das weiß lackierte Holz.

»Hallo«, sage ich, als er abgesetzt hat.

Er fährt herum.

»Hallo! Du bist ja schon zu Hause?«

»Ja, ich war so müde und konnte nicht mehr sitzen. Außerdem war ich neugierig.«

»Na dann, schau dich um.«

Ich gehe zu unserer neuen Wickelkommode, fahre über die Oberfläche und ziehe ein paar Schubladen auf.

»Oh, du hast dir Sachen mitgebracht!«

»Ja, du hast doch gesagt …«

»Klar!«

Ich drehe mich weg und gehe schnell auf eins der Bettchen zu, um das dümmliche Lächeln zu verbergen, das sich auf meinem Gesicht breitmacht. Philipp hat die Matratzen schon hineingelegt, aber noch nicht ausgepackt.

»Ich dachte, die stauben sonst nur ein, bis sie gebraucht werden«, sagt er, als ich darauf herumdrücke.

»Gut. Wer weiß, wie lange es dauert, bis die Kinder tatsächlich da drin schlafen.«

Philipp packt das Werkzeug weg und legt von hinten die Arme um mich, damit ich mich an ihn lehnen kann. Seine Hände ruhen auf meinem Bauch. Wo auch sonst, der füllt schließlich das halbe Zimmer aus. Ich lehne meinen Hinterkopf gegen seine Schulter und drehe mein Gesicht an seinen Hals. Warum riecht der Kerl nur so gut? Sofort werde ich wieder schläfrig. Probehalber schließe ich die Augen und drifte sofort weg, was ich erst merke, als wir bedrohlich zur Seite kippen und Philipp mich behutsam wieder aufrichtet.

»Hey, nicht einschlafen«, sagt er.

»Warum denn nicht. Nie darf ich einschlafen.«

»Nicht im Stehen jedenfalls, ich kann dich nicht halten.«

»Jetzt hast du mich auch noch fett genannt.«

»Du bist so eine blöde Kuh.«

Er dreht uns beide zur Tür und schiebt mich ins Bad, wo ich mich erst mal auf den Klodeckel fallen lasse und leise Jammergeräusche von mir gebe. Philipp nimmt meine Zahnbürste, drückt Zahnpasta drauf und reicht sie mir.

»Danke«, murmele ich mit vollem Mund.

»Was machst du denn da?«, fragt er nach einer Weile grinsend.

»Wieso, ich putze meine Zähne.«

»Du hältst die Hand still und bewegst stattdessen den Kopf?«

»Weil ich müde bin!« Ich drehe mich zum Waschbecken und spucke Schaum aus.

»Ach so, natürlich.« Er nimmt mir meine Zahnbürste ab und drückt mir die Abschminktücher in die Hand.

»Du kennst meine Routine ganz gut«, sage ich.

»Wir waren mal zusammen.«

»Stimmt. Aber nur kurz.«

»Ja. Leider.«

Wir tauschen das Abschminktuch gegen meine Creme. Inzwischen bin ich so müde, dass ich alles mit geschlossenen Augen mache.

»Komm mit.«

Philipp zieht mich hoch und an der Hand ins Schlafzimmer, wo ich mich auf die Bettkante setze und einfach zur Seite fallen lassen möchte.

»Nein, nichts da. Arme nach hinten.«

Er zieht mir den Blazer aus und hängt ihn über einen Stuhl, während ich meine Hose öffne. Mir ist alles total egal. Philipp kennt meinen Körper längst und muss bald dabei zusehen, wie zwei Babys aus mir rauskommen. Da wird er den Anblick meiner riesigen schwarzen Unterhose wohl verkraften.

In T-Shirt und Unterhose drehe ich mich endlich auf die

Seite und ruckle das Stillkissen zurecht, das meinen Bauch abstützt.
»Schlaf gut«, sagt Philipp. Ich höre ihn zur Tür gehen.
»Bleibst du hier?«
»Soll ich?«
»Ja.«
»Auf dem Sofa?«
Statt einer Antwort rücke ich mein mächtiges Gewicht mitsamt dem Stillkissen ein bisschen an den Rand, um auf seiner angestammten Seite Platz für ihn zu machen.
»Okay. Ich räume nur vorher noch auf.«
Im nächsten Moment bin ich schon weg.

KAPITEL 33

Seit dem fünften Monat kann ich nicht mehr durchschlafen, und ich hasse das. Dauernd muss ich aufs Klo, oder die Jungs strampeln, oder mein Bauch ist mir einfach beim Umdrehen im Weg. Meist kann ich nicht sofort wieder einschlafen, sondern stelle mir vor, wie die Zukunft aussehen könnte. Manchmal sind es ganz gute Aussichten. Meistens nicht. Die Welt wirkt einfach nicht besonders einladend, wenn man frisch getrennt und mit Zwillingen schwanger ist.

Deshalb seufze ich sofort angenervt, als ich aufwache. Aber diesmal seufzt jemand zurück, wie ein kleines Echo. Ich strecke den Arm nach hinten aus und lande an Philipps Hüfte, warm und flauschig in Flanell verpackt. Er rührt sich nicht, als ich aus dem Bett krabble und zur Toilette wanke. Auf dem Rückweg mache ich einen Abstecher in die Küche, dann setze ich mich aufrecht ins Bett und beobachte im Halbdunkel, wie die Decke sich mit seinem Atem hebt und senkt. Philipp hat sie bis zur Nasenspitze hochgezogen, oben schaut kaum mehr als sein blonder Schopf heraus. Ich würde gern mit den Fingern durchfahren, aber ich will ihn nicht aufwecken, sondern nur den stillen Moment genießen.

Dann fängt das Hicksen in meinem Bauch an, das ich inzwischen ganz gut kenne. Einer der Jungs hat wieder Schluckauf, und der Effekt ist spektakulär: Meine etwas zu weiche Matratze bebt, nur weil ein winziges Wesen sich mal wieder am Fruchtwasser verschluckt hat. Ich muss kichern.

»Ist alles okay?«, murmelt Philipp verpennt.

»Ja. Wir haben nur Schluckauf.«

»Ach so. Bist du schon lange wach?« Er dreht sich zu mir um. »Und warum riecht es hier nach Gummibärchen?«

»Weil ich gerade welche esse.«

»Natürlich.« Philipp setzt sich auch auf, lehnt sich neben mir ans Kopfteil und nimmt mir zwei Gummibärchen aus der Hand, um sie sich selbst in den Mund zu stecken.

»Hey, das waren meine! Fühl lieber mal, was deine Söhne mitten in der Nacht aufführen.«

Er legt die Hand auf meinen Bauch und schüttelt den Kopf.

»Unglaublich. Abends Fruchtwasser saufen und dann Rambazamba machen und die Eltern nicht schlafen lassen!«

»Vielleicht sind sie jetzt schon in der Pubertät?«

»Das wäre prima, dann kommen sie mit Schulabschluss zur Welt, und wir ersparen uns sehr viele Elternabende.«

Ich lege die Tüte Gummibärchen vor uns auf die Decke, damit er sich selbst welche nehmen kann.

»Es ist ganz schön, wenn du nachts hier bist.«

»Hm. Nur nachts?«

»Tagsüber bin ich selbst ja nicht da.«

»Das stimmt.«

»Fragst du, weil du wissen willst, was ich fühle?«

»Vielleicht.«

Ich werfe ihm ein Gummibärchen ins Gesicht, aber er fischt es ungerührt von seinem Pyjama und isst es.

»Die Antwort ist Ja«, gibt er zu.

»Ich bin allmählich ein bisschen weniger wütend auf dich.«

»Gut.«

»Ich teile sogar meine Gummibärchen mit dir.«

»Eigentlich ist das ein Liebesbeweis.«

»Zu wenig Liebe ist nicht das Problem hier«, sage ich. »Nur zu wenig Vertrauen.«

Philipp nickt.

»Guck mal, es wird hell«, sagt er.
 Im gleichen Moment dudelt der Wecker in meinem Handy los. Ich stelle ihn aus, und als ich mich wieder anlehnen will, ist da schon Philipps Arm, der mich heranzieht. Mein Kopf kommt auf seiner Schulter zu liegen, mein Bauch auf seinen Oberschenkeln. Gemeinsam schauen wir zum Fenster raus. Bei den Nachbarn schräg gegenüber pflügt ein Eichhörnchen einen Balkonkasten um. Wir bleiben so liegen, bis die Gummibärchentüte leer ist und wir beide dringend zur Arbeit müssen.

Die Kollegen, die beim Karaoke dabei waren, wirken alle etwas gedämpft. Erst vermute ich, dass sie peinlich berührt sind, aber dann geht mir auf, dass wahrscheinlich alle außer mir einen gigantischen Kater haben. Bis auf den Oberchef, dem der einzig verfügbare Rotwein nicht geschmeckt hat und der Bier für unter seiner Würde hält. Als ich pünktlich zu unserem wöchentlichen Termin in sein Büro komme, liest er gerade im Teletext Nachrichten. Er hält die Fernbedienung dabei die ganze Zeit ausgestreckt in Richtung Fernseher wie eine Waffe.
 »Wussten Sie, dass das der wärmste Winter seit Beginn der Wetteraufzeichnungen war?«, fragt er.
 »Ja, das habe ich online gelesen.« Vor drei Tagen. »Sie wissen, dass Sie einfach online Nachrichten lesen können, oder? Sogar mit Bildern.«
 »Ich brauche keine Bilder, ich weiß, wie ein warmer Winter aussieht!«
 »Auch gut. Worüber wollen wir heute reden?«
 »Über den warmen Winter. Wir müssen als Reiseunternehmen darauf reagieren.«
 »Was meinen Sie?«
 »Klimaneutrale Reisen. Oder: Gib der Natur etwas zurück und pflanz Palmen im Dschungel. Oder: Das Aben-

teuer ist näher, als du denkst, du musst nicht fliegen. Machen Sie sich mal ein paar Gedanken in den nächsten Monaten! Wir setzen das dann um, wenn Sie zurück sind.«

»Das sind alles sehr gute Ideen«, sage ich langsam. »Aber sollten Sie darüber nicht mit der Reiseplanung oder dem Marketing reden? Ich bin die Personalchefin, das fällt nicht so ganz in meinen Bereich.«

Erstaunt schaut er mich an. »Haben Sie mir neulich nicht zugehört? Wir wollen Sie in die Geschäftsführung holen.«

»Äh, was? Wann zugehört?«

»Ich habe Ihnen das bestimmt schon gesagt.«

»Nein. Ich denke, daran würde ich mich erinnern.«

»Frau Färber, wenn das mit uns funktionieren soll, müssen Sie in Zukunft besser aufpassen.«

»Ahaha. In Ordnung.« Da mein Vorgesetzter so unfehlbar ist wie der Papst, bin also nun ich die Bekloppte. »Ja, gut. Schön. Also, gerne.«

»Ich hoffe, Sie sehen das als Anlass, bald zurückzukommen!«, dröhnt er.

»Sicher. Dann reden wir über all Ihre Ideen!«

Nach dem Termin gehe ich schnurstracks zum Chef. Wenn mich jemand über diese sonderbaren Ereignisse aufklären kann, ist er es. Vorsichtig klopfe ich an seine Tür.

»Herein!«

»Guten Tag. Ich bringe Ihnen die Abschriften von den Jahresgesprächen, und … haben Sie fünf Minuten Zeit?«

»Sicher.« Er nimmt seine randlose Brille ab und zeigt damit auf den Besucherstuhl. Ich verzichte dankend: Stehen ist momentan einfacher, als aus dem Sitzen aufzustehen.

»Ich habe gerade erfahren, dass ich in die Geschäftsführung befördert werden soll, und angeblich müsste ich davon schon längst wissen und habe es nur überhört?«

»Ach.« Er schaut säuerlich drein.

»Sie wissen natürlich davon.« Hoffentlich.

»Ich weiß, dass diese Stelle noch nicht bestätigt ist und er Ihnen das deshalb noch nicht sagen sollte.«
»Oh. Heißt das, es kann sein, dass es nicht klappt?«
»Er will das. Also würde ich davon ausgehen, dass es klappt.«
»Aha.«
Ich nicke, bleibe aber ratlos stehen. Der Chef mustert mich.
»Sie sehen nicht aus, als würden Sie sich freuen.«
»Doch, doch.«
»Aber?«
»Warum jetzt?«, platze ich heraus. »Ich hab mir hier jahrelang beide Beine ausgerissen, und in den letzten Monaten hatte ich so viel anderes im Kopf wegen der Schwangerschaft und habe für mein Empfinden viel weniger geschafft, und jetzt befördern Sie mich? Wofür denn?«
Seine Mundwinkel verziehen sich ein bisschen. »Wir können doch offen sprechen, Frau Färber?«
»Deshalb bin ich hier.«
»Gut. Also, erstens: Alles, was Sie mir bisher übergeben haben, war in beeindruckendem Zustand. Ich hatte unterschätzt, was Sie hier tun. Zweitens: Manchmal muss man den richtigen Zeitpunkt abwarten, und der war vor drei Jahren noch nicht gekommen. Drittens: Als Sie sich beide Beine ausgerissen haben, wie Sie sagten, waren Sie äußerst effizient, aber auch äußerst anstrengend für uns.«
»Wie bitte?«
»Sie wissen, ich schätze Ihre ganzen Listen und Ihre Strukturiertheit.«
»Ja.«
»Aber Sie sind vielleicht etwas übers Ziel hinausgeschossen mit Ihren nahezu täglichen Mails an uns, in denen Sie offene Punkte aufgeführt haben.«
»Damit die so bald wie möglich geklärt werden!«

»Sie können mir glauben, der Zweck dieser Mails hat sich uns erschlossen.«

Beleidigt verschränke ich die Arme vor der Brust. Für diese Mails hatte ich in letzter Zeit einfach keine Energie mehr. Ich fand, wenn ich in Zukunft abends zwei kleinen Jungs hinterherrennen muss, muss ich nicht auch noch tagsüber zwei großen Jungs hinterherrennen.

»Sie finden mich also erträglicher, wenn ich nicht so pushy bin«, fasse ich zusammen.

»Jeder arbeitet gern in seinem eigenen Rhythmus«, antwortet er. »Und die Personalfragen, gleichwohl sie wichtig sind, haben nicht immer oberste Priorität.«

»Für mich schon. Das ist doch mein Job.«

»Das war Ihr Job. Wenn Sie ein halbes Jahr Mitglied der Geschäftsführung sind, reden wir noch mal darüber.«

»Ich soll noch enger mit Ihnen zusammenarbeiten, Sie dabei aber in Ruhe lassen?«

»Nein. Verstehen Sie mich bitte nicht falsch, ich schätze Ihre Leidenschaft für das Unternehmen. Und für das Abarbeiten von Aufgaben. Bleiben Sie so leidenschaftlich! Sie tragen hier viel Verantwortung, wir reden Ihnen wenig rein.« Er lächelt. »Wenn Sie uns bitte auch nicht reinreden würden.«

»Okay.« Ich drehe mich um und gehe zur Tür. Gerade noch rechtzeitig fällt mir ein, dass ich das hier etwas positiver beenden sollte. »Danke jedenfalls für Ihr Vertrauen«, sage ich an der Tür noch schnell. »Ich freue mich auf die neue Aufgabe.«

»Aber das war glatt gelogen!«, schimpfe ich später beim Mittagessen mit Johanna. »Erst nennt er mich anstrengend, und dann kommt er mir noch mit so einem Scheiß von wegen ›Wenn du erst ein bisschen älter bist, wirst du das schon verstehen‹! Wie bei einem Kind!«

»Ein Kind, das Mitglied der Geschäftsführung wird!«, sagt Johanna. »Das ist großartig! Warum haben wir noch keinen Champagner bestellt?«
»Weil ich schwanger bin!«
»Ja, du, aber ich ja nicht.« Sie winkt dem Kellner und bestellt sich ein Glas.
»Findest du mich auch anstrengend?«
»Soll das ein Witz sein? Der Begriff Mikromanagement wurde für dich erfunden. Weißt du noch, als der ganze Freundeskreis in den Skiurlaub gefahren ist und du uns eine Mail geschickt hast, wir sollen an die Lichtpflicht in Österreich denken?«
»Und an die Rettungswesten.«
»Genau.«
»Ich wollte doch nur helfen!«
»Ich fand es auch hilfreich! Aber wir sind alle selbst erwachsen, Laura. Bei deinen Söhnen darfst du das voll ausleben, ist das nicht super?«
»Bis sie mich auch anstrengend nennen.«
»Alle Mütter sind anstrengend. Das gehört zum Job.«
»Na toll.«
Johanna tippt mit ihrem Sektglas gegen mein Wasserglas.
»Auf deine Beförderung! Und mach dir nichts draus. Wenn sie jemand gewollt hätten, der ihnen nicht manchmal ein bisschen Druck macht, hätten sie jemand anderen nehmen können.«
»Also soll ich Druck machen, aber nur, wenn es ihnen passt?«
»Das würde ich empfehlen.«

Halb geschmeichelt und halb beleidigt verbringe ich den Rest des Tages an meinem Schreibtisch. Ich würde gern Philipp davon erzählen, weiß aber nicht, wie. Anrufen käme mir komisch vor. Schreibe ich ihm eine Nachricht? Wie soll ich in einer Nachricht erklären, warum ich mich über eine Beförderung ärgere?

Wir sehen uns ja sowieso heute Abend wieder. Ich könnte mich daran gewöhnen, dass Philipp in der Wohnung werkelt, wenn ich nach Hause komme. Auch wenn er angekündigt hat, heute Abend hätte er wieder Hilfe. Vielleicht ist es seine Schwester, dann lerne ich sie endlich mal kennen, das haben wir bisher irgendwie nicht hinbekommen.

Aber als ich meine Wohnung betrete, höre ich sofort eine vertraute Stimme. Meine Mutter kommt aus dem Kinderzimmer geschossen, strahlend wie ein Scheinwerfer vor Oma-Glück. Über ihrer Schulter liegt ein bunt gemusterter Stoff.

»Mama, was machst du denn hier?«

»Philipp hat mich angerufen, und ich habe Vorhänge für eure Jungs genäht!«, sagt sie.

»Wirklich? Das ist ja schön! Zeig mal!«

»Der eine hängt schon, guck es dir drinnen an!«

Philipp steht auf der Haushaltsleiter und hängt gerade das zweite Mobile an einen Haken. Als er mich sieht, steigt er herunter und umarmt mich.

»Deine Mama und ich haben zusammen Deko ausgesucht. Ich hoffe, du bist einverstanden.«

Einerseits hätte ich selbst gern Vorhänge für die Jungs ausgesucht. Andererseits bin ich so froh, dass ich das nicht auch noch machen muss, und finde die Igel und Pandas auf diesem Stoff so niedlich, dass ich überhaupt keine Einwände habe.

»Ihr macht das ganz toll!«, sage ich. »Und was ist das Buntgepunktete da hinten?«

»Bettwäsche für die Babys.«

»Wir haben direkt zehn Sets gekauft«, sagt meine Mutter. »Wenn ich dran denke, als du Keuchhusten hattest, da musste ich manchmal viermal pro Nacht die Bettwäsche wechseln! Ich hab sie außerdem schon gewaschen, damit du das nicht mehr machen musst.«

»Danke, Mama.« Der Oma-Modus tut ihr wirklich gut. So aufgekratzt habe ich sie schon lange nicht mehr gesehen.

»Die Röllchen sind jetzt drin!«, sagt sie und drückt Philipp den zweiten Vorhang zum Aufhängen in die Hand.

Danach stehen wir im Zimmer herum und bewundern es. Die Vorhänge machen wirklich einen großen Unterschied. Auf dem Boden liegt ein bunter Teppich. Alles wirkt warm und gemütlich und fertig für Babys.

Aber ihr seid noch nicht fertig, flüstere ich meinem Bauch zu. *Schön drinbleiben.*

»Ich habe Neuigkeiten«, verkünde ich. »Und Hunger. Wie sieht es bei euch aus?«

»Auch Hunger«, sagt Philipp.

»Ich hab Gemüseauflauf mitgebracht«, sagt meine Mutter. »Und auch Neuigkeiten.«

Eine halbe Stunde später sitzen wir beim Essen, und ich erzähle von meiner sonderbaren Beförderung. Meine Mutter platzt fast vor Stolz. Philipp lacht so sehr, dass er kaum weiteressen kann. Ich bin kurz davor, ihn unter dem Tisch zu treten, aber wahrscheinlich lache ich in einem Jahr auch darüber.

»Vielleicht solltest du nur in Teilzeit zurückkommen, wenn eine ganze Laura zu viel für sie ist!«, sagt er.

»Sehr lustig. Du willst ja nur, dass ich die Zwillinge jeden Tag aus der Kita abhole, während du Mineralien polierst!«

»Nein, ich will mit dir die Zwillinge aus der Kita abholen!«

»Keine Angst, dass ich dich dabei mikromanage?«

»Nee. Ich finde nicht, dass du das mir gegenüber machst.«

»Beim Autofahren macht sie es«, meldet sich meine Mutter.

»Echt? Hab ich das nur nicht gemerkt?«, fragt Philipp.

»Du fährst sehr gut Auto, ich hatte einfach keine Einwände«, sage ich.

»Ach, und ich wohl nicht?«, fragt meine Mutter.

»Du hältst nie mehr als zehn Meter Abstand, egal, bei welchem Tempo.«

»Egal. Ich habe doch auch noch Neuigkeiten!«

»Stimmt ja. Erzähl!«

»Ich habe jemanden kennengelernt«, sagt meine Mutter, und es klingt, als hätte sie es hundertmal vorm Spiegel geübt. Mein Herz schmilzt. »Er ist auch neu im Kirchenchor, wir haben uns ein paarmal getroffen, um zusammen zu üben, und wir verstehen uns wirklich sehr gut.«

»Geschieden? Verwitwet?«, fragt Philipp, ehe ich einen Ton sagen kann.

»Er ist verwitwet, schon seit zwanzig Jahren. Kinderlos. Aber er hat zwei Dalmatiner.«

»Wie heißt er?«, frage ich und greife schon nach meinem Handy.

»Wir werden ihn nicht googeln«, sagt Philipp.

»Was, warum denn nicht? Vielleicht ist er ein Hochstapler.«

»Das musst du schon mir überlassen!«, erwidert meine Mutter.

»O Gott, mache ich es schon wieder?«, frage ich. »Meint ihr das mit Mikromanagement?«

»Auch«, sagt sie.

»Okay. Tut mir leid. Sicher weißt du selbst Bescheid, du bist ja alt genug. Und triffst du dich oft mit …«

»Hans-Peter.«

»Mit Hans-Peter?«

»Etwa zwei- oder dreimal die Woche.«

»Und was macht ihr so?«

»Wir gehen spazieren, wir gehen essen, wir gehen in Orgelkonzerte …«

»Das klingt wunderschön!«, sagt Philipp und schaut mich warnend an.

Ich verstehe den Hinweis und stelle keine Fragen mehr. Stattdessen freue ich mich darüber, wie begeistert meine Mutter von ihrem neuen Leben erzählt. Dafür, dass sie noch vor ein paar Wochen nicht wusste, was sie mit der ganzen Freizeit anfangen sollte, hat sie sich schnell damit arrangiert. Sie sieht außerdem spitze aus, richtig erholt – nicht jeden Morgen aufstehen und in die Kanzlei gehen zu müssen tut ihr offensichtlich gut. Vielleicht ist es auch die Verliebtheit.

Sie verabschiedet sich, als ich anfange zu gähnen. Es tut mir ja selbst leid, aber ich kann es nicht kontrollieren: Ab einundzwanzig Uhr werde ich müde. Das wird sich wahrscheinlich erst wieder ändern, wenn die Jungs erwachsen und ausgezogen sind.

Philipps Schlafanzug liegt auf meinem Bett. Es macht mich absurd glücklich, das zu sehen. Aber bevor wir schlafen gehen, muss ich noch etwas nachschauen. Ich greife nach meinem Handy. Drei Anrufe in Abwesenheit, aber ich kenne die Nummer nicht. Wird sich schon wieder melden, wenn es wichtig ist. Leider erwischt Philipp mich, als ich gerade den Browser öffne.

»Du googelst jetzt nicht Hans-Peter und Kirchenchor Oberursel, oder?«, sagt er.

»Oh doch.«

»Und was hoffst du zu finden?«

»Ich weiß nicht. Ein Foto? Aber es gibt nichts. Keine brauchbaren Suchergebnisse.«

»Vielleicht fragst du lieber mal deine Mutter nach einem Foto, statt ihren Freund online zu stalken.«

»Ja. Das – oder ich engagiere einfach einen Privatdetektiv.«

»Bei deinem Misstrauen gegenüber der Menschheit kann

ich es kaum fassen, dass du überhaupt in Erwägung ziehst, mir wieder zu vertrauen.«

»Ja, verblüffend, oder?« Ich lächle ihn an.

»Andererseits weißt du eben auch, dass ich dir jeden Morgen Frühstück mache, wenn ich hier schlafe. Vielleicht hilft das ja.«

»Doch, schon. Ein bisschen.«

»Fehlt dir noch was?«, fragt Philipp, plötzlich ernst geworden. »Kann ich noch was tun?«

»Du könntest mich ins Bett tragen.«

»Uff.«

»War nur ein Scherz. Komm, wir gehen schlafen.«

KAPITEL 34

Tatsächlich weckt Philipp mich am nächsten Morgen mit einem monumentalen Samstagsfrühstück. Es gibt Cappuccino, Laugenbrötchen und Rührei. Als ich dafür aufstehe, fühle ich mich gar nicht wie ein Flugzeugträger, sondern ziemlich leicht und beschwingt. Sogar nach zwei Brötchen mit Nutella hält das Gefühl an.

»Wir könnten mal über deinen Geburtstag reden«, sagt Philipp.

»Ach ja, der.«

»Es ist nicht mehr lang hin.«

»Aber ich werde doch 39. Wer will das schon groß feiern?«

»Ich. Groß feiern wird schwierig, aber ich dachte, wir könnten ein paar Leute einladen für den Nachmittag. Wir bestellen vier verschiedene Kuchen, und du darfst sie alle alleine aufessen.«

»Das klingt wunderbar«, gebe ich zu. »Wen laden wir denn ein?«

»Sophie und ihre Familie, Johanna und Stulle, Oscar – können deine Eltern miteinander im gleichen Raum sein?«

»Das wäre einen Versuch wert. Und wir könnten Hans-Peter kennenlernen!«

»Sehr clever.«

»Spart den Privatdetektiv!«

»Wirst du ihm an der Tür seine Jacke abnehmen und dann heimlich seine Brieftasche nach Fotos fremder Frauen durchsuchen?«

»Könnte passieren.«

»Ich glaube, du wirst unsere Jungs immer gut beschützen.«

»Das werde ich. Und du wirst sie immer gut versorgen«, sage ich und deute auf den übervollen Korb mit den Brötchen.
»Ja. Und dich mit.«
»Aber dafür darf ich jetzt den Tisch abräumen.«
»Nee! Du bist hochschwanger mit Zwillingen, du trägst gar nichts rum.«
»Du kannst das Tablett in die Küche tragen, ich räume dann dort auf. Ehrlich, ich will das gern machen. Aufräumen beruhigt mich.«
»Na gut. Falls du keine Lust mehr hast, hör einfach auf und lass es stehen!«
»Klar.«
Nachdem ich die Küchentür geschlossen habe, setze ich mich erst mal hin und atme durch. Ich war ein bisschen zu wenig allein in den letzten Tagen, und jetzt bin ich mir nicht sicher, ob sich das Zusammensein mit Philipp so gut anfühlt, weil ich ihn liebe, oder ob ich schlicht in etwas hineinrutsche, was ich mir nicht gut genug überlegt habe. Ich stelle mich seitlich vor die Spüle und schrubbe an meinem Bauch vorbei die Pfanne. Allmählich sehen alltägliche Verrichtungen hier aus wie bei Dick und Doof.

Die Spülmaschine räume ich kniend ein, weil mein Rücken dabei weniger zieht als beim Bücken. Es ist das letzte bisschen Sport, das mir noch bleibt. Mit jedem Besteckteil, das ich in den Kasten fallen lasse, werde ich ein bisschen ruhiger.

Vertraue ich Philipp, dass er bleibt? Jetzt im Moment höre ich ihn im Wohnzimmer, er schaut Skispringen im Fernsehen an und wirkt nicht, als wolle er heimlich fliehen. Auch nicht morgen. Auch nicht übermorgen.

Die Küche sieht blitzblank aus, aber ich bin noch nicht fertig mit Nachdenken. Also rühre ich einen Kuchenteig an und bin dankbar, dass Philipp nicht rüberkommt, um nach mir zu sehen, sondern mir einfach meine Zeit lässt. Die Küchenmaschine häckselt gerade lautstark Nüsse und Schokolade, als mein Handy auf der Arbeitsplatte anfängt zu blinken. Es ist wieder die Nummer von gestern. Ich schalte die Maschine aus und gehe ran.

»Guten Tag, Frau Färber! Hier spricht Weber. Wir hatten wegen der Dreizimmerwohnung gesprochen, erinnern Sie sich?«

»Herr Weber, hallo. Ja, ich erinnere mich. Haben Sie eine andere Wohnung für mich?«

»Sie werden lachen, es ist genau diese Wohnung!«

»Aha. Aber Sie sagten, der Vermieter habe sich für jemand anderen entschieden. Und das ist ja jetzt auch schon Wochen her.«

»Richtig, richtig. Die Lage hat sich geändert, jetzt wäre die Wohnung frei für Sie!«

»Darf ich fragen, warum?«

»Also«, er druckst ein bisschen rum, »der Mieter hat den Vertrag unterschrieben, aber dann wollte er doch nicht einziehen.«

»Ach.« Da steckt irgendwo eine Metapher für mein Leben drin, aber ich komm nicht drauf. »Stimmte denn was mit der Wohnung nicht?«

»Nein, nein. Es hakte wohl an der Kaution. Finanzielle Probleme. Jedenfalls ist der Vertrag jetzt aufgelöst, die Wohnung steht leer, Sie können jederzeit einziehen!«

»Hm.« Ich lehne mich an die Arbeitsplatte und fahre mit der freien Hand zerstreut über meinen Bauch. Für uns drei wäre die Wohnung groß genug. Im gleichen Moment geht die Tür auf. Philipp kommt rein, in der Hand seinen leeren Kaffeebecher. Er sieht mich telefonieren und gibt mir zu verstehen, dass er draußen warten könne, aber ich winke ihn herein. Wir setzen uns an den Tisch, er mit fragendem Gesichtsausdruck, ich in Gedanken versunken.

»Frau Färber, sind Sie noch dran?«

»Ja«, sage ich und schaue Philipp an, der etwas verwuschelte Haare hat und seinen liebsten Kapuzenpullover trägt, auf dem »Of Quartz I Love Geology« steht.

»Sie wollen die Wohnung doch noch, oder?«

»Wissen Sie was, eigentlich nicht«, sage ich und nehme Philipps Hand. »Ich glaube, ich hab was Besseres gefunden.«